두근두근 설레면서
개찰구를 빠져나오니 그곳에는———.

앗, 레나 짱.
여기야, 여기

그곳에는 한 송이 꽃이
활짝 핀 것처럼
아지사이 양이 서 있었다.

우리는 나란히 온천에 몸을 담갔다.
옆을 보면 아지사이 양의 가슴이
시야에 들어올 것 같아서
한결같이 정면만 바라보았다.

그, 그러네요……

후우…… 물이
참 좋네……

オオズカ マイ

レナ 짱 ———
한 손을 높이 들어 올리고 있는
유카타를 입은 여자아이.
아지사이는 그 모습에
눈길을 빼앗겨서———.

아ー, 찾았다ー

모두가 불꽃을 올려다보고 있을 때.
그곳에는 얼굴 가득 웃음 짓는
소녀가 있었다.

CONTENTS

Friends?

Lovers?

본문 컬러, 흑백 일러스트   타케시마 에쿠

괴로워, 도망치고 싶어, 집에 가고 싶어.

나── 아무런 특징도 없는 고등학교 1학년 아마오리 레나코는 그저 의자에 앉아 가만히 때를 기다리고 있었다.

나, 나랑 심하게 안 어울려……!

주변을 둘러보면 누구 하나 빠짐없이 눈부시게 빛나는 사람들이 서로 담소를 나누고 있다. 업계 쪽 사람들로 보이는데 분명 앞으로 일본 패션계를 어떻게 이끌어나갈지에 대한 중요한 이야기를 하느라 바쁘겠지.

상당히 젊은 아이들도 드문드문 눈에 띄기는 하지만 그런 애들도 다른 세상 사람처럼 화려하다. 그럭저럭 차려입은 정도에 불과한 나는 주변의 압박감에 심해어마냥 납작해질 것만 같았다……. 아니, 사실은 깨닫지 못했을 뿐 이미 내장 두세 개쯤 찌부러진 거 아닐까……?

한창 여름방학이 무르익은 시기. 이곳은 시부야에 있는 호텔 패션쇼 회장이었다.

하지만 오늘만큼은 속아넘어가서 오게 된 건 아니다.

숙제, 게임게임, 숙제, 게임게임게임으로 여름방학을 소화하던 나는 위기감을 느꼈다.

아니, 물론 이렇게 보내는 인생도 최고라고 생각한다. 하지만 조그만 동경심을 계기로 인싸가 되겠다고 결심한 내가, 이렇게 게으르게 여름방학을 보냈다가는 완전히 정신 상태가 고등학교 데뷔 이전에 방에만 틀어박히던 시절로 돌아갈 거 같았다. 아무리 그래도 그건 아니잖아.

무려 지난 3달 동안 심력을 소모해가면서 열심히 노력해왔다. 그런데 여름방학이 끝나자마자 다시 레벨 1로 돌아가 리스타트라니, 지옥이나 다름없는 원 모어 스테이지다! 제발 그건 봐줬으면 한다.

하지만 그렇다고 에어컨을 빵빵하게 틀어놓은 방 밖으로는 한 발짝도 나가지 않는 나에게 그렇게 형편 좋은 이벤트가 발생할 리도 없고…… 라고 생각했던 순간 친구한테 권유가 왔다.

나는 감사의 마음과 함께 바로 제안에 달려들었다는 경위다.

점점 주변 자리에 사람들이 채워진다.

존재감을 죽이고서 풍경에 녹아들기 위해 이미 몇 번이나 읽은 팸플릿을 다시 한 번 정독했다.

어패럴 브랜드 『QR』.

그곳에는 금발 여성의 모습이 있었다.

가지런히 땋아 내린 금발에 코르사주를 달고서, 허리를 당당하게 곧게 피고 정면을 응시하는 유려한 미인. 오오즈카 마이.

마이와 나는 서로의 진솔한 모습을 보여준 『레마 프렌드』라는 이름의 친구사이다.

그리고——.

그때, 팟팟, 하고 빛이 꺼지면서 주변이 어둠에 잠겼다.

스테이지에 조명이 쏟아지더니 점점 위로 솟아올랐다.

몸 안쪽에서 울려 퍼지는 듯한 중저음의 곡이 흐르고, 이벤트 시작 직전의 찌릿찌릿한 긴장감과 함께 이제부터 뭔가 굉장한 일이 일어날 거라는 장대한 예감에 사람들의 시선이 스테이지에 쏠렸다.

평범한 내 일상을 찢어발기는 것처럼 런웨이 위로 모델들이 차례차례 모습을 드러냈다.

우와…… 얼굴 작다…… 다리 길다…….

나랑 비슷한 나이인 젊은 사람도, 혹은 훨씬 연상인 사람들도 모두 부드럽게 춤을 추듯이 미끄러지듯 걸어갔다.

패션쇼니까 당연히 모델이 입은 옷들이 주역이겠지만 나는 역시 옷보다도 옷을 걸치고 있는 모델들한테 더 눈이 간다.

아니 뭐, 어쩔 수 없는 거지……. 길을 가다가 한 둘쯤 마주친다면『저 사람 무진장 스타일 좋네!』라면서 혼자서 들뜰만한 여성분들이 이렇게나 가득 모여 있으니까……. 내 인식이 이상해질 것 같다.

옷이 좋은지 나쁜지는 전혀 모르겠지만!

하아― 내 여름방학이 부쩍 충실해진 것 같은 느낌이 들어…….

그런데.

쇼가 계속 이어져도 마이의 차례는 좀처럼 찾아오질 않는다.

어쩌면 내가 어느새 넋을 잃었던 그 사이에 등장했던 건 아닐까― 하고 불안함을 느꼈을 때였다.

한 여자아이가 나타났다.

내가 잘 알고 있는―― 아니, 처음 보는 소녀다.

그녀는 전신에 빛과 색채를 두르고서 정면을 바라보며 부드럽게 걸었다.

한 걸음, 한 걸음이 지금까지 거쳤던 과거와 이제부터 걸어갈 찬란한 미래를 상기시키는 발걸음이라 나는 긴장조차 잊고서 입만 멍하니 벌린 채로 그녀를 바라보았다.

소녀의 워킹은 우아하게 바다를 유영하는 인어와 닮았다.

잠수함 창문을 통해 인간과는 다른 환상적인 존재를 엿보는 기분이다.

런웨이를 가로지르는 소녀는 시선도, 손끝도, 머리카락 한 올까지, 모든 게 빠짐없이 인간을 매료시키기 위한 존재라서 압도당하고 말았다.

빙글 턴을 하고서 떠나가는 마이의 뒷모습을 바라보며 나는 그제야 떠올렸다는 듯이 깊은 숨을 내쉬었다.

이 세상 것이 아닌 신비를 살짝 엿본 것처럼, 두근거리는 가슴의 고동이 오랫동안 이어졌다.

쇼가 끝나자 회장에 다시 불이 들어왔다.

마이는 어패럴 브랜드 『QR』의 메인이었던 모양이다. 그게 대체 얼마만큼의 가치를 가지는지는 잘 모르겠다. 분명 구름 위의 이야기겠지.

나는 게임 타이틀 하나를 클리어하고서 엔딩까지 본 기분에 잠겨 잠시 의자에 푹 기댄 채 움직일 수 없었다.

이야——.

나는 입학하자마자 터무니없는 사람한테 말을 걸었던 거구나…….

거참, 인기가 장난 아닐 게 틀림없지……. 학교에서 지내는 마이만 보고서 마이를 잘 안다는 듯이 굴었던 내가 바보였다. 만약 마이를 모델로서 먼저 알았다면 3년 동안 마이를 멀리서 바라보며 속만 끓이는 나날을 보냈겠지.

만약 그랬으면 더 좋았을까…….

자, 그만 가자…….

자리에서 일어나려고 했던 순간 마이가 다가왔다.

"레나코, 재미있게 즐겼을까."

히엑.

방금 전까지 런웨이를 걷고 있던 미소녀의 등장에 심장이 크게 뛰었다.

와아 진짜 오우즈카 마이 씨다……. 저 팬이었어요! 오늘은 대화를 나눌 수 있어서 영광이에요! 우와 이젠 죽어도 여한이 없어!

감동의 눈물과 함께 팬심을 여실히 드러내는 대사들이 입 밖으로 튀어나올 거 같아서 필사적으로 자제했다.

"괴, 굉장했어! 정말로 예뻤어!"

결국은 어린애 같은 감상평밖에 말하지 못했지만…… 내 어휘력!

하지만 마이는 그런 감상만으로도 어딘가 안도하는 듯한 웃음을 지었다.

"그렇구나, 그거 다행이야. 이야, 레나코가 보고 있다는 건 제법 긴장이 되는걸."

마이가 말하는 긴장이란 분명 좋은 퍼포먼스를 발휘하기 위해 필요한 요소 같은 느낌이겠지. 머릿속이 새하얘져서 입도 뻥긋하지 못하는 내 긴장과는 전혀 다른 개념일 거 같아⋯⋯.

"그런데 모델이 쇼가 끝나자마자 바로 회장에 와도 괜찮아?"

마이는 헤어스타일도 풀지 않았고, 패션쇼를 위한 화려한 메이크업도 아직 지우지 않은 상태였다.

"아아, 오늘은 미디어와 바이어를 대상으로 QR이 개최한 런웨이 형식의 쇼니까 괜찮아."

"그렇구나."

사실은 아무것도 이해하지 못했지만 고개를 끄덕였다. 모델한테 이러쿵저러쿵 설명하게 만드는 것도 미안하니까⋯⋯.

그러자 마이는 싱긋 웃으면서.

"즉, 오늘은 관계자를 대접하는 것도 내 일이라는 뜻이야."

"그, 그렇구나!"

마이의 상냥한 웃음에 나는 고개만 주억거렸다.

아아, 정말이지 두근두근하잖아!

이게 그건가. 보잘것없는 밴드맨 남친이 스테이지 위에 올라가면 왠지 멋있어 보이는 법칙이라는 거! 이 녀석, 나한테 무릎베개를 받고서 어쩔 줄 모르던 여자랑 동일인물이라고요. 전혀 그렇게 안 보여!

나 혼자서 갈팡질팡하고 있었더니 마이는 그 쓸데없이 예쁘고 가지런한 얼굴을 가까이 들이밀었다.

"무슨 일이야, 레나코. 상당히 얼굴이 빨개진 것처럼 보이는데 새삼 다시 반한 걸까."

"애, 애초에 반한 적도 없으니까요! 새삼이고 뭐고 없으니까요!"

"그래? 그거 아쉽네. 단둘뿐이었다면 여기서 너의 심장 소리를 듣고서 그게 진짜일지 아닐지 알아보고 싶은 참이지만."

"큭……."

마이를 앞에 두면 도저히 솔직하게 말하기가 힘들다.

아니 일단 어째서 이 녀석은 나를 좋아하는 거야……? 마이는 『운명의 상대니까』라고 말하고 있지만 어쩌다 우연히 내가 배율 70억 배 복권에 당첨됐을 뿐 아닐까?

마이한테 그렇게 말해봤자 『설령 그렇다고 해도 당첨된 건 너야』라고 하니까 그저 몸 둘 바를 모른 채 행운을 받아들이는 수밖에 없다……. 계속 이런 기분이 들게 만드니까 나도 반항하는 거라고!

"뭐, 뭐어…… 반했느냐 마느냐는 어쨌든…… 마, 마이는 엄청 대단하구나 싶은 생각이야 했지……. 뭐, 예전보다는 조금 더 좋아졌을지도 모르겠네……."

내가 백 보 양보해서 말하자 마이의 얼굴이 느슨해졌다.

"정말이지, 너는 고집스럽구나."

"그, 그렇지 않거든! 지금은 상당히…… 솔직해지려고 노력했으니까……."

"……그렇구나. 기뻤어."

소, 속삭이지 말아 주세요……. 나도 모르게 부끄러워져서 고개를 숙여버렸다.

이거 괜찮은 걸까. 주변에서 『뭐야 쟤들 여자애들끼리 꽁냥대

9

고 있는 거야?』라고 생각하지는 않을까…… 아니 괜찮습니다. 왜냐하면, 저랑 마이는 단순히 사이좋은 친구일 뿐이니까요!

"모처럼 와줬으니 너와 함께 어디에 들렀다 가고 싶지만, 오늘은 이 뒤로도 몇몇 볼일이나 취재가 잡혀 있거든. 오랜만에 만났는데…… 유감이야."

"아, 그렇구나. 마이는 여름방학인데도 바빠 보이네……."

"……응, 조금은. 미안해. 너를 반드시 행복하게 만들어주겠다고 우리들의 결혼식에서 맹세했는데도 쓸쓸하게 만들다니."

아무래도 너무 바쁘다 보니 이젠 환각마저 보는 모양이다. 불쌍하게도.

"뭐, 문자라든가…… 가끔이라면 전화해도 괜찮으니까."

"꼬옥―."

"꾸엑."

이런 공공장소에서 껴안지 마!

아니 뭐, 여자애들끼리 껴안는 정도야 아무도 신경 쓰지 않는다는 걸 알고 있지만! 내가 창피하다니깐! 좋은 향기가 나!

"좋아, 레나코 성분을 조금은 보급했어. 이걸로 조금은 더 힘낼 수 있어."

"그, 그거 다행이네……."

"참고로 다음에 행정사 입회하에 혼전계약서를 작성해준다면 훨씬 더 힘낼 수 있는데 어떨까나?"

"어떠냐니 뭔 소리야?!"

나중에 집에 가서 조사해보니 서구권에서는 4커플당 1커플꼴로 결혼 전에 혼전계약서를 작성한다고 한다. 나는 일본인이야…….

"그보다 오늘은 너무 늦으면 안 되니까. 아니 물론 따로 볼일이 없었어도 혼전계약서는 안 쓸 거지만."

"맞아. 너는 내일 아지사이네 집에 놀러 갈 거였지."

……어떻게 아는 거야……?

마이의 미소 속에 측량할 수 없는 무언가가 섞여 있는 느낌이 든다. 아니, 이건 내 억측일까?!

"그, 그 말대로인데요…….."

"응. 아지사이와 재미있게 놀아. 나는 내일도 일이 있어서 함께 놀 수 없는 게 유감이야."

"으, 응……."

어? 그럼 올 생각이었어? 라고 말하지는 못하고.

"유감이야. 아아 정말 유감이야."

마이는 예전에 아지사이 양한테 질투를 느껴서 나를 덮쳤던 전과가 있다. 하늘도 땅도 사람도 전부 장악하고 있는 것처럼 보이는 마이가 어째서 나한테…….

아니 오히려 그러니까 더 쉽사리 자기 손에 들어오지 않는 사람한테 마음이 동하는 걸까……? 잘 모르겠다.

나는 몸을 굳히고서 마이를 쳐다보았다.

"다, 다음에 같이 놀자…….."

"응…… 그러자."

마이는 씩씩한 미소를 지었다.

"그러면 나도 그만 가볼게. 괜한 소리를 해서 미안했어. 나는 신경 쓰지 말고 아지사이와 즐겁게 놀아줘. 아지사이는 내 소중한 친구이기도 해. 두 사람이 사이좋게 지내는 건 나에게도 기쁜 일이야."

윽.

나는 마이가 나를 향해 어느 정도나 되는 욕망을 품고 있는지 알기 때문에 이런 식으로 한 발 물러서는 태도를 보면 어쩐지 마음이 쿡쿡 찔린다.

마치 엄마의 주머니 사정을 잘 아는 딸이 『나는 하나도 배 안 고프니까 괜찮아』라면서 가장 싼 메뉴를 고르는 모습을 보는 듯한……

내가 할 수 있는 일이라곤 기껏해야 마이를 최대한 응원해 주는 일 정도다.

"나, 나야말로 오늘은 권해줘서 고마워. 일 열심히 해!"

손을 꼭 잡으면서 응원해 줬더니 마이는 눈부신 웃음을 지었다.

"언제든 아름다운 나를 보여줄 수 있도록 노력하겠어. 와줘서 고마워."

꿈에서나 볼법한 아름다운 미소를 남기고서 마이가 떠났다.

하아―. 오랜만에 만나서 굉장한 모습을 봤기 때문인지 아직도 두근거림이 멎질 않는다.

마치 내가 마이를 사랑하고 있는 거 같잖아………… 그럴 리가 없지!

위험해, 위험해. 배짱을 시험하겠다고 옥상 가장자리에 한 발로 서는 듯한 짓은 하지 말자. 언젠가는 정말로 돌이킬 수 없는 큰 타격을 입을 테니까.

바로 그 순간.

"모델이랑 상당히 친근하게 대화를 나누네."

어느샌가── 내 곁에 금발 여성이 서 있었다.

긴 머리카락을 제각각 다른 높이의 트윈테일로 묶고 있다. 옷에는 별로 신경을 쓰지 않는 모양인지 간소한 와이셔츠에 타이트한 미니스커트 차림이다.

연구소에만 틀어박혀 있는 연구원 같은 초연한 분위기를 가진 여성이었다.

키는 나보다도 훨씬 작다. 이제 갓 스무 살을 넘긴 정도일까. 하지만 분명 유명인사겠지⋯⋯. 어쩐지 이런 자리에 익숙한 것 같고⋯⋯.

"어, 그러니까⋯⋯."

모르는 사람이 갑자기 말을 건 상황에 동요하면서도 고개를 끄덕였다.

"네, 네에, 같은 반 친구예요."

"그래. 어느 정도로 친한 사이야?"

"어느 정도라니."

엄청나게 어려운 질문이 날아들었다.

객관적으로 말한다면 키스한 사이입니다! 라고 해야겠지만 말할 수 있을 리가 없다.

"그게⋯⋯ 제가 일방적으로 걔를 친구라고 여기고 있는 게 아니라, 걔도 저를 분명 소중하게 여기고 있을 거라고 나름 확신할 수 있을 정도로는⋯⋯ 친구예요."

그건 나에게 있어서 최상급의 평가였는데.

"그래서, **이미 안겼어?**"

"네?!"

뭐야 이 사람?! 내 얘기를 들은 거 맞아?!

언제든 도망칠 수 있도록 엉거주춤한 자세를 취했다. 금발 트윈테일의 여성은 표정에 조금의 미동도 없다.

"그 모델의 분위기가 6월 무렵부터 크게 컨버전했어. 활활 타오르는 듯한 버밀리온에서 온화한 마젠타로. 갑작스러운 변화는 모델의 속성을 변질시키니까. 최대한 원인을 알아두고 싶어. 그래서 안겼어? 아니면 안았어?"

"어, 어느 쪽도 아니에요!"

아니 그나저나 앞에는 대체 무슨 소리야?

"뭐, 됐어."

그녀는 머리카락을 손으로 만지작거리면서 내 쪽을 돌아보다니 조그만 종잇조각을 내밀었다.

"저기."

"결국 어느 쪽이었든 나는 변화의 근거를 알고 싶을 뿐이야. 그 애의 친구잖아. 뭔가 곤란한 일이 있으면 연락해줘. 하루 15분 정도는 휴식을 취하려고 하고 있어. 타이밍이 맞으면 전화해도 받을 거야."

"96분의 1 확률이잖아요!"

종잇조각은 바로 명함이었다. 내가 명함을 받아들자 만족했는지 여성은 바로 자리를 떠났다.

뭘까 저 금발 트윈테일 여성분은……. 애니메이션 캐릭터 같은 사람이었네……. 강하게 밀어붙이는 점이나 선명한 캐릭터성이…….

과연 패션쇼. 개성이 세일즈 포인트가 되는 장소다. 여러 개성적인 사람들이 모여드는구나…… 하고 명함을 확인했다.

너무 세련돼서 읽을 수가 없어!

어디어디 상사, 같이 딱딱하고 정형적인 느낌의 명함이 아니다. 너무나 세련된 디자인의 명함. 일본어조차 아니었다.

회장을 나온 나는 악전고투를 거듭하면서 필기체로 쓰인 알파벳을 읽었다.

어디 보자, 그러니까…….

시부야 역에 도착해서 홈으로 이동. 전철을 기다리면서도 계속 명함을 들여다봤다. 운 좋게 앉을 수 있었던 전철 안에서 주변 사람들에게 들리지 않도록 작은 소리로 혼잣말을 중얼거렸다.

"Renée Ohduka…… 르네, 오즈카……?"

……응?

가방 안에 쑤셔 넣어놨던, 하도 읽어서 구깃구깃해진 팸플릿을 펼쳤다.

거기에는 옆모습이 찍힌 사진이 실려 있었다.

오우즈카 르네. 어패럴 브랜드 QR의 CEO겸 디자이너.

한 마디로.

──**마이의 엄마잖아**?!

나는 전철 안에서 하마터면 비명을 지를 뻔했다.

"다녀왔어……."

집에 왔더니 현관에는 신발들이 잔뜩 어지럽혀져 있었다. 하나같이 귀엽고 반짝이는 신발들뿐.

윽, 내 안의 인싸 레이더에 강력한 반응이…… 이건 분명 여동생 친구들……!

나는 살금살금 발소리를 죽이고서 내 방으로 향했다.

여동생은 옛날부터 귀여운 친구들을 자주 집에 초대해서 나를 주눅 들게 만들곤 했다……. 뭐, 덕분에 기척을 지우는 게 능숙해졌다. (우리 집에서) 발소리를 죽이고서 걷는 게 버릇이 되었다.

하지만 여동생 방 앞을 지나쳤을 때 타이밍도 나쁘게 문이 열리고 말았다.

"어, 언니."

"켁."

친구가 놀러 왔을 때 여동생과 얼굴을 마주치면 바로 『저리 좀 가』라면서 무슨 들개 취급을 받았는데. (나는 나름대로 마음에 상처를 입었다.)

요즘은 나를 인식해주게 되었다. 방구석 외톨이에서 벗어나 나도 사람에 가까워진 걸지도 모른다.

아니, 자학은 그만두자. 나는 이제 여동생한테 존경을 한 몸에 받는 슈퍼 인싸 언니니까. 집안에서의 지위도 최상위 랭크. 존재감은 가히 태양에 맞먹는다.

편한 옷차림을 한 여동생이 한껏 멋을 부린 내 모습을 위에서 아래까지 훑어보았다.

"어라? 어디 다녀왔어?"

집에 있는지 없는지조차 몰랐던 거야?!

큭……. 하늘 아래 둘도 없는 언니를 향해 잘도 그런 소리를…… 윽!

"어, 응, 잠깐 시부야에."

선 채로 대화를 나누고 있었더니 방 안에 있던 아이들도 나를 눈치채고 말았다.

"아, 말로만 듣던 언니다. 실례하고 있어요."

"뭐, 진짜? 귀여워~."

우와―, 인싸들이다―!

한 명은 활동적인 보브컷을 한 여자아이. 다른 한 명은 머리카락을 한껏 밝은색으로 물들인 하얀 피부를 가진 여자아이. 둘 다 상당한 미소녀였다.

나보다 어린 애들인데도 긴장감에 몸이 굳는다.

집 안에서 이런 꼴을 당하다니…… 잠깐 거실에서 미적거리고 있을 걸 그랬다……. 죄송합니다, 저는 태양도 뭣도 아니고 그늘에 놓인 조약돌입니다……!

하지만 인사까지 받았는데 무시할 수도 없는 노릇. 이 세상은 로딩시간을 기다리지 않아도 되는 대신 건물에 들어갈 때 자동세이브를 해주지 않으니까…….

"아, 안녕하세요. 항상 여동생이 신세를 지고 있습니다."

얼마 없는 사교력을 쥐어짜내서 최대한 웃음을 지었다.

당당하게……. 여기는 우리 집, 내 영역…… 나에게 가장 큰 힘을 주는 성지…….

그래, 게다가 상대는 연하. 최대한 여유를 가지고 응대한다면 몇 초 정도는 위장이 벗겨질 일도 없으니까…….

그러자 밝게 머리를 물들인 애가 종종걸음으로 다가오더니 내 팔을 꼭 붙잡았다.

뭐야?!

"저기저기~ 언니도 이쪽으로 와서 같이 얘기해요~."

붙임성 넘치는 달콤한 미소로 나를 아래에서 올려다본다.

히익…… 자기가 반에서 제일 귀엽다는 걸 자각하고 있는 자신 만만한 미소야…… 무서워…….

나는 시원하게 에어컨을 틀어둔 방으로 끌려갔다. 뒤집어쓰고 있던 위장은 이미 한쪽 귀에만 걸린 마스크처럼 너덜너덜해졌다.

"아까까지 언니 이야기를 하고 있었어요."

"그, 그렇구나—."

내 옆에 밝은 머리색을 한 여자애가 딱 달라붙었다.

팔죽지가 부드러우면서도 뽀송뽀송…… 이게 바로 연하의 매끈한 피부…….

"잠깐, 세이라. 언니가 난처해하잖아."

"에이— 그렇지 않은걸. 있죠, 언니. 언니는 오우즈카 마이랑 친구시죠?"

"어? 아, 응."

두 개 있는 대사 버튼("응"이랑 "그렇구나")만 가지고서 어떻게든 대화하는 모양새나마 흉내 내고 있던 나는 약간 안도했다. 얘는 나한테 흥미가 있는 게 아니라 마이에 대해 물어보고 싶었을 뿐이라는 걸 알게 됐으니까.

"와아, 역시~."

밝은 머리색을 한 애가 손뼉을 치면서 한층 더 몸을 기댄다.

"언니는 미인인데다 몸도 쭉 빠져서 특별한 사람이구나, 하고 첫눈에 느꼈어요~."

"어?! 아니, 뭐?!"

이 애는 눈이 옹이구멍인가? 갑자기 무슨 소릴…….

"저기저기, 저랑도 친하게 지내요~. 연락처 교환할까요?"

"자, 잠깐 동생아……."

내가 도움을 요청하는 시선으로 여동생을 봤더니 전혀 예상하지 못한 광경이 있었다.

여동생의 한껏 뽐내는 표정이다.

"뭐, 어쩔 수가 없네! 뭐니 뭐니 해도 우리 언니는 저 오우즈카 마이의 둘도 없는 친구니까 말이야!"

이 녀석! 내 여동생이 맞구나?!

지금 우리가 피가 이어진 자매라는 사실을 절절히 실감했다고! 호랑이의 위세를 등에 업은 여우 집안이다!

설마 너, 학교에서 그걸 여기저기 말하고 다니는 건 아니지……?

"둘도 없는 친구라니, 아니, 그건……."

그건 어디까지나 지향하는 목표고, 언젠가는 그렇게 되긴 하겠지만…….

내 표정이 흐려지자 반짝이던 후배들의 눈동자에도 그늘이 진다.

안 돼.

"──뭐! 그 말대로지!"

"역시! 대단해!"

여동생의 박수를 받으며 가슴을 피는 나.

아마오리 집안, 선조 대대로 개그맨 가문인가?

후배들은 또다시 신이 났다.

"와아~ 굉~장해! 혹시 언니도 모델 일 같은 걸 하고 계세요?"

"어? 아니, 글쎄, 어떨까나─?"

애매모호하게 말하면서 미소를 지었더니 여동생이 폭소했다.

"어, 언니가 모델이라니……! 무슨, 모델이래! 모델! (웃음) 무리무리! 언니가 모델이라니 무리무리!(웃음) ※무리였다!(폭소)"

죽여버린다.

바닥까지 뒹굴면서 웃는 여동생을 평생 못 웃는 몸으로 만들어주고 싶어…….

나는 부들부들 떨면서 가방 속에 있는 팸플릿을 꺼내서 보여줬다.

"확실히 모델은 무리일지도 모르지! 하지만 오늘 나는 마이한테 초대를 받아서 패션쇼를 보고 왔다고!"

그러자 줄곧 얌전히 있었던 보브컷 아이가 "꺄아" 하고 외쳤다. 뭔데?!

"퀸 로즈 패션쇼잖아요! 와, 거기 다녀오신 건가요?! 언니! 현장에서요?!"

"어, 아, 응."

"장난 아냐 이거……. 있지, 세이라, 하루나, 이거 진짜 장난 아냐!"

"어~? 잘 모르겠지만 굉~장해!"

"뭐, 우리 언니니까 말이지!"

보브컷 여자애는 등을 팡팡 두드리고, 밝은 머리색 여자애가 만면에 미소를 짓고, 여동생이 잘난 척을 한다.

"퀸 로즈는 최근 10년 동안 일본에서 리얼 클로즈의 가장 대표적인 브랜드로서 전 세계에서도 많은 애호가를 생성하고 있다고! 그 활약은 도쿄 컬렉션에서만 국한되지 않고 이제는 세계 4대 컬렉션에도 참가할 정도니까!"

열변을 토하는 애를 향해 응응 하고 고개를 끄덕인 나는 속으로, 그렇구나, QR은 퀸 로즈라고 읽는구나…… 하고 생각했다.

"미나토는 참, 정~말로 옷을 좋아하네. 하루나네 집에 올 때까지만 해도 흥미 없어 보였으면서~."

"……내, 내가 흥미가 있는 건 옷이지, 딱히 오우즈카 마이한테 흥미가 있는 건 아니니까. 아니, 확실히 오우즈카 마이는 퀸 로즈의 스타 모델이고, 싫어하는 건 아니지만…… 그리고 세이나야말로 그냥 유행을 좇을 뿐이잖아!"

"뭐~? 그런 거 아닌데. 게다가 내 장래 희망은 모델인걸~?"

이때다.

두 사람의 타겟에서 벗어난 타이밍을 노려서 나는 황급히 일어났다.

"그, 그러면 나는 방으로 돌아갈 테니까 천천히 놀다 가."

오우즈카 마이의 친구이자, 패션쇼에도 다녀왔다. 중학생들의 존경을 한 몸에 받는 인싸 오브 인싸인 나는 화사하게 머리카락을 나부끼며 방을 나가려고 했다.

그 순간 밝은 머리색 여자애가 달콤한 목소리로 불러 세웠다.

"어라? 언니. 뭔가 떨어트리셨어요."

"어?"

팸플릿 사이에 끼워뒀던 종잇조각이었다.

"아, 그건."

밝은 머리색 여자애와 보브컷 여자애, 그리고 여동생이 종잇조각을 들여다본다.

"회장에서 받았던 명함……."

『──오우즈카 르네?!』

밝은 머리색 여자애와 보브컷 여자애가 동시에 외쳤다.

그때부터 또다시 난리가 났다.

『퀸 로즈의 오우즈카 르네?! 그 세계적인 디자이너?!』

『리틀 위치의 일'이라는 제목으로 저번에 TV에서 특집으로 다뤘었어!』

나는 질문 공세를 받았더니 점점 배가 아파지기 시작해서 결국엔 도망치듯 내 방으로 돌아왔다.

대단한 건 어디까지나 마이와 마이의 어머니지 내가 아니니까…….

외출용 옷을 벗고 재빠르게 실내복으로 갈아입었다.

빨리 화장도 지우고 싶지만 그건 여동생 친구들이 돌아가고 나서다.

하아, 한숨을 쉬면서 침대 위를 뒹굴었다.

"지, 지쳤어……."

그보다는 괜한 짓을 했다.

후배들의 동경을 샀다가 여름방학 내내 우리 집에 놀러 오기라도 했다간 최악이다. 금방 밑천이 드러나서 웃음거리가 되는 것도 싫다……『오우즈카 선배는 굉장한데 저 사람은 뭐야(웃음). 그냥 곁다리나 마찬가지잖아(웃음)』이라면서…….

그런 낙차에는 견딜 수 없어!

팸플릿을 보여주지 말 걸 그랬어! 나는 어쩜 이리 어리석지! 눈앞의 쾌락을 위해 주제도 모르고서! 방구석 외톨이인 아싸가 아는 브랜드라고 해봤자 유니클로 아니면 GU말곤 모르는 주제에! 부끄러운 줄 알아!

남의 위세를 업고 빼긴 만큼 스스로에게 돌아오는 나이프의 날도 한층 더 예리해졌다……. 이런 시스템이었구나…….

내가 머리를 감싸 쥐고서 침대를 뒹굴고 있었을 때 스마트폰에 메시지가 왔다.

눈물 젖은 눈으로 화면에 시선을 향했다.

인정욕구로 점철된 이런 한심한 여자한테 대체 누가 연락을……? 나 같은 녀석한테 관심을 주는 사람이 이 세상에 있는 거야……?

『내일 13시에 역 앞에서 괜찮을까?』

세나 아지사이── 아지사이 양한테서 온 메시지였다.

우우…… 나의 천사…… 문자조차 귀여워…….

고등학교로 올라와서 알게 된 사이인 아지사이 양은 상냥함이 미소녀의 형상으로 걸어 다니는 것 같은 사람이다.

자기혐오의 늪에서 허덕이고 있었을 때 도착한 아지사이 양의 메시지는 마음에 스며든다…….

하지만 인간의 어리석음을 한데 모아 졸여놓은 듯한 존재인 이런 내가, 정말 좋아하는 엔젤 아지사이 양의 시간을 빼앗아도 되는 걸까……?

하지만, 하지만 말이다. 여기서 꾀병을 부려서 『미안, 여름 감기에 걸린 모양이라 내일은 안 되겠어……』라고 말했다 치자.

아지사이 양은 분명 나를 걱정해 줄 거야…….

『뭐어? 괜찮아?! 레나 짱, 빨리 나아야 해!』라면서.

나는 방에서 PS4의 듀얼쇼크 컨트롤러를 손에 쥐고서 대체 어떤 표정으로 게임을 하면 되는 거야? 이미 마음이 죽지 않았을까? 여름방학이 끝나면 등교 거부에 돌입할 게 분명하잖아.

두 번 다시는 아지사이 양과 얼굴을 마주할 면목이 없어서 가족들과도 제대로 된 대화를 하지 못하고, 물론 아르바이트 같은 것도 할 수 없어서 죽을 때까지 방에서 게임만 하는 인생……. 그게 바로 천사를 속인 벌…….

이젠 끝이야. 나는 이날, 남은 모든 힘을 긁어모아서 아지사이 양한테 답장을 보냈다.

『오케이―!』

문자는 참 좋지……. 아무리 기운이 없어도 뒤에 느낌표만 붙여주면 씩씩하고 긍정적으로 보이는걸. 나도 문자가 되고 싶어.

텅 빈 마음으로 정신력을 회복하고 있었더니 저녁밥 먹을 때가 됐다.

화장을 지운 내가 식탁에 앉자, 여동생의 표정이 쓸데없이 밝다.

"헤헤헤, 언니, 내 닭튀김 한 개 줄까?"

어지간히도 자존감을 충족한 모양이다. 간드러진 목소리로 말하는 여동생. 무셔.

"돼, 됐어……."

"뭐―? 그래. 그럼그럼 친구가 연락처 교환하자고 말했던 거 말인데."

"동생이여…… 내가 이런 말을 할 주제는 아닐지도 모르지만……."

"왜, 왜 그래."

나는 조용히 고개를 좌우로 저었다.

"남의 공로를 빌려서 자기 분수에 맞지 않는 걸 보여주려고 했다간 나중에 쓴맛을 볼 거야……."

"…………윽."

평소엔 항상 바르고 떳떳하던 여동생은 의표를 찔린 것처럼 데미지를 입었다.

"언니 따위한테 충고를 듣다니, 평생의 수치……."

"쓸데없이 한마디가 많다고!"

* * *

그리고 찾아온 내일, 7월의 끝.

나는 정오가 지날 무렵 집을 나왔다.

어제 미리 준비를 다 마쳐놓고서 2시간 일찍 잠자리에 들었는데…….

아지사이 양의 기분을 해치지 않기 위해서, 폐를 끼치지 않기 위해서, 미움받지 않기 위해서, 열심히 대화 시뮬레이션을 했더니 2시간이 훌쩍 지나가 버렸다……. 결국 잠이 든 건 평소와 똑같은 시간. 으윽.

역으로 향하는 동안 태양은 내 기력을 태워버리려는 것처럼 눈이 따가울 정도로 빛났다. 좀 더 인간한테 상냥하게 해 달라고.

발을 질질 끌며 역까지 가서 전철에 탔다.

약속 장소는 세 정거장 앞. 진심으로 배가 아파졌다.

줄곧 기대하고 있었을 텐데도.

긴장으로 손발이 저릿저릿거린다.

뭔가 말이지, 학교에 가는 날에『그럼 오늘은 학교 끝나고 같이 놀자』라고 말하는 거랑 여름방학에 약속을 잡아서 둘만의 시간을 만들어 함께 노는 건, 이렇게나 차이가 나는 일이었구나…….

역시 그만두는 편이 좋지 않았을까……. 나 같은 게 아지사이 양네 집에 초대를 받다니 그런 막중한 임무는 나로선 힘들지 않을까…….

아지사이 양네 집에 가서는 아지사이 양을 따분하게 만들어 버려서 아지사이 양이『학교에 있을 땐 레나 짱과 즐겁게 얘기할 수 있었는데 역시 사적으로 만나서 같이 오랫동안 있는 건 무리였네ㅋ』라고 단념할까 봐 무서워.

어제도 그랬지만 나는 애초부터 그리 대단한 사람이 아닌 데도 있는 힘껏 허세를 부리고 있을 뿐이라······ 얕은 밑바닥을 드러내는 게 정말로 무서워.

일단 뒤로 미루거나 도망을 치면 최소한 들킬 염려는 없어지는 거다.

전철 창문에 비치는 스스로의 모습은 묘하게 안색이 나빠 보였다.

화장은 평소처럼 얕게. 앞머리도 제대로 정리하고 나왔지만 역시 좀 더 시간을 들이는 편이 좋았을까.

고민하는 사이에 전철은 나를 싣고서 약속 장소까지 데려다주었다.

전철에서 내려 홈으로 향했다. 두근거리는 가슴과 함께 개찰구를 빠져나왔더니 거기에는——.

"앗, 레나 짱. 여기야, 여기."

그곳에는 한 송이 꽃이 활짝 피는 것처럼 아지사이 양이 서 있었다.

"우와—! 귀여워—!"

나도 모르게 소리쳤다.

"엇, 어어엇?"

사복 차림인 아지사이 양을 보는 건 처음이다.

꽃무늬 민소매 블라우스를 통해 늘씬하고 새하얀 팔이 훤히 드러나 있다. 평소에는 결코 겉으로 드러나지 않았던 눈부신 광채에 나도 모르게 절을 올릴 것 같았다.

롱스커트도 요즘 유행하는 허리를 조이는 코디라, 귀엽고 사랑스러운 라인이 아지사이 양의 가녀린 몸을 한층 더 매력적으로 꾸며주고 있었다.

거기에 푸른 샌들(뮬이라고 부르나?)에서 살짝 드러난 발가락에 핑크색 매니큐어(페디큐어라고 부르는 거야, 레나코)가 칠해져 있어서, 여름방학이 시작되자 조금 멋을 부려야겠다고 마음먹었던 아지사이 양의 들뜬 마음을 상징적으로 보여주는 것 같아서 너무나 귀여웠다.

최고다. 이미 우승이다.

"엇, 너무 귀여워…… 위험해……. 이번 여름방학 동안 아지사이 양한테 무슨 일이라도 있었어……? 좀 지나치게 귀여워진 거 아니야……?"

아니다. 아지사이 양은 원래부터 이상할 정도로 귀여웠다.

마이와 오랜만에 만났을 때 느꼈다. 나는 평소에 학교에서 어마어마한 사람들과 얼굴을 마주하고 있다는 사실을.

매일 점심마다 참치 대뱃살에 마츠사카 와규만 먹고 있었는데 잘 생각해보니 참치 대뱃살이랑 마츠사카 와규는 맛있는 음식이었지? 같은 느낌이다.

떨리는 내 말을 듣고서.

"어어? 그렇게 칭찬해줘도 미소밖에 줄 게 없는걸—."

아지사이 양은 방긋방긋 웃으면서 양손으로 브이 자를 그렸다.

아지사이 양의 폭신폭신한 머리카락이 바람에 흩날리자, 아스팔트가 녹아내릴 정도로 뜨거운 햇볕조차도 누그러지는 느낌이다.

아지사이 양은 지구온난화에 맞설 최종병기였던 게 아닐까……?

그런데 그때, 아지사이 양은 가슴 앞에서 손가락을 꼬물거리면서 시선을 피했다.

"저기, 그래도 레나 쨩이랑 오랜만에 만날 수 있다는 생각에 평소보다 조금 힘을 줘버렸을지도……. 이상하지는 않을까?"

"이상하지 않아요! 아니, 오히려 이상해! 너무 귀여워서 이상하다고 해야 하나!"

"이상한 거야?!"

"이상하지……. 내 눈이 어떻게 된 건 아닐까 싶었는걸. 아지사이 양은 혹시 내 눈에만 보이는 요정이라거나 그런 거야?"

"으, 응. 빨리 시원한 곳으로 이동하자, 레나 쨩."

걱정을 사고 말았다…….

아니, 하지만, 응.

아지사이 양의 얼굴을 보니 내가 가진 불안 같은 건 전부 날아가 버렸다.

놀이기구 앞에서 기다리던 시간이 끝나고, 이제부터 출발하기 직전인 제트코스터 같은 고양감에 휩싸였다.

아아, 난 대체 뭘 신경 쓰고 있었던 걸까. 아지사이 양과 함께하는 게 즐겁지 않을 리가 없는데.

오늘은 내가 할 수 있는 한 최대한 노력하자! 아지사이 양도 즐거웠다고 생각할 수 있도록!

나는 웃으면서 말했다.

"오늘은 잘 부탁해, 아지사이 양!"

"나야말로, 레나 짱."

내 여름방학이 드디어 시작됐다는 예감이 들었다.
하―! 오늘은 최고의 하루가 되겠어―!

후—, 크게 한숨을 쉬었다.

스마트폰에 쓰인 메모를 한 줄씩 눈으로 따라가면서 좋아, 좋아, 하고 손가락으로 짚어가며 주의 깊게 확인.

먼저 방 정리. 완료.

거실뿐만 아니라 화장실도, 그리고 들어올 일이 있을지는 모르겠지만 내 방도 꼼꼼하게 청소기를 돌려서 정리 정돈을 했다.

다음은 환영 준비. 완료.

초등학생 때부터 계속 개량을 거듭한 특제 베이크드 치즈케이크를 어제 미리 만들어 뒀다. 음료수 보충도 충분하다. 동생들이 마실 우유는 제대로 채워놨기 때문에 멋대로 마셔버릴 염려도 없다.

다음은 오늘의 메이크업과 의상인데…….

"이런 느낌일까."

……완료?

내 방. 거울 앞에서 이리저리 각도를 바꿔가며 헤어스타일을 확인했다.

여름방학 내내 동생들을 이리저리 돌보느라 바빠서 요즘은 신경을 쓰지 못했다.

오랜만에 스타일을 빈틈없이 가다듬느라 예상보다 훨씬 시간이 걸렸다.

특별히 더 기합을 넣느라! ……그런 건 아니라고 생각한다.

……아마도.

그래도 아직 시간이 조금 남았다. 아주 조금만 더 가다듬자.

"처음 약속했던 날에서 어쩌다 보니 2달이나 지났는걸."

그래서 특히 더 기다렸다든가 그런 느낌이다. 분명 그렇다.

"그때 레나 짱, 정말 필사적이어서 귀여웠지."

떠올렸더니 살짝 체온이 올라가는 기분이다.

그런 직설적인 호의를 정면으로 받았던 건 처음 있는 일이었기 때문에, 솔직히 지금까지 질질 끌고 말았다.

"……또 떠올려버렸어. 안 되지, 안 돼."

고개를 털어냈다. 나와 레나코는 그런 게 아니니까. 이건 정말이다.

모처럼 레나코가 우리 집에 놀러 오겠다는 약속을 지켜줬으니까, 잔뜩 환영해줘야지.

약속은 좋아한다. 서로 이어져 있다는 확실한 실감을 느낄 수 있는 데다, 관계의 성실함을 확인할 수 있으니까.

서로가 서로를 위해 노력해야만 성립할 수 있으니까 더더욱 그렇다.

내가 당신을 소중하게 생각하는 만큼, 당신도 나를 소중하게 여겨주는 거군요. 하고 마음과 마음의 대화를 나누는 것 같다.

조금 과장일지도 모르지만 마음이 기뻐지고, 절로 훈훈해진다.

아무튼 레나코는 약속을 지켜주었다. 그래서 마음이 설레고…… 살짝 가슴이 두근거리는 거다. 그냥 그것뿐이다. 다른 이유는 생각할 수 없다.

약속 시간이 다가온다. 방에서 나와 거실을 향해 외쳤다.

"누나는 잠깐 역에 친구 데리러 다녀올게—."

게임을 잘하는 누나가 놀러 올 거라는 이야기를 미리 해뒀다.

기억을 하고 있을지 없을지는 잘 모르겠지만 올여름에는 특별한 이벤트도 별로 없었으니 분명 놀러 오면 엄청 신나서 날뛰겠지.

옅은 남색 여름 샌들을 신고서 현관문을 열었다.

"와아."

강한 햇살에 절로 목소리가 나왔다.

"좋은 날씨."

가늘게 뜬 눈으로 하늘을 올려다보았다.

일본 장마를 대표하는 꽃—— 수국(아지사이)의 개화 시기는 5월부터 7월 상순.

시기가 지났어도 한층 더 활짝 꽃을 피운 소녀는 한여름의 태양 아래를 가벼운 발걸음으로 걸었다.

"후훗, 기대되네, 레나 짱."

세나 아지사이. 고등학교 1학년.

마치 여름의 한때를 달려나가는 듯한, 다시없을 소중한 사랑의 이야기가 지금 시작된다——.

아지사이 양네 집은 주택가에 있는 단독 주택.

그야말로 아지사이 양처럼 사랑스러운 하얀색 집이었다.

"자, 들어와."

"앗, 시, 실례하겠습니다……."

나는 왠지 움츠러든 목소리로 현관 안에 들어섰다.

아지사이 양네 집에 발을 들이고 말았다……. 이제부터 나는 몇 번이고 똑같은 거에 감명을 받게 되겠지만 부디 용서해주길 바란다. 어쩔 수가 없다. 왜냐하면 아지사이 양네 집에 발을 들이고 말았으니까……. (두 번째)

에어컨이 켜져 있는 시원한 거실로 들어가 소파에 앉으라는 권유를 받았다. 흠칫흠칫하면서 소파에 앉았다. 아지사이 양이 평소에 앉는 소파인가……. 성속성이네……. (세 번째)

"보리차, 커피, 홍차, 오렌지 주스. 레나 짱은 뭐가 좋아?"

"앗, 안 그래도 되는데. 저기, 그럼 오렌지 주스로."

"네에."

마실 걸 가지러 간 아지사이 양이 떠나고 혼자 남아 두리번두리번 주위를 둘러보았다.

아지사이 양의 집이다……. 여기에 아지사이 양이 태어나, 자라온 건가…….(네 번째)

커다란 TV나 푹신푹신한 소파, 넓고 기다란 목제 테이블. 여기저기에 어린이용 옷이나 노트, 필기구, 장난감이 있는데, 그런 것들은 한구석에 밀어놓고 있어서 어린애들이 있는 집이라는 느낌이 전해져온다.

자기도 모르게 아지사이 양이 커왔던 흔적을 찾게 된다. 벽의 홈집은 어린 아지사이 양이 냈던 흔적일까. 앗, 탁자에 아지사이 양의 교과서가 놓여 있어! 여기서 아지사이 양이 생활하고 있구나! (다섯 번째)

내가 생각해도 상당히 기분 나쁜 상태가 되어 있었을 때, 아지사이 양이 돌아왔다.

"자, 여기."

"아, 고마워……."

아지사이 양은 내 옆에 앉아서 리모컨으로 TV 전원을 켰다.

"있지, 저번에 같이 놀자고 했던 거 하고 싶은데―."

"으, 응. 물론 괜찮죠."

"에헤헤, 신난다. 아, 하지만 그 전에 같이 수다도 떨고 싶을지도."

웃는 얼굴로 컨트롤러를 쥔 아지사이 양이 게임을 켰다.

"나, 나야 어느 쪽도."

익숙해 보이는 동작을 보고서 아아, 평소 아지사이 양은 이런 느낌으로 지내는구나…… 싶은 근질근질한 기분을 느꼈다. (여섯 번째)

아지사이 양, 정말로 게임을 하는구나…… 아니 같이 플레이하기도 했지만.

"저기, 레나 짱은 요즘 뭐 하고 지냈어?"

"엇? 요, 요즘인가요……. 음, 그게."

나왔다! 근황 대화의 턴이다!

내 뇌는 지금 『아지사이 양네 집에 있으면서 정신을 바짝 차린다』는 고난이도 미션을 수행하느라 이미 벅차서 대뇌피질의 여유 공간을 활용해 어떻게든 헤쳐나갈 수밖에 없다…….

요즘, 요즘……. 가장 최근에 있었던 커다란 이벤트는 마이의 패션쇼지만 거기에 초청받은 사람은 나뿐이었지……. 나랑 마이가 특별한 레마 프렌드라는 걸 모르는 아지사이 양에게 패션쇼에 다녀왔다고 얘기한다면 어쩐지 난처한 일이 벌어질 것 같은 느낌이 든다…….

그렇게 되면 이미 화젯거리가 다 떨어져 버렸다.

"공부를 하거나, 게임을 하거나. 에어컨을 쐬면서 게으르게 지내고 있으려나……."

이럴 수가…… 내 화젯거리의 샘이 폭염으로 말라버렸어…….

"좋네. 방학 숙제는 얼마나 끝냈어?"

"반쯤일까…… 수학이 영 진도가 안 나가서."

"아아, 나도 그래. 이번 문제는 하기 싫은 것들만 잔뜩인걸~. 그리고 보니 그건 이미 했어? 한 페이지에 도형들이 가득 그려져 있는──."

"아앗, 그거 엄청 귀찮았어! 게다가 그다음도──."

그런데도 아지사이 양의 손에 걸렸다 하면 사막의 오아시스조차도 대폭포로 변한다!

내 입에서 이렇게나 말이 술술 나오다니…….

오랜만이야, 이런 느낌……. 누구랑 대화를 해도 두 번 이상 대화가 왕복하질 못하는 내가 『어쩌면 나는 회화를 잘하는 애 아닐까?』 하고 착각하게 될 것 같은 감각.

역시 아지사이 양이야…….

그런 생각에 아지사이 양 쪽을 돌아봤더니 무방비하게 드러난 팔 위쪽이 눈에 들어왔다.

어떤 스위츠보다도 달콤하고 부드러워 보이는 아지사이 양의 팔죽지……. 황급히 시선을 돌렸다. 이 집에는 위험이 가득해! 제발 살려줘!

내 입에서 『이런 집에 있을 수 있겠냐! 나는 돌아가겠어!』 같은 소리가 나오기 전에 아지사이 양이 먼저 다음 화제를 꺼내줬다.

"레나 짱은 아르바이트 같은 건 안 해?"

"어엇? 무리무리!"

"그래?"

아니…… 그런 『갸우뚱』이라는 효과음이 들릴 것 같은 각도로 고개를 갸웃거리셔도……. 그저 아지사이 양이 무지막지하게 귀여울 뿐이니까요…….

우물쭈물 말을 꺼냈다.

"하지만 아르바이트라고 하면 노래방이나 패밀리 레스토랑이잖아……? 알지도 못하는 사람들과 대화를 나눈다니…… 절대로 무리야…….."

"뭐어~? 그렇지 않아, 레나 짱이라면 할 수 있어."

절대로 못 하죠!

아지사이 양은 내 진짜 본모습을 모르니까 가볍게 그런 말을 할 수 있는 거야…….

뭐, 진짜 나 자신을 제대로 보려고 들지 않는 건 바로 스스로지만요! 아하하하! 이 허접쓰레기!

아니 오히려 반대로 생각해보자. 나는 인싸 흉내를 엄청 잘 내는 거 아닐까?

아지사이 양의 눈조차 속일 수 있다는 건 엄청 노력하고 있다는 증거 아닐까?

마음가짐 하나로 자존심이 살짝 회복됐다. 이 녀석은 남을 속이면서 대체 무슨 소릴 하는 거야! 이라는 남들의 (자신의?) 목소리는 무시했다.

"아아, 하지만 그랬지. 레나 짱은 남자애들을 불편해하는걸."

"으, 응, 뭐…… 그렇지…….'

굳이 말하자면 불편해하는 건 남자라기보다는 제대로 된 남자들이다. 저 같은 게 시야에 들어와서 죄송합니다…… 싶은 기분이 드니까.

그래서 어린애들이나, 여자를 때리는 게 취미입니다! 같은 쓰레기는 괜찮아. 괜찮나? 아니, 무서운데……. 절대 얽히고 싶지 않아…….

내 얼굴이 어두워지자 아지사이 양이 걱정스러운 표정을 지었다.

아, 안 돼, 이대로라면 심각한 문제라고 받아들이게 될지도 모르니까 (안 그래도 아지사이 양한테는 남자애들 앞에서 쓰러지는 모습을 보였으니!) 서둘러 말을 덧붙이자.

"딱히 뭔가 특별히 일이 있었던 건 아니고……. 그게, 초등학교 중학교 때 그다지 접점이 없었으니까 무슨 얘기를 해야 좋을지 잘 모르겠다고 해야 하나."

맞아맞아, 그런 느낌. 자기 말에 자기가 납득했다.

"있잖아, 뭐라고 할까, 남자는…… 남자잖아? 어쩐지 우락부락하고, 크고, 생리도 안 하고…… 다른 생물이잖아?"

나는 같은 생물인 여자랑 얘기하는 것조차 버거워하니까. 남자 상대로는 입도 못 연다고.

"어―? 그런 걸까. 하지만 레나 짱도 가끔씩 남자들이 말을 걸거나 하지 않아?"

"뭐, 휴대폰 가게에 가면 인공지능 로봇이 말을 걸 때는 있지……."

"그게 무슨 의미야?!"

학교에는 남자애들이 있으니까 만약 말을 걸어오면 로봇처럼 그 상황에 맞게 대답을 돌려줍니다, 라는 소리를 하고 싶었는데 엄청 쓰레기 같은 발언이 되고 말았다.

"하지만 애초에 나한테 말을 거는 경우는 카호 짱이나, 오우즈카 양이나, 아지사이 양이랑 함께 있을 때뿐이니까……."

우리 그룹에서 남자들이랑 함께 하는 경우는 주로 이 세 사람이다. 사츠키 양은 아무와도 이야기하지 않아서 안심감이 느껴진다. 어라? 사츠키 양은 정말 인싸 맞나?

솟아난 의혹은 일단 덮어두고서 아지사이 양한테 물었다.

"음, 아지사이 양은 어떤 이야기를 해?"

"어―? 그냥 평범해. 동영상 얘기라거나 친구 얘기라거나."

"과연 아지사이 양…… 제대로 의사소통이 가능하다니, 남자어의 달인……."

"남자어가 뭐야?!"

나는 인생을 살면서 남자어를 이수하지 못했는데…….

"뭐, 그런 것 때문이지 뭔가 특별한 이유는 없어. 지금 그룹에 있으면 접점도 늘어날 테니까 조금씩 익숙해지려고 합니다. 조금씩."

"그렇구나―. 레나 짱이 남자애랑 얘기할 수 있게 되면 엄청 인기 있을 것 같네―."

"아냐아냐!"

"어? 그래?"

"만약 내가 인기 있다고 하면 그건 분명 **안전빵**이겠지."

"안전빵?!"

그렇다. 마이 그룹의 핵심 멤버 4명 중, 누군가에게 고백하고 실패한 남자애가 『마이 그룹 멤버랑 사귀는 나! (대단해!)』라는 타이틀을 얻기 위해서 나한테 고백하는 거다.

그럴 경우 나는 분명 깜짝 놀랄 정도로 인기인이겠지……. 후후후, 공략 사이트에도 아마오리 레나코는 그룹 내에서 확연히 차이가 나는 잡몹이지만 보상이 꽤 크니까 노려볼만 하다고 적혀 있을 거다. 사람을 우습게보다니, 젠장, 젠장…….

어쩐지 기분 나쁜 웃음을 짓고 있었기 때문인지 아지사이 양이 명랑한 어조로 화제를 바꿨다.

"사실은 내가 아르바이트를 해보고 싶거든―."

"어엇, 아지사이 양이?!"

"그렇게 의외일까? 밖에서 일하는 거 즐거울 거 같지 않아?"

나는 생각을 바꿨다.

의외인 건…… 아니, 전혀 의외는 아니었다. 세련된 거리에 있는 베이커리나, 케이크 가게의 간판 아가씨가 엄청 잘 어울릴 것 같으니까.

꽃집도 괜찮지. 길모퉁이에 있는 꽃집에서 매일 아침마다 아지사이 양이 개점 푯말을 거는 거야. 그 모습을 보기 위해서 학교에 가는 고등학생이나 출근하는 직장인들이 일부러 길을 돌아간다거나.

아지사이 양이 『좋은 아침이에요』라고 지나가는 사람들한테 인사를 하면서 행복을 나눠주겠지. 바다가 보이는 작은 언덕 위에 있는 마을에서. 그 마을의 행복지수는 전 은하계 1위.

"아니, 좋네……. 아르바이트를 하는 아지사이 양, 굉장히 좋다고 생각해."

"의류매장 점원 같은 일은 살짝 동경하게 되지."

"그, 그거는!"

나는 스톱을 외쳤다.

"의류매장 점원이라는 건 그거잖아……. 적극적으로 말을 걸면서 『아— 저도 그 옷, 가지고 있어요—!』라면서 천천히 가게를 둘러보는 시간을 방해하는 사람이잖아……?"

"그럴 생각으로 말을 거는 건 아니라고 생각해! 『혹시 도움이 필요하신가요—?』하고 친절하게 말을 거는 거야."

아니아니아니…….

그런 건 안 된다고. 미소를 지으면서 가까이 다가오면 좋은 향기가 나는 데다 금방 반해버릴 거야……. 반해버리게 되면 계속 가게에 다니게 될 테고 돈이 술술 빠져나가잖아. 하지만 아지사이 양은 전혀 눈치채지 못하고 나 같은 애를 양산하면서 카리스마 점원의 정점에 오르게 될 거라고요.

다시 생각해 봐도 그건 안 돼. 아지사이 양한테 홀린 애들은 전부 아싸라서 무슨 생각을 할지 모른다고. 아지사이 양의 스토커가 되거나 어쩌면 길을 가는데 갑자기 달려들지도 몰라! 당신이 나한테 상냥하게 구니까! 착각하게 만드는 네가 나쁜 거야! 이 녀석!

안 돼! 의류 매장 점원 아지사이 양은 너무 위험해!

"다, 다른 건 없어? 다른 거."

"음— 그러네. 주점 홀 직원은 어떨까. 떠들썩해서 재미있을 거 같지."

"안 돼!!!"

"엇?!"

나는 아지사이 양의 눈을 똑바로 응시하면서 호소했다.

"주점은 취객한테 휘말릴 거야! 아르바이트하던 껄렁한 대학생이 막 들이댈 텐데?! 그런 곳은 위험하다니까!"

"어, 어어~?"

"아지사이 양은 빵 공장의 라인 작업에서 일해줬으면 좋겠어……. 헤어캡에 마스크를 쓰고서 하루 종일 아무와도 대화하지 않고 그저 타임카드에 시간만 찍을 뿐. 점심시간에는 텅텅 빈 식당에서 외롭게 종업원용 빵만 먹는 그런 곳에서……."

"외롭잖아?!"

하지만 그게 아지사이 양을 위한 일이니까…….

"있지, 있지, 아지사이 양, 아르바이트 할 거라면 카와센 역 앞에 있는 퀸 도너츠에서 해. 거기라면 안심이야. 왜냐하면."

"왜냐하면?"

나는 움찔하고 입을 다물었다.

왜냐하면 거기에는 사츠키 양이 일하고 있으니까 보디가드가 되어줄 게 분명해서…… 하고 말하려고 했던 내 머릿속에서 『아마오리?』하고 사츠키 양이 미소를 지었다. 사츠키 양의 한쪽 손이 내 목덜미를 꽉 움켜쥐고 있다.

눈을 스리슬쩍 피하면서 대답했다.

"왜냐하면 있잖아…… 거기엔 여성 점원에게 소형권총을 지급한다는 소문이 있으니까……."

"그런 도시전설이 있어?!"

그렇다고요. 권총에 버금가는 살의를 내뿜는 여성 점원이 있으니까요…….

아지사이 양은 내 뜬금없는 농담에 아하하, 하고 큰 소리로 웃고 나서는 "하아" 하고 작은 한숨을 쉬었다.

"말은 이렇게 해도 아르바이트를 할 시간 같은 건 없지만 말이야."

"그, 그래?"

"응. 여름방학이니까. 엄마 대신 동생들을 봐줘야 하거든. 놀러 가거나, 일을 하는 건 힘들어―."

"그, 그렇구나."

"부모님 두 분 다 일을 하시니까 어쩔 수 없지. 지금까지 항상 그래왔으니까."

나는 『그것참 큰일이네』라고 말할까 말까 망설였다.

안이한 동정을 던져도 되는 건지 고민하던 중에 아지사이 양이 화제를 매듭지었다.

"아, 미안해. 이상한 얘기를 해버려서. 자, 게임 하자, 게임."

"으, 응."

남의 가정환경에 대한 얘기는 긴장하게 된다. 우리 집은 부모님과 사이도 좋고, 여동생이 열 받게 할 때는 있지만 분명 축복받은 환경에 속할 테니까.

그런 입장에 있으면서 남한테 이런저런 소리를 하기는 어렵다.

왜냐하면 가족에 대해서는 우리가 어떻게 할 수 없는 부분이니까……. 결국 사람은 자기가 태어난 환경 안에서 어떻게든 해나갈 수밖에 없는 거고…….

……아지사이 양한테도 그런 게 있었구나 싶었다.

아니 그보다 문제는 내가 이렇게 너무 과도하게 경계하는 거 아닐까? 아니 내가 문제라는 걸 알고는 있다고! 그러니까 이런 화제에 대해서 얘기할 거예요, 하고 미리 대본을 달란 말이야! 예습해올 테니까!

그렇게 은근히 혼자 데미지를 입고 있었을 때.

꼬물꼬물 **작은 그림자**가 시야 한구석에 들어왔다.

……오오?

"어—? 키 군, 왜 그래?"

아지사이 양의 남동생이다! 자, 작아!

보드라운 털이 머리에 자라나 있어서 작은 동물처럼 귀여웠다. 초등학교 저학년일까. 천진난만한 얼굴이 묘하게 내 마음을 사로잡았다. 처음 봤는데 어째서……?

핫…… 이 아이, 어딘지 모르게 전체적으로 아지사이 양의 얼굴과 닮았어! 머리카락도 그렇고, 눈매가 특히 많이 닮았어!

나는 평생을 걸고 이 아이를 지키며 애지중지 키워야겠다고 맹세했다. 레나코 누나가 어떤 때든 너를 지켜줄 테니까…….

남동생은 아지사이 양의 다리에 찰싹 달라붙었다.

앗, 그렇게 아무렇지도 않게 슥슥 만지다니……! 그만둬, 잠깐, 주제도 모르고 나대는구나, 이놈! 나도 아직까지 아지사이 양의 다리를 만져본 적 없는데!

이, 이 자식, 용서 못 해! 윤회전생의 가챠를 돌린 결과로 아지사이 양의 남동생으로 태어난 게 그렇게 잘났냐?! 확 내 동생으로 삼아줄까?!

꼬맹이를 상대로 진심을 다해 푸른 힘줄을 세우고 있었을 때…… 한 명 더. 이번에는 한 사이즈 더 큰 남자애가 다가왔다.

귀, 귀, 귀여워!

애들이 바로 아지사이 양의 두 동생들…….

"코 군도? 누나들이랑 놀고 싶어? 정말 어쩔 수 없다니까. 자, 그럼 똑바로 인사해야지. 할 수 있을까?"

남동생들은 아지사이 누나의 등 뒤에 숨어서 머뭇머뭇 부끄러운 듯이 인사했다. 큰 애가 초등학교 3학년 코우키 군. 작은 애가 초등학교 1학년이고 킷페이 군이다.

이 두 사람은 태어날 때부터 아지사이 양과 같은 유전자를 지닌 상위존재라서, 나도 모르게 엎드려 절을 해야 할 것 같다. 내가 스스로의 평민근성과 치열한 싸움을 펼치고 있는 동안 아지사이 양은 남동생들을 잘 타이르고 있었다.

"맞아, 이 누나는 전에 말했던 게임을 잘하는 누나야. 너무 어리광을 부려서 폐를 끼치면 안 되니까 말이지? 괜찮아? 약속 지킬 수 있지? 레나코 누나는 어디까지나 누나랑 같이 놀려고 온 거니까, 알겠지?"

아지사이 양이 거듭 다짐하자 아이들은 끄덕끄덕 고개를 끄덕였다. 아지사이 누나한테 착 달라붙은 채로 컨트롤러를 쥔다.

"미안, 레나 짱. 잠깐 같이 놀아도 괜찮을까."

"응, 물론 오케이야. 그보다 원래 그러기로 했으니까."

좋아, 아지사이 양 앞에서 멋진 모습을 보여줄 찬스라구.

플레이하는 게임은 협력식 TPS. 슈팅 게임이다. 나이 제한 없이 남녀노소 즐길 수 있는 건전한 타입.

이런 어린 애들이 룰을 제대로 알고서 즐길 수 있을지 어떨지 조금 걱정이 들지만…….. 그래도 나도 초등학교 1학년쯤부터 문제없이 게임을 즐겼으니까.

물론 실력은 그 시절과는 하늘과 땅만큼의 차이가 있다.

자, 그러면 어디…… 진심을 다하는 어른의 실력을 보여주도록 할까!

잠시 시간이 지나고.

"누나 굉장해─! 굉장해─!" "앗, 이 녀석, 킷페이! 다음엔 이거 할 거니까!" "뭐어?! 빨리 교대하자!" "방금 전 스테이지, 방금 전 스테이지!"

나는 아지사이 양의 예언대로── 동생들한테 엄청난 인기였다.

게임을 잘한다는 것만으로 이렇게나 관심을 받다니……. 인생에서 첫 인기 절정이다.

아니 처음은 아닌가. 바로 요전에 마이랑 사츠키 양이 나를 두고 쟁탈전을 벌인 참이다. 근데 그건 좀 다르지 않아?

방금 전의 낯가림은 어디로 갔는지 벌써 잔뜩 신이 난 코우키 군과 킷페이 군. 그 기세에 떠밀려서 나는 그저 묵묵히 게임을 하고 있었다.

이렇게 게임만 하고 있어도 되는 걸까 싶어서 불안해질 정도로 그저 게임만 하고 있다.

"미안해, 레나 짱. 애들 상대를 하게 해서."

"아냐, 전혀 아무렇지 않아. 즐거워요, 괜찮습니다!"

이건 빈말이 아니라 『남과 게임을 하며 논다』라는 것 자체가 나에게 있어서는 커다란 이벤트니까. 상대가 약하다거나 어린애가 상대라거나 그런 건 관계없이 실제로도 즐거웠다. 아지사이 양처럼 많은 사람들의 관심을 받으며 살아가는 사람은 이해하기 힘들겠지만…….

"적당한 시점에서 마무리 지어도 괜찮으니까 나중에 내 방으로 갈까."

"앗, 네. ……네?!"

아지사이 양의 방……? 그건 설마 평소에 아지사이 양이 잠드는 방을 말하는 건가요……?! (뒤늦게 일곱 번째)

그런 장소로 초대받는다니 너무 엄청난 거 아니야? 그런 건……친구잖아!

나는 묘하게 두근두근하면서도 게임에게 재촉을 받은 것처럼 화면을 주시했다.

참고로── 어떻게 해야 적당한 시점에서 마무리 지을 수 있을지 전혀 알 수 없었다.

"있지, 코 군, 키 군, 슬슬 누나들 방으로 갈 테니까, 적당히 해 줘."
"에이─ 조금만 더─!"

"레나 짱, 오늘 나, 치즈 케이크를 구웠는데 어때?"
"앗, 꼬, 꼭 먹게 해주세요! 이 시합이 끝나면!"

"자, 얘들아, 슬슬 여름 방학 숙제해야지, 응?"
"아침에 했는걸!"
"다음은 나! 내 차례니까! 킷페이─!"

탁류에 휩쓸려가는 것처럼 게임을 계속하고 있던 바로 때였다.

아지사이 양이 결국 폭발했던 건.

"아, 정말—————!!"

어?

그 순간 세상이 멈췄다.

마치 얼어붙은 것처럼 숨을 쉴 수 없었다.

지금 목소리는…… 아지사이 양, 이었어……?

무서운 광경을 결코 쳐다보고 싶지 않은 심정과 어떻게든 반응을 해야 한다는 마음이 서로 맞서 싸우면서, 삐걱삐걱 고개를 움직였다.

주먹 쥔 손을 위아래로 흔들면서 아지사이 양이 얼굴을 빨갛게 물들이고 있었다.

역시 방금 전 외침은 아, 아지사이 양……!

심장이 벌렁벌렁거린다. 음악 수업을 제외하면 큰 목소리를 내는 아지사이 양의 모습은 처음 봤다. 아지사이 양의 말에 귀를 기울이지 않는 사람은 반에서 한 명도 없으니까…….

잘 삐치는 누나는 코우키 군과 킷페이 군의 머리를 꽉 붙잡았다. 마치 수박이나 메론을 잡듯이.

"아이 참―! 아까부터 코 군이랑 키 군만! 나도 얼마나 기대하고 있었는데 왜 약속을 지키지 않는 거야?! 어휴 진짜―! 3시까지라고 약속했지?! 금방 끝내겠다고 약속했었지?! 진짜―!"

성실하게 수업을 듣고 있었는데도 갑자기 선생님한테 혼났을 때처럼 그저 넋이 나가버린 나――의 옆.

코우키 군과 킷페이 군은…….

앗, 그냥 게임을 하고 있어! 이 상황에 익숙해서 전혀 말을 듣질 않아?!

엇, 뭐야? 분명 전에 아지사이 양이 말한 적 있지만…… 화 잘 내는 누나라는 말은 도시 전설 아니었어? 일상다반사였던 거야?

"둘 다 내 말 듣고 있어?! 누나 지금 화내고 있다고, 알겠어?! 진짜―!"

진짜―! 정말―!을 연발하는 아지사이 양이 아이들의 손에 있는 컨트롤러를 휙 빼앗았다. 동생들은 와―와― 아우성치면서 아지사이 양한테 매달린다.

남의 집 남매 싸움이다…….

어버, 어버버버버…….

나는 허용량을 간단히 초과해버리는 광경에 아무런 생각도 할 수 없었다.

내가 그저 굳어있는 동안 동생들은 방으로 쫓겨났다.

"어휴 진짜…… 정말이지……!"

그 뒤에 남은 건 가쁜 숨과 함께 어깨를 들썩이며 머리카락이 잔뜩 흐트러진 아지사이 양.

나한테 등을 돌리고 있어서 표정은 보이지 않는다.

어, 그러니까…….

아주 조금이라도 소리를 냈다간 그 자리에서 노성을 뒤집어쓰는 거 아닐까 싶을 정도의 긴장감으로 가득했다.

아지사이 양의 분노가 100분의 1이라도 나를 향했다간 그야말로 신에게 거스른 어린 양처럼 사르르 증발해버리겠지.

나는 온 몸에 땀을 줄줄 흘리면서 소파 위에 무릎을 꿇고 앉았다.

"……레나 짱."

온몸이 덜덜 떨린다.

"네, 네……."

나는 이미 내 잘못, 누구 잘못을 떠나서 오로지 이 자리의 분위기에서 해방되고 싶다는 일념으로 엎드려 빌 타이밍만을 재고 있었다.

아지사이 양은 천천히 손으로 얼굴을 덮었다.

머리카락 사이로 보이는 귀가 새빨개져 있었다.

"……미안해, 이런 꼴을 보여서……."

으……. 어, 어쩌지.

어? 무슨 소리신가요? 저는 게임을 하느라! 에헤헷!

데헷, 하고 장난스레 혀를 내밀면서 억지를 부릴까, 싶은 생각도 뇌리를 스쳐 지나갔지만 내 능력치로는 고를 수 없는 선택지였다.

"으, 응…… 괘, 괜찮아……."

유머도, 센스도 없이 그저 고개만 끄덕였다.

그러자 아지사이 양은 꺼져 들어가는 목소리로.

"창피해………………."

아아아아아아……

아지사이 양을 창피하게 만들고 말았어……!

"괘, 괜찮다니까!"

안 돼, 안 돼, 창피해하는 아지사이 양도 무척 귀엽지만! 하지만 아지사이 양은 어느 때라도 씩씩하고 건강한 마음으로 있어 줘야 해! 내가 씩씩하고 건강하지 못하니까!

체면이고 뭐고 내던지고서 나는 전력을 다해 아지사이 양을 위로하겠다고 결심했다.

 "봐, 그게, 나도 말이지! 여동생이랑 엄청 자주 싸우니까! 서로 바보니 멍청이니 하면서! 막 서로 욕설도 주고받으니까! 가족이 상대라면 막 애증이 섞이지?! 어느 집이나 그래! 응, 응, 응?!"

 "⋯⋯⋯⋯⋯으으⋯⋯."

 "집이랑 학교랑 캐릭터가 다른 것도 당연한 거잖아?! 나도 집에 있을 때랑 밖에 있을 때랑 완전 다르니까! (단순한 사실) 그러니까 응?! 그야 조금은 놀랐지만 전혀 그게⋯⋯ 그러니까 그게 어, 괜찮으니까! 응?!"

 하지만⋯⋯.

 아무리 아무리 아무리 위로해 봐도 그날, 침울해진 아지사이 양이 다시 반짝반짝한 아지사이 양으로 돌아오는 일은 없었다.

 오히려 내가 필사적으로 위로하면 할수록 아지사이 양은 기운을 잃고 말았다.

 완전히 악순환이다⋯⋯!

 "마, 맛있어! 이 케이크 맛있어! 맛있네! 그렇지, 아지사이 양, 응!"

 "응⋯⋯."

 이런 상황에서 맛본 아지사이 양의 특제 케이크는 정말 죽을 만큼 안타깝게도 맛을 제대로 알 수 없었다⋯⋯.

* * *

"다녀왔어⋯⋯⋯⋯⋯⋯."

"어서 와—."

집에 돌아오자마자 나는 시체 같은 얼굴로 소파에 풀썩 쓰러졌다.

지, 지쳤어⋯⋯.

침울해진 사람을 계속 격려해주는 건, 출혈이 멈추지 않는 부상자에게 계속 수혈을 하는 기분이다. 내 피까지 텅텅 말라붙어 버렸다.

"왜 그래?"

의자 위에 무릎을 모은 자세로 부엌에 앉아서 스마트폰을 보고 있던 동생의 태평스런 질문에 나는 "아—, 으—" 하고 좀비 같은 소리를 냈다.

"아지사이 선배네 집에 놀러 갔다 온 거 아니야?"

"그렇긴 한데 말이지⋯⋯."

사지를 축 늘어뜨리고서 소파에 쓰러진 상태로 고개만 옆으로 돌렸다.

"사실은——."

망설임도 잠시뿐, 결국 죄다 털어놓았다. 이러니저러니 해도 여동생은 대화하기 편한 데다 얘기를 들어주는 데 능숙하니까⋯⋯.

"흠흠."

아지사이 양과 한창 놀던 중에 동생들이 난입해 들어온 일. 동생하고만 놀고 있었더니 아지사이 양이 화를 내고만 일. 그 이후, 아지사이 양의 기분이 한없이 가라앉고 말았던 일.

여동생은 스마트폰을 하면서 짬짬이 내 얘기를 듣더니 하항—, 하고 납득한 표정이다.

"그렇구나. 아지사이 선배는 어지간히도 언니랑 노는 걸 기대하고 있었네—."

"……헤?"

예상 밖의 말을 듣자, 이 녀석은 내 얘기를 듣기는 한 건가? 싶었다.

하지만 여동생은 내 생각을 손쉽게 앞질렀다.

"하지만 화를 냈다는 건 언니랑 놀고 싶었는데 방해를 받았기 때문이잖아?"

"어……?"

아니, 그건…… 어—?

"평소부터 동생들한테 화가 나 있었는데 한계를 넘는 바람에…… 그런 건?"

"아지사이 선배, 그런 사람으로는 보이지 않는데."

그건 맞아!

"그, 그러면…… 분명, 그러니까, 아지사이 양은 너무 상냥하니까 누가 놀러 오더라도 완벽하게 환대해주지 못하면 마음에 걸리는 걸 거야."

"뭐, 그럴지도."

여동생이 싱겁게 물러나자 마음에 차가운 바람이 불었다.

나는 무의식적으로 『그럴 리가 없어, 아지사이 선배는 언니를 특별히 소중하게 여기고 있다고♡』 같은 상냥한 말을 듣길 바라고 있던 스스로를 깨닫고서 절망했다. 죽자.

"뭐, 스트레스가 쌓여있었던 건 확실하려나. 아지사이 선배, 여름 방학 내내 동생들을 보살폈던 모양이니까."

"그러네⋯⋯."

⋯⋯응? 어떻게 여동생이 그런 걸 알고 있는 거지⋯⋯? 나조차도 오늘 처음 들었는데⋯⋯. 설마 연락을 주고받고 있는 건가?

"나도 1년 내내 언니를 돌봐달라는 말을 듣는다면 분명 무리일 테니."

"반대잖아?!"

여동생은 하아— 이런이런, 하고 어깨를 으쓱했다. 진짜 뻔뻔스러운 표정이다. 아지사이 양네 귀여운 동생들과 바꾸고 싶어.

아니⋯⋯ 뭐, 저쪽은 저쪽대로 힘들 거 같지만.

"여름 방학 내내 어디에도 못 간다라⋯⋯."

소파 위에 엎드린 채로 중얼거렸다.

그건 어떤 기분일까. 나는 아지사이 양의 고뇌를 떠올려보려고 했지만 잘 안 되었다.

애초에 나는 방구석 외톨이였으니까. 그다지 불편함을 못 느낀다⋯⋯.

아, 하지만 24시간 내내 여동생과 붙어 있는 건 확실히 힘들다. 혼자만의 시간을 전혀 가질 수 없다면⋯⋯? 메말라버릴 거야.

나는 가방에서 스마트폰을 꺼내 아무 생각 없이 만지작거렸다.

이건 얼핏 보면 쓸데없이 시간만 죽이고 있는 것처럼 보일지도 모르지만, 사실 MP를 회복하고 있는 중이다⋯⋯. 스마트폰은 현대의 MP포션…….

스마트폰 화면에 아지사이 양의 이름이 갑자기 떠올랐다.

……응?

헉……. 어? 이, 이건……?

전화다!

황급히 몸을 일으켜 빠른 걸음으로 거실을 나왔다. 내 방으로 향하면서 전화를 받았다.

『여보세요…… 레나 쨩?』

아지사이 양의 달콤한 목소리다.

"아, 네, 아마오리 레나코입니다."

『응…… 아까 전엔 미안했어.』

나는 살짝 안심했다.

사과하는 목소리가 평온해서 마음이 많이 진정된 것처럼 들렸다.

내가 돌아간 뒤, 동생들과 잘 화해한 걸지도 모른다. 다행이다. 정말로 다행이다.

"으으응, 아니야."

그래서 나는 전혀 깨닫지 못했던 것이다.

『모처럼 놀러와 줬는데 불쾌하게 만들었지…….』

"그, 그렇지 않아. 아지사이 양의 평소 모습을 볼 수 있었고. 어쩐지, 응, 여러모로 신선해서 즐거웠어!"

『정말로 미안해.』

거듭 사과하는 아지사이 양의 의기소침해진 말투에 가슴이 꼭 죄어들었다.

아지사이 양의 감정표현이 풍부한 목소리는 즐거운 마음이 전해질 때와 마찬가지로 미안해하는 마음도 가감 없이 전해져 왔다.

"그런, 나는 아무렇지도……."

학교에서 항상 폐를 끼치고 있는 건 내 쪽이다.

평소 내가 얼마나 아지사이 양의 존재에 구원받고 있는가. 그걸 생각하면 내가 팔다리 한두 개쯤 잘라다 아지사이 양한테 바치지 않고서야 계산이 맞지 않는다.

뭐 그런 소리를 꺼내봤자 아지사이 양을 곤란하게 만들 뿐일 테니까 말할 수는 없지만……. 내 팔도 그다지 쓸모도 없을 테고…….

그렇다곤 하나, 나 같은 녀석 때문에 시무룩해진 아지사이 양의 목소리를 듣는 건 정말 너무나도 괴로웠기 때문에 나는 최선을 다해 밝은 목소리로 말했다.

"그러니까, 응! 괜찮아! 다음에 또 놀러 갈 테니까!"

『응…….』

크윽…… 이것도 안 되나…….

하지만 또다시 똑같은 일을 되풀이하게 될지도 모른다고 생각하고 있는 걸까……. 어떻게 해야 아지사이 양의 마음을 가볍게 해줄 수 있을까……. 내가 할 수 있는 게 뭐가 있을까…….

하마터면 『아지사이 양, 내가 1만 엔 줄게!』 같은 소리를 내뱉기 전에 아지사이 양의 목소리에 생기가 돌아왔다.

『그러네, 나 결심했어.』

오……? 지금 살짝 뭔가 변했지.

내 1만 엔은 필요 없었다. 아지사이 양은 어찌어찌해도 자기 힘으로 일어설 수 있는 사람이다. 역시, 그래야 우리들의 아지사이 양이지.

이 기회를 놓치지 않고 나도 신이 나서 물었다.

"어? 뭔데뭔데—?"

『응, 있잖아.』

아지사이 양은 마치 비밀스러운 계획을 털어놓는 것처럼.

사랑스러운 목소리로 속삭였다.

『——나 있지, 가출하기로 결심했어.』

헤에…….

가출인가…….

…………어?!

어, 잠깐, 뭐어어어어어어어어어어어어?!

* * *

아지사이 양은 내일 첫차로 여행을 떠난다고 한다.

아무래도 진심인 모양이다.

나는 대체 무슨 말을 해야 할지도 모른 채, 바보 같은 표정으로 『다들 걱정하지 않을까……』 같은 소리를 꺼내 봤지만 아지사이 양은 완고하게 『됐어, 됐어』 하고 단언했다.

이미 결심을 마쳤나 보다.

『괜찮아, 괜찮아. 앞뒤 생각 없이 저지르는 건 아니니까.』

웃으면서 말하는 아지사이 양에게 결국 나는 입만 우물거릴 뿐이었다.

그날 밤, 잠자리에 들었지만 좀처럼 잠들지 못했다.

아지사이 양……. 생각 없이 저지르는 건 아니라도…… 오기가 생긴 건 아닐까 싶었다.

언제나 사려 깊은 아지사이 양답지 않은 태도라는 느낌이 든다. 여동생도 말했지만 역시 스트레스가 쌓여있었던 걸까…….

으으.

나는 대체 뭐라고 말해야 했던 걸까.

가족들이 곤란해할 거야, 라든가. 동생들도 분명 반성하고 있을 거야, 라거나.

그런 허울 좋은 말로 아지사이 양의 죄책감을 쿡쿡 자극해서 아지사이 양을 만류하는 것도 가능했을 거라 생각한다. (나한테 그게 가능할지 어떨지는 일단 차치해두고서.)

아지사이 양은 정말로 착한 애니까. 자기보다 주변 사람들을 우선하는 애니까.

……하지만 그렇게 아지사이 양을 말리고, 또다시 그 시무룩한 표정을 짓게 만들고서, 『응…… 그러네. 레나 쨩의 말대로지. 나, 조금 냉정을 잃었나봐』라며 쓸쓸하게 미소 짓는 아지사이 양을 본다면…….

나는 이번에야말로 가슴이 미어져서 죽어버리는 건 아닐까…….

그렇게 가족들과 대화해보라고 하고, 가출하는 걸 말린다면,

또 똑같은 일이 일어나더라도 아지사이 양은 분명 묵묵히 참을 거야.

아지사이 양은 자신의 행복보다도 남의 행복을 바랄 애니까…….

으으으으.

나는 머리를 감싸 쥐고서 몇 번이나 뒤척였다.

적어도 노래방이나 배팅센터에서 스트레스를 발산하는 거라면 차라리 낫지! 어째서 가출을! 아지사이 양!

가출은 위험하잖아!

아지사이 양이 홀로 여행이라니, 그건 절대로 무리잖아?! 여행 간 곳에서 온갖 남자들이 말을 걸어올 거야! 아지사이 양이 한여름의 모험을 하게 될 텐데?!

상냥한 남자의 말에 낚여서 사랑을 하고 돌아온 아지사이 양은 살짝 어른스러워져 있다거나……. 아니, 그것조차도 최악까진 아니다.

만약, 못된 남자한테 속아 넘어간다면? 아니면 나쁜 여자의 놀이 상대가 됐다가 결국 버려진다면?!

나쁜 여자 : 당신, 혼자야? 어? 가출했어? 큰일이네, 우리 집에 올래? 괜찮아, 괜찮아, 아무 짓도 안 할 테니까♡

아지사이 : 어— 괜찮아요? 와아— 정말 감사합니다♪

안 된다고!!!

상냥하고 경계심 없는 아지사이 양이 먹잇감이 될 거야!

여름방학이 끝나고 학교에 온 아지사이 양은 갈색으로 태운 피부에 머리를 금발로 물들인 갸루가 되어 나타나, 교복 가슴께를 한껏 풀어헤치고서 『안냐—♪』하고 헐렁한 목소리를 내는 거다.

방과 후에는 『미—안♪ 오늘은 셋째 여친과 데이트가 있어서—♪』라며 들떠서 귀가하는 아지사이 양을 눈으로 배웅하는 거야.

끝장이다…….

모처럼 아지사이 양과 친구가 됐다고 생각했는데…… 아지사이 양은 이번 여름, 나쁜 녀석들한테 속아서 타천해버려…….

그 후, 아지사이 양은 고등학교도 중퇴하고 나는 이제 두 번 다시 아지사이 양과 함께 놀 수 없었다…….

싫어어!

아지사이 양이 없는 학교에서 살아갈 자신이 없어! 마이도 카호 쨩도 자주 다른 그룹에 붙잡히는걸! 나는 대체 누구랑 얘기해야 해?! 사츠키 양인가?! 사츠키 양, 학교에선 한 마디도 안 해주잖아!

나는 머리에서 불을 뿜을 것 같은 상태로 머리끝까지 이불을 뒤집어썼다.

언제까지나 나랑 함께 있어 줘…….

항상 내 곁에서, 내가 학교에서 대화할 사람이 없어서 우물쭈물하고 있을 때 상냥하게 말을 걸어줘, 아지사이 양…….

으으으, 훌쩍, 훌쩍…….

나는 거의 뜬눈으로 밤을 지새웠다——.

──그리고 다음 날.

* * *

"어?"

아침 일찍. 아직 매미도 울지 않는 시간대.

미지근한 여름의 바람이 불어오고, 새벽이 되어 밝아오는 하늘 아래엔 아무도 보이지 않는다.

그러던 중, 등에 커다란 등산용 배낭을 멘 아지사이 양이 역으로 다가오더니 눈이 동그래졌다.

"레나 쨩?"

거기에는 놀랍게도 내가 있었다.

"야, 야호, 아지사이 양."

구깃구깃한 웃음을 지으면서 살짝 손을 들어 인사했다.

"레나 쨩, 어째서 여기에……?"

나도 갈아입을 옷이나 이런저런 물건을 쑤셔 넣은 커다란 배낭을 등에 메고 있어서, 우리들은 마치 사전에 약속하고서 여행을 가는 친구들 같았다.

뭐, 멋대로 밀어닥친 거지만…….

"아니, 왠지 갑자기 여행을 가고 싶은 기분이 들어서…… 라고 해야 하나."

첫차가 출발하기 전에 맞춰야 해서 미리 한 시간 전에 집에서 나와 아지사이 양네 집에서 가장 가까운 역까지 걸어왔다.

"하, 하지만 혼자 보내는 건 여러모로 불안하니까! 그러면 차라리 아지사이 양을 따라가야겠다 싶어서!"

아하, 아하하, 하고 어색하게 웃었다.

아지사이 양은 그저 가만히 나한테 시선을 둔 채로 굳어있었다.

……여, 역시 안 되는 건가요?

"레나 짱."

윽, 무서워.

아지사이 양의 부담이 되지 않으려고 조심했더니 이런 장난스러운 태도가 되어버렸다.

……이, 일단은 말이지, 나도 나름대로 결심을 하고서 여기까지 온 거라고요.

좋은 일들이나 나쁜 일들 같은 건 전부 이 거리에 훌훌 털어두라고.

아지사이 양이 가출을 하고 싶다고 말을 꺼낸 거다. 그렇다면 아지사이 양이 하고 싶은 대로 하게 해주고 싶다. 왜냐하면 아지사이 양은 지금까지 언제나 많은 사람에게 친절하게 대해주고, 많은 사람을 도와줬으니까.

그런데 『아지사이 양이 없어진다면 가족 분들이 곤란할 거야』 같은 정론을 들이밀면서 말리는 건 아무리 그래도 너무하잖아.

아지사이 양은 선행에 대한 보답 같은 건 바라지 않겠지만…….
그래도 그런 아지사이 양이 보답받지 못하는 세상 따위에 존재할 가치가 있어?

그렇다면!

아지사이 양이 하고 싶은 대로 마음껏 할 수 있게 해주고! 아지사이 양이 곤란한 상황에 처하지 않도록 내가 함께 따라가서 아지사이 양을 지키겠어!

이러면 만사 해결이잖아!

아니, 뭐, 반쯤은 아지사이 양이 언제나 내 곁에 있어 줬으면 하는 내 어리광도 있긴 하지만 말이지?!

……그렇긴 한데.

아까부터 아지사이 양은 고개를 수그리고서 아무 말도 없다.

만약 『아니 방해되니까 돌아가♪ 혼자서 한여름의 모험을 즐기고 싶어♪』라며 거절한다면 내 마음이 꺾여버릴 게 분명해…….

머뭇머뭇 반응을 살피고 있는 나에게.

묵직한 배낭을 멘 아지사이 양은——.

——정말 미안하다는 듯이 눈을 깔고서 내 손을 꼭 붙잡았다.

"미안해, 레나 짱…… 걱정 끼쳐서. 하지만…… 괜찮아?"

그러면서 살짝 올려다보는 아지사이 양의 눈은, 인류라면 누구나 아찔함을 느낄 정도로 매력적이었다.

아지사이 양이 나를 필요로 해주고 있어——.

내 뺨이 순식간에 뜨거워졌다.

"무, 물론이지! 어차피 집에 있어봤자 한가하니까! 그럴 바에야 아지사이 양과 여행을 떠나는 편이 훨씬 즐거울 게 당연하고——."

허둥지둥 쏟아내는 말들이 끝나기도 전에 나에게 꼬옥 안겨들었다.

아지사이 양이! 안겨들었다!

우, 우와아아…….

호흡이 멎었다. 가슴이 두근거리고, 눈앞이 번쩍였다.

귓가에 아지사이 양의 목소리가 들려왔다.

"고마워, 레나 짱."

"네, 네에……."

──이렇게 나와 아지사이 양은 아침 첫차를 타고서 모르는 마을을 향해 여행을 떠났다.

고등학교 1학년 여자애 둘이서. 한여름의 모험이다.

돈을 인출해오긴 했지만 예산은 잘해봐야 2박이나 3박 정도일까……. 나는 그동안 아지사이 양을 확실하게 지켜낼 수 있을 것인가.

아니, 있을 것인가가 아니야. 이 목숨과 바꿔서라도 나는 아지사이 양을 지키는 거야!

…………으으, 너무 불안해!

이건 지금보다 아주 조금 미래의 이야기.
도쿄로 돌아오는 전철 안에서 있었던 일이다.

아지사이는 옆자리에서 꾸벅꾸벅 몸을 기대오는 레나코를 보면서 부드러운 표정을 지었다.
(이번 2박 3일의 가출 여행은 즐거웠어…….)
이것도 저것도 전부, 레나코가 곁에 있어 줬던 덕분이다.
탁구를 치면서 놀고, 함께 온천에 들어가고.
레나코가 이런저런 이야기를 들어준 덕분에, 한바탕 소동이 날지도 모른다는 생각에 암담한 기분으로 가족과 전화했을 때도 솔직하게 얘기할 수 있었다.
도중에 마이가 찾아왔던 건 깜짝 놀랐지만, 그것도 포함해서 무척 두근두근했다. 셋이서 걷는 해변 마을은 전혀 다른 풍경처럼 보여서 마치 외국에 온 것 같았다.
이제 나는 괜찮아.
(정말로 고마워, 레나 짱.)
레나코의 머리카락을 쓰다듬었다. 손가락으로 느껴지는 부드러운 감촉이 기분 좋다.
레나코에게는 아무리 감사해도 부족할 정도다.
어떤 형태로든 반드시 보답해야겠다고 마음먹었다.

색색거리는 숨소리를 내는 레나코는 아지사이의 어깨에 머리를 기댔다.

아지사이는 살짝 몸을 경직시키면서 레나코의 손을 놔주려고 했지만.

놓으려고 했던 손을 멈췄다.

창문 밖으로 시선을 돌려 흘러가는 풍경을 바라보았다.

(앞으로도 우리들은…… 언제나, 언제나 친구야.)

내 소중한 친구.

당신의 행복이 나의 행복.

──이 마음은 분명 변하지 않는다. 언제까지고 변치 않고 싶다.

입술이 소리 없는 중얼거림을 그리면서 아지사이도 조용히 눈을 감았다.

두 사람을 태우고 전철이 달린다.

많은 추억을 싣고서, 소녀들은 자신들이 태어난 거리를 향해 돌아가고 있었다.

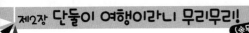

아지사이 양과 처음으로 대화를 나눴던 건 고등학교 입학식 다음 날.

비가 내리는 날 아침이었다.

황송하게도 마이한테 말을 거는데 성공한 나는 우쭐해져 있었다. 그래서 학교에서 제일 가까운 역에서 우산을 깜빡한 채 오도카니 서 있던 아지사이 양한테 말을 거는 행동마저 할 수 있었다.

혹시 괜찮다면 학교까지 같이 쓰고 가실래요? 하고.

가방에서 접이식 우산을 꺼내면서 스마트한 미소를 지었던 나. 분명 자연스러운 권유였다고 생각한다. (미화)

『어─, 그래도 괜찮아? 기뻐.』

비가 내리는 하늘 아래에서 미소를 짓는 아지사이 양의 모습은 그야말로 빗물을 머금고서 반짝이는 수국같이 윤곽이 도드라져 보였다.

그리고──.

『잘 부탁해, 레나 짱.』

자리 바꾸기에서 앞뒤로 나란히 앉게 된 우리들은 금방 친구가 될 수 있었다.

그 이후로 나에게 있어서 아지사이 양은 동경의 상징이었다.

외견은 폭신폭신 사랑스러우면서, 성격은 누구에게나 상냥하고 친절.

고등학교 입학하자마자 아지사이 양과 알게 되는 바람에 무심코 『엇, 나 말고 다른 고등학생들은 다들 이렇게나 천사야?!』 하고 쫄았던 적도 있었지만 당연히 그렇지는 않았다. 가까이서 함께 하는 시간이 길어질수록 실감했다. 아지사이 양은 특별한 사람이었다.

나는 학교생활 내내 아지사이 양에게 도움을 받았다.

체육 시간, 유연성 체조 때 같이 조를 짤 사람이 없어서 혼자 멍하니 서 있는 내 모습을 보고서 다가와준 아지사이 양이 "같이 할 사람이 없어서 곤란했어. 같이 할래?"라며 먼저 권해줬을 때는 거의 울 뻔했다. 이제 평생 이 사람을 소중히 여기겠다고 맹세했다. 가슴속에서 넘치듯 샘솟아 흐르는 충성심에 나는 전생에 아지사이 공주를 모시던 무사였을지도 모른다고 생각했다.

어디에도 아지사이 양 같은 사람은 찾을 수 없었다.

중학교 시절의 트라우마도 아지사이 양이 있었기 때문에 극복할 수 있었다.

그래서 나는 이 꽃을 지켜나가겠다고 정한 것이다.

그렇게…… 굳은 결심을 가슴속에 품고서, 나는 아지사이 양 곁에서 함께 첫차를 타고 있었다.

"아침 첫차 전철은 처음 타보는데 텅텅 비었네."

"그, 그러네요."

아무래도 아지사이 양은 정해둔 목적지가 있는 모양이다.

일단 케이오 선으로 신주쿠로 간 다음 거기서부터 목적지로 향한다고 한다.

"있지, 나는 한가할 때면 자주 여행 사이트를 보곤 하거든."

배낭을 안은 채로 옆에 나란히 앉은 아지사이 양이 스마트폰을 보여줬다. 반짝이는 핑크색의 귀여운 손톱이 화면을 가렸다.

즐겨찾기 화면에는 숙소 이름들이 잔뜩 나열되어 있었다.

"혼자 하는 여행 계획 같은 걸 세우곤 해. 지도앱 같은 걸로 검색해보고서, 2시간 걸리는구나— 하고 생각하기도 하고. 2시간 동안 뭘 할까, 책을 읽을까? 하고 망상을 하거나."

아지사이 양이 아무렇지도 않게 『망상』이라는 단어를 입에 담자, 아아 망상이라는 단어는 남들 앞에서 말해도 되는 거구나, 싶었다. 아싸는 인싸를 보고서 올바른 단어 사용을 배우는 법이다.

"어디 보자, 지금부터 향하는 곳은?"

"음— 거기도 2시간 반 정도 걸리려나."

"그렇구나, 라저! 요즘 세상에 2시간 반 정도야 스마트폰 좀 만지작거리다 보면 금방이지."

"응. 게다가 레나 짱도 함께 있는걸."

점점 도쿄에서 멀어질수록 아지사이 양의 표정에는 자연스러운 미소가 늘어났다.

아니, 아지사이 양이니까 나를 배려해서 씩씩한 척을 해주고 있을 뿐일지도 모르지만……

아, 안 돼. 갑자기 최악의 사실을 깨닫고 말았다.

"다른 사람은 아무도 없는 아침의 전철은 신선하네."

"그, 그러네."

나는 아지사이 양을 위험에서 지켜줄 생각으로 『역시 가출이었군……. 언제 출발하지? 나도 동행하겠어』라는 말과 함께 억지로 따라온 건데. (카쿄인 레나코!)

하지만 어쩌면 아지사이 양은 처음부터 순수하게 혼자 하는 여행을 만끽하고 싶었던 걸지도 모른다.

이런 것도 해보고, 저런 것도 해봐야지, 라면서 설레고 있었을지도 모른다.

만약 그렇다면 내가 엄청 노력해서 아무런 위험 없이 무사히 집으로 돌아왔을 때…….

아지사이 양이 『우와— 뭔가 분위기 파악도 못하는 녀석의 기분을 맞춰줘야 해서 엄청 지루했어……』하고 안 좋은 추억을 품고서 집에 돌아온다면 결국 아무런 의미도 없는 거 아닌가?! 아지사이 양한테 미움받게 된다면 결국 고등학교 생활을 함께 보낼 수 없는 건 똑같은 거 아닌가?!

그야 아지사이 양의 무사안전이 제일이긴 한데! 아지사이 양이 무사하다면 앞으로 남은 고등학교 2년간 다시 외톨이로 돌아가도 좋다고 생각할 수 있냐 하면…… 그럴 수는 없잖아?!

나는 몸을 떨었다.

아주 잠깐의 틈을 메우려는 듯이 황급히 입을 열었다.

"오, 오늘은 제법 선선해서 좋은 날이네! 어제랑 비하면!"

"그러네."

아무런 생각도 하지 않았더니 날씨에 대한 화제밖에 나오지 않았다. 기온이나 구름 모양으로 화제를 넓혀나갈까……? 안 돼, 그만둬! 제 무덤을 팔 거야!

내가 아슬아슬한 줄타기를 하고 있는 동안 전철은 안전운전과 함께 신주쿠에 도착했다. 홈에서 역 안으로 올라갔을 때 손을 들었다.

"저, 저기, 미안! 잠깐 화장실에 다녀올게!"

"응―. 아직 시간이 있으니까, 괜찮아. 천천히 다녀와도 되니까."

아지사이 양과 떨어져 여자 화장실 개인칸에 뛰어 들어가서 한숨을 내쉬었다.

"위험해."

양손으로 얼굴을 덮었다.

――무슨 얘기를 해야 좋을지 전혀 모르겠다.

기다려, 일단 정리해보자. 내가 지금 반드시 해야 할 일은 뭐지?

아지사이 양을 지키는 거야 당연한 거고…… 그래, 아지사이 양을 즐겁게 해주는 거다.

즉, 최종적으로는 아마오리 레나코가 함께 와줘서 정말 다행이라고 생각해주는 것!

흐흥. 그렇다면 다음은 간단하잖아.

마이처럼 다양한 종류의 화제로, 사츠키 양처럼 지적이고, 카호 쨩처럼 농담을 섞어서, 아지사이 양이 지루하지 않도록 행동하면 되는 거다.

할 수 있겠냐―!

너무 허황된 바람이라고! 목표 수준을 낮춰서, 아지사이 양이 무사히 돌아가는 것만 목표로 하자. 그래야만 한다.

괜찮다니깐…… 아지사이 양은 나를 싫어하지 않아…… 근거는 아무것도 없지만…….

어차피 현실은 게임처럼 되어 있지 않아. 무슨 아지사이 양 기분 맞추기 게임처럼 즐거워하는 걸 한눈에 알 수 있는 방식이 아니니까…….

만약 아지사이 양이 속으로 지루해하면서도 겉으로는 『즐거워』라며 웃어주더라도 그냥 모르고 넘어갈 수 있으니까……. 아지사이 양 기분 게이지 같은 게 보인다면 지옥이야. 안 보여도 괜찮으니까!

아니 잠깐만 이거 반대로 생각할 수도 있지 않을까……?

배려심 넘치는 아지사이 양이다. 내가 즐거워하지 않으면 아지사이 양한테 『역시 레나 짱, 무리해서 따라와 준 거구나……』라는 인상을 주려나?!

이, 이러고 있을 수 없어……!

즐겁게, 즐거워해야 해…… 헤헤, 헤헤헤……. 봐, 나는 즐겁다구. 아지사이 양을 나 혼자 독차지하는 여행인데? 헤헤, 자, 방긋 웃자, 레나코…… 당연히 즐겁지…….

버틸 수 있을 리 없잖아!

혼자서 끙끙 앓는 건 이제 무리다.

나는 결심을 하고서 스마트폰으로 SOS를 보내기로 했다.

도, 와, 줘. 라고.

그러자 이런 이른 시간인데도 금방 답장이 왔다.

사츠키 : 뭐야? 좀비한테라도 쫓기고 있어?

아아 역시 나의 **친구** 사츠키 양!

나는 신이 나서 문자를 쳤다.

레나코 : 사츠키 양! 사실은 지금 아지사이 양이랑 가출을 해서! 대화가 이어지질 않아! 도와줘!

사츠키 : 미안, 뭐라고?

사츠키 : 한 번에 정보량이 너무 많아.

레나코 : 아지사이 양이 혼자서 가출하겠다고 말을 꺼내서 내가 따라왔어! 하지만 이제부터 계속 아지사이 양이랑 함께 있는 거니까! 나, 어쩔 줄을 몰라서!

사츠키 : 대체 뭐 하는 거야, 너…….

레나코 : 모르겠다고! 어쩌다 보니!

그리고서 잠시 동안 답장이 오지 않았다.

나는 몹시 허둥거렸다.

나의 **친구** 사츠키 양?! 어째서?! 나를 버린 거야?!

그럴 수가…… 사츠키 양은 진정한 친구 아니었어……? 거짓말이지……. 나 혼자만 사츠키 양을 일방적으로 친구라고 생각하고 있었다는 거야……? 세 번이나 키스했는데!

사츠키 양은 나 같은 건 아무래도 좋은 거야……. 내 몸만이 목적이었어……. 지금쯤 나 같은 건 잊고서 또 야한 책을 읽고 있을 거야, 분명…….

그때 스마트폰에 보인 건, 또 다른 연락처였다.

──오우즈카 마이.

……마이한테 상담할까?

지금 아지사이 양과 단둘이서 가출했는데…… 라고.

하지만 마이는 지금 매일 열심히 바쁘게 지내고 있으니 괜한 걱정을 하게 만들고 싶지 않다.

게다가…… 마이가 프랑스에서 긴급 귀국해서 나를 덮쳤던 그날의 기억이 떠오른다.

마, 말 못 해…… 말할 수 있을 리가 없어……. 얘기를 꺼내면 싱글벙글 웃으면서 얘기를 들어줄지도 모르지만 다 끝나고 나서 보나 마나 내 몸을 탐할 게 당연해……. 사츠키 양이랑 키스한 걸 들켰을 때도 그랬으니까……!

그렇다면 적어도 카호 짱한테 조언을……. 카호 짱이라면 분명 얘기를 들어, 주겠지……? 잘 모르겠어. 나는 카호 짱의 사생활을 전혀 몰라!

안 되겠다. 막막해. 능력도 없는 여자가 아지사이 양의 힘이 될 수 있을지도 모른다면서 행동을 벌인 것 자체가 잘못이었나요? 하느님.

어차피 날개도 없는 내가 천사에게 손을 뻗을 수는 없었던 거네요…….

대책도 없이 맨손으로 아지사이 양과 마주할 수밖에 없어…… 하고 단념했을 때였다.

사츠키 양한테 메시지가 왔다.

엇, 어어엇.

우왕좌왕 하는 사이에 텍스트 파일 4개가 도착했다.

레나코 : 뭐야 이게!

사츠키 : 정말로 곤란한 상황에 여는 파일.

사츠키 : 화젯거리가 쓰여 있어.

사츠키 : 곤란할 때 써줘.

레나코 : 고마워 사츠키 양! 역시 어려울 땐 **친구**네!

레나코 : 나는 지금 엄청 감동했어!

레나코 : 정말로 감사합니다! 사츠키 양 너무 좋아! 사츠키 양 사랑해! 사츠키 양이 진짜 최고야! **베스트 프렌드** 사츠키 양! 가정적인 대빈민에 져서 파스타에 한눈에 반했네![*]

사츠키 : 짜증 나…….

레나코 : 그럼 바로 첫 번째를 열어볼게!

사츠키 : 궁지에 몰리는 게 너무 빠르잖아.

나는 4개의 파일 중에서 하나를 열었다.

거기에는 대화거리들이 적혀 있었다.

『언젠가 가보고 싶은 장소에 대해 이야기 한다.』

오오……. 생각했던 것보다 평범해…….

사츠키 양이 보내준 거니까 무심코, 세계의 고문 수단 중에서 가장 좋아하는 건 뭐야? 나는 말이지, 달군 쇠로 지지는 형벌이려나 우후후♡ 같은 소리가 쓰여 있을 줄 알았어.

---

[*]일본 4인조 그룹『쇼난노카제』의 히트곡『純恋歌』의 가사

아니, 평범한 걸로 충분해, 고마워. 오히려 평범한 게 최고야. 나도 평범해질 수 있다면 평범해지고 싶었어.(음울) 평범 최고—!

사츠키 : 하지만 하나만 충고할게.

레나코 : 어, 뭔데……? 무서워…….

사츠키 : 너는 상당히 세나한테 심취해 있는 것 같지만 인간의 본질 따위 쓰레기야. 세나도 한 꺼풀 벗겨보면 분명 인간다운 추악함이 드러날 거야.

레나코 : 뭐어—?! 그렇지 않다고요! 아지사이 양은 인간이 아니라 천사니까 우리들 같이 성격 나쁜 녀석들과는 다르다고요!

사츠키 : 지금, 나까지 포함한 거야?

레나코 : …………☺.

사츠키 : 뭐, 별로 상관은 없지만. 내가 말하고 싶은 건, 세나의 안 좋은 부분이나 보고 싶지 않은 부분을 눈앞에 두게 되더라도 너는 지금 같은 태도를 이어나갈 수 있을까, 라는 점.

레나코 : 그야 물론이지. 나는 아지사이 양의 모든 걸 사랑하고 있으니까…….

사츠키 : 인간의 모든 부분을 그대로 사랑한다는 건 무리야.

사츠키 양은 단언했다.

사츠키 : 그러니까 너는 스스로가 만들어낸 환상의 세나가 아니라, 최선을 다해 진짜 세나를 봐주는 거야.

레나코 : 저기…… 네, 알겠습니다.

사츠키 : 충고는 그것뿐. 그럼 모쪼록 힘내.

대화가 끝났다.

요약하자면 사츠키 양이 하고 싶은 말은 너무 이상을 갖다 붙이지 마, 라는 거라고 생각하는데……. 『인간의 모든 부분을 사랑하는 건 무리』라는 사츠키 양의 말이 묘하게 가슴에 남았다.

확실히 마이도 사츠키 양도 좋은 점도 나쁜 점도 있었다. 그건 당연한 일이다.

……그렇다면 혹시 아지사이 양에게도 그런 게 있을까. 인싸 레벨이 낮은 나에게는 아직 그게 보이지 않을 뿐이지.

아니, 안 되지. 아지사이 양을 기다리게 만들었어. 그만 나가야지.

빠른 걸음으로 되돌아가자, 화장실을 나와 바로 앞에 있는 기둥 근처에 엄청난 미소녀가 서 있었다.

우와 귀여워. 아지사이 양이었다. 귀, 귀여워—!

"기, 기다렸지, 아지사이 양."

"아냐, 괜찮아."

미소 하나만으로도 넘쳐흐르는 행복감. 역시 아지사이 양한테 안 좋은 부분 같은 건 없어! 정말이지 사츠키 양은 걱정도 많다니까! 아지사이 양은 완벽! 퍼펙트 걸! 대천사!

화젯거리도 손에 넣은 나에게 두려운 건 없다.

나는 이런 최고의 환경 속에서 뭘 두려워했던 걸까. 뭐? 아지사이 양과 함께 있으면서 부정적인 감정에 휩싸이는 경우가 있다고?

신앙심이 부족한 거 아니야?

"그러면 갈까."

"응, 저기, 그러니까."

아앗, 아지사이 양이 먼저 가버린다. 화제, 화제, 화제…….

신주쿠 역 안에서는 차분하게 이야기를 꺼낼 타이밍을 잡기 힘들어서 새로운 화제도 꺼낼 수가 없었다. 나는 지금 화젯거리를 손에 쥐고 있는데도……! 사츠키 양, 화제를 꺼낼 타이밍까지 제대로 지정해줘야죠!

의욕이 넘치는 아지사이 양은 평소보다 빠른 발걸음으로 막힘없이 걸어갔다. 애초에 나는 지금 목적지가 어딘지도 모르기 때문에 그저 어미 뒤만 쫓아가는 오리새끼나 마찬가지…….

일단 개찰구를 나와서 계단을 오르락내리락 이동했다.

좁은 통로를 지나서 도착한 곳은 오다큐선 승강장이었다.

"저기, 아지사이 양은 어디로 향하는 거야?"

"후훗."

오다큐선 홈, 하얀 선 안쪽. 드디어 아지사이 양을 따라잡자, 아지사이 양은 장난꾸러기처럼 웃었다.

『레나 짱은 나와 단둘만의 세계로 가는 거야』라면서 천국 여행 열차에 타게 된다고 하더라도 아지사이 양과 함께라면 뭐 괜찮겠지 싶을 정도의 미소였다.

하지만 그건 아닌가 보다.

"레나 짱에게 문제입니다~."

"엇? 앗, 네."

제 1회 아지사이 퀴즈가 시작됐다. 정답자에겐 아지사이 양의 호감도를 선물한다고?!

"제가 예전부터 가고 싶었던 여행지는 어디일까요—."

"어어—? 어디일까……. 디즈니랜드?"

"땡—. 그럼 힌트를 줄게. 편안히 휴식을 취할 수 있는 곳이야."

"휴식을 취할 수 있는 장소……. 엇, 설마 교토로 가? 사찰 순례같이."

"때앵—. 그럼 정답 발표입니다~."

나는 오답만 연발하고 제한 시간을 맞이했나 보다. 전철이 홈에 들어온다. 문이 열린 전철을 향해 아지사이 양이 춤을 추듯이 올라탔다.

전철에 올라타 나를 향해 빙글 도는 아지사이 양. 스커트가 부드럽게 흔들린다.

"온천이야, 레나 짱."

내 뇌가 온센이라는 아이디를 쓰는 유명 온라인 전문 격투게임 플레이어를 떠올렸다.

그럴 정도로 아지사이 양의 말이 충격적이었다.

뇌내 변환기능의 회복과 동시에 나는 눈을 크게 떴다.

"오, **온천?!**"

"맞아. 미리 예약석을 잡아놨으니까, 자, 앉자앉자."

"아와와와."

굳어버린 내 손을 잡아끌며 아지사이 양이 전철 안을 걸어갔다.

전철이 향하는 목적지는 내가 모르는 지방이었다. 그곳에 아지사이 양이 가고 싶었던 온천이 있는 건가…….

그렇구나…… 나는 아지사이 양과 온천에 가는 거구나…… 가버리는 거구나……. 각오도 없이 따라와서 함께 온천에…….

이걸 바로 갈팡질팡이라고 표현하는 거겠지. 도무지 진정되지 않는 기분으로 지정석에 도착하자 그곳에는 나란히 붙어 앉는 좌석이 있었다. 으랏차, 하고 배낭을 내려놓은 아지사이 양이 웃으면서 에스코트해 주었다.

"자, 레나 쨩도."

"으, 응."

나는 바로 앉지 않고 잠시 가만히 서 있었다.

어쩐지, 이래저래 하는 사이에 여기까지 와버렸지만……『아지사이 양과 단둘이서 가출』이라는 강렬한 키워드가 갑자기 현실감을 띠기 시작했다.

이 특급열차에 타버리면 나는 이제 도쿄를 떠나게 된다는 뜻이다.

돌아가려면 지금이야, 같은 클리셰적인 문구가 머릿속에 떠오른다.

"레나 쨩?"

아지사이 양이 작게 고개를 갸웃거리면서 묻는다. 『나와 함께 천국에 가줄래?』라고.

에에잇! 여기까지 와서 겁을 먹다니 한심하다고! 레나코!

아지사이 양이 지금까지 나한테 해줬던 일들을 떠올려! 이건 은혜를 갚는 거야! 내가 뭘 할 수 있고 없고를 떠나서 아지사이 양을 결코 혼자 놔둘 수 있을 리가 없잖아!

방긋방긋 웃으며 창가 자리를 권해주는 아지사이 양의 어깨를 붙잡았다.

"후에?"

그리고서 망설임 없이 아지사이 양을 창가 자리에 앉혀주었다.

"오늘은 아지사이 양의 날이니까!"

조금 쑥스러웠기 때문에 고개를 돌리고서 말했다. 딱히 폼을 잡으려고 했던 건 아니고…… 이건 내 나름의 결의 표명 같은 거니까!

아지사이 양은 잠시 동안 깜짝 놀란 표정을 지은 뒤, 천천히 꽃이 만개하는 듯한 미소를 지었다.

"고마워, 레나 짱."

으, 귀, 귀여워…….

"처, 천만에요."

나도 배낭을 내려 발밑에 놓고서 스마트폰 충전기나 이런저런 것들을 끄집어내며, 뜨거워진 뺨이 보이지 않도록 작업에 몰두하는 척했다.

아지사이 양은 창밖을 바라보면서 후훗, 웃는다.

"창가 자리는 정말로 오랜만이야. 여행을 갈 때면 언제나 꼬맹이들한테 창가를 뺏기니까. 나도 사실은 여기에 앉고 싶었던 걸까."

나한테 하는 말인지, 혼잣말인지 분간하기 힘들 정도로 작은 목소리였다.

아지사이 양의 모습을 살피다가 내 쪽을 돌아보는 아지사이 양과 눈이 마주쳤다.

"있지, 어떻게 생각해? 레나 짱."

나는 뭐라고 말해야 할지도 모른 채로.

그냥 바보처럼 있는 그대로 대답할 수밖에 없었다.

"어, 그게……. 모르겠어."

아지사이 양은 그런 대답에도 기막혀하지 않고서 온화하게 웃었다.

"그래, 그렇지."

"응……."

전철이 달린다.

잠시 아지사이 양은 흘러가는 경치를 바라보았고, 우리 둘 사이에는 아무런 대화도 없었다.

그, 그렇지. 화제, 화제.

괜찮아, 할 수 있어. 내 뒤에는 사츠키 양이 붙어 있으니까.

"저기, 있잖아."

"응─?"

"아지사이 양은 혹시 어디든지 갈 수 있다고 한다면 가보고 싶은 장소가 있어?"

"가고 싶은 장소라. 그건 판타지 같은 느낌도 괜찮은 거야? 예를 들면 신기한 나라 같은 곳."

"어, 잘 모르겠는데……."

"모르겠다고?!"

텍스트 파일에는 따로 규칙은 적혀 있지 않았다…….

"아─ 하지만 으음─, 서양의 성 같은 건 직접 보고 싶은걸. 노이슈반슈타인 성이라거나 윈저 성이라거나."

"아아, 응! 좋네, 성! 보물 상자 같은 게 있을 것 같아!"

있지, 사츠키 양! 이거 하나도 잘 될 거 같지 않은데! 내가 상대의 말에 맞장구를 치는 능력이 얼마나 낮은가도 계산에 넣어달라고! 서양풍 성은 RPG 게임에 나오는 것밖에 모른단 말이야!

내가 난처해하는 모습을 눈치채준 걸까, 아지사이 양은 "그리고 말이지—"라면서 대화를 이어갔다.

"한번 거기에 가보고 싶어. 코미케? 라는 곳."

"코믹 마켓?!"

아지사이 양은 "맞아맞아, 그거"라면서 웃었다.

나는 단순히 게임 팬이라 만화나 애니메이션에 대해선 잘 모른다. 푹 빠졌던 작품은 있지만 대단한 마니아까지는 아니고 그냥 적당히 아는 수준이다.

하, 하지만 만약 아지사이 양이 사실은 애니메이션을 좋아한다면 나도 같이 즐기고 싶어……. 아지사이 양과 단둘이서만 통하는 얘기를 나누고 싶어……!

설마 사츠키 양한테 받았던 화제로 이런 마음이 들게 될 줄이야…… 고마워, 사츠키 양……. 역시 가지고 봐야할 건 친구네……. 우리들의 우정은 영원불멸이야…….

나는 갑자기 흥미를 가진 척을 하면서도 너무 조급하게 달려들지 않으려고 세심한 주의를 기울이며 아지사이 양 쪽으로 바싹 다가갔다.

"저기—, 코미케에 가고 싶다고 하셨는데 아지사이 양은 어떤 분야에 흥미가 있으신가요—?"

조마조마하며 아지사이 양의 대답을 기다린다.

그러자 아지사이 양은 수줍어하면서 말했다.

"음. 코스프레를 하는 사람은 뉴스에서도 자주 다루잖아. 엄청 예쁘니까 실제로도 한번 보고 싶다, 싶어서."

"그렇구나!"

큰일 날 뻔. 완전히 함정이었다. 오타쿠를 낚는 함정이다. 아니 물론 내 피해망상이다. 아지사이 양은 내가 오타쿠라도 미소와 함께 선뜻 받아들여 줄 테니까…….

"올해는 바빠서 조금 힘들 것 같지만 언젠가는 가보고 싶어—."

코스프레라…….

"나는 그보다 아지사이 양의 코스프레 차림이 엄청 보고 싶을 지도."

"어—?"

아지사이 양이 손으로 뺨을 누르며 부끄러워한다. 귀여워.

"하지만 코스프레는 그 작품을 좋아하는 사람들이 하는 거지. 아, 그러면 나 일요일 아침에 방영하는 마법 소녀 차림을 해보고 싶어. 정말로 귀여운걸."

과연. 아지사이 양은 동생들과 함께 전대물이나 가면 라이더도 보는구나. 즉, 뒤에 연이어 방송하는 마법 소녀 시리즈도 보고 있는 거군.

어, 아지사이 양의 마법 소녀 코스프레? 그거 무진장 귀엽잖아…… 엄청 보고 싶은데……. 하늘거리는 스커트를 입고서…….

어이어이 장난 아니라고…….

"그 작품에 등장하는 캐릭터인데, 내가 좋아하는 애가 있거든. 이야기 중간에 새로 참가하는 캐릭터인데——."

그렇게 나는 목적지에 도착할 때까지 아지사이 양이 이야기 해주는 작품 얘기를 들었다.

아지사이 양이 여아용 애니메이션 감상을 얘기해 준다니, 나는 이것만으로도 가출에 함께 한 보람이 충분히 있다고 생각했다.

귀여운 사람이 귀여운 작품에 대해 얘기한다니 너무나도 귀여워…….

도쿄를 떠나는 전철 내 한쪽 구석은 오직 상냥함으로만 이루어진, 세상에서 제일 상냥한 공간이었다.

아지사이 양과 둘만의 여행, 진짜 최고—!

* * *

"레나 짱, 슬슬 도착이야—."

"핫."

아무래도 나는 어느새 잠이 들었던 모양이다. 어젯밤에는 거의 한숨도 못 잤으니까 어쩔 수 없다……. 입가를 슥슥 닦았다.

"미, 미안해, 아지사이 양."

"으으응, 아니야. 나도 살짝 졸았으니까."

쑥스러운 듯이 웃으며 말하는 아지사이 양. 잠에서 깨자마자 아지사이 양의 얼굴을 볼 수 있다니 진정되질 않잖아…….

우리는 다시 배낭을 등에 메고 특급열차에서 내렸다.

역의 홈에 서서 바라본 경치는 상당히 한산했다. 개찰구도 옛날 느낌이 물씬 풍겼고,『사람들로 넘쳐나는 관광지!』라는 분위기는 결코 아니었다.

뭐라고 해야 하나, 전체적으로…….

"어쩐지 쓸쓸한 곳이네."

"어?! 대놓고 말해도 되는 거야?!"

"아하하, 하지만 보이는 그대로잖아."

아니, 확실히 맞는 말인데……. 그래도 아지사이 양이 줄곧 바라던 여행지인데 싶어서…….

거리에는 소금기를 머금은 바람이 불고 있었다. 왠지 모르게 예전에 갔었던 오다이바가 떠오른다. 그때 나랑 함께 했던 건 마이였지.

지금은 아지사이 양이 내 곁에 있다. 커다란 배낭을 메고서 바람에 흔들리는 머리카락을 가만히 손으로 누르는 아지사이 양은 이곳이 아닌 어딘가 먼 풍경을 바라보고 있었다.

아무 말 없이 계속 아지사이 양의 옆모습을 바라보고 싶은 마음도 있었지만 계속해서 여기에 멍하니 서 있다간 수상한 사람처럼 보일 테니 입을 열었다.

"음, 목적지는 여기서 가까워?"

"응. 오늘은 이곳에 있는 온천여관에서 묵으려고."

"그렇구나."

아지사이 양은 역 앞 광장에 있는 시계탑에 시선을 줬다.

"이제 곧 점심이라 배가 고파지네. 식사하러 갈까."

"넵!"

그다지 고를 만한 선택지가 많지 않아 보여서 우리는 역 앞에 덩그러니 자리 잡고 있는 우동가게에 들어가기로 했다.

손님은 거의 없었다. 카운터 자리에 나란히 앉았더니 아지사이 양의 가녀린 어깨가 바로 옆에서 느껴져서 갑자기 의식하려고 드는 마음을 필사적으로 억눌렀다.

"아, 아지사이 양은 우동 좋아해?"

"좋아─. 면류를 좋아해. 하지만 이런 가게는 혼자선 들어가기 힘들어서."

"이해해─."

맞장구를 치긴 했지만 사실 하나도 이해하지 못했다. 나는 혼자서도 태연히 들어가는 인종이니까……

그 순간, 내 시야 한구석에 도끼눈을 치켜뜬 사츠키 양이 모습을 드러냈다.

『어째서 거짓말을 하는 거야? 내가 전에도 말했었지?』

그, 그게 아니에요! 지금은 무의식적으로 어쩌다 보니 동의했을 뿐이에요! 깊은 의미는 없었다고요!

황급히 말을 고쳤다.

"아니, 그래도 나! 종종 혼자서 라멘 가게에 들어가거나 할지도─!"

이 말에 아지사이 양이 갑자기 차가운 눈빛으로 『어째서 거짓말을 했어?』라고 따져 묻는다면 나는 분명 통곡을 하겠지.

하지만 그런 일은 없었다.

"헤에— 대단해—. 그러면 레나 짱과 함께 있으면 어떤 가게라도 들어갈 수 있겠네."

엄청 에둘러서 말하는 건가 싶기도 했지만 (어딜 가도 혼자 가는구나? 외롭겠네ㅋ 같은) 상대가 아지사이 양이니만큼 그럴 일은 없었다.

"응! 그렇지!"

주문한 우동이 앞에 놓였다. 나는 차가운 냉우동. 아지사이 양은 뜨끈한 유부 우동이다. 배낭에서 고무줄을 꺼내서 거침없는 손놀림으로 머리를 한데 묶는 아지사이 양. 목덜미가 눈에 들어와서 살짝 두근거렸다.

"그, 그러면 잘 먹겠습니다."

"잘 먹겠습니다—."

이건 내가 엉큼해서 그런 게 아니라 단순히 일반적인 감상인데, 귀여운 애가 머리를 질끈 묶고서 면을 후루룩 거리는 모습은 뭔가 참 보기 좋네. 어디까지나 단순히 일반적인 감상이지만!

"맛있네."

"으, 응."

안 되지, 안 돼. 아지사이 양이 후—후— 불고 있는 면이 되고 싶다는 감상은 완전히 선 넘었지.

학교에서 다 같이 모여 점심을 먹는 건 간신히 익숙해졌지만…… 단둘이서 하는 외식은 어쩐지 긴장된다. 아마 내 마음속에는 『둘이서 함께 밥을 먹는다』는 행위에 특별한 경계선이 있는 거라고 생각한다.

같이 차를 마신다거나, 서서 크레이프를 먹는 거랑 다르게, 뭐라고 할까. 식사라는 일상의 행위를 친구와 공유하는 게 왠지 부끄러운 걸까.

슬쩍 옆을 살피니 아지사이 양과 눈이 마주쳤다. 윽.

아지사이 양은 후훗 웃으면서.

"한 입 먹고 싶어?"

"그, 그런 게 아니고요. 그냥 그게, 어쩌다 보니 봤을 뿐이라, 죄송합니다."

"왜 사과하는 거야, 레나 짱. 이상해."

"헤, 헤헤……."

안 돼! 내가 점점 기분 나쁜 녀석이 되고 있어! 좀 더 제대로 된 얘기를 하고 싶어! 제대로 된 얘기가 뭐지?!

사츠키 양, 두 번째 파일을 열어보도록 하겠습니다. 첫날 몇 시간 지나지도 않아서 벌써 반 이상 소모하는 건 위험하지 않냐고? 당연히 위험하지!

두 번째 텍스트 파일에는 이렇게 쓰여 있었다.

『장래희망 이야기.』

과, 과연 사츠키 양……. 이 얼마나 제대로 된 이야기인가. 누구도 기분 나쁘게 생각하지 않을 완벽한 거리감……. 평소에는 커뮤니케이션에 흥미 없어 보이는 표정을 하면서도 필요할 때가 되면 딱 필요한 양만 꺼낼 수 있는 여자. 나에게 꼭 필요한 사람이다…….

아무런 생각도 없이 사츠키 양이 적어준 텍스트를 그대로 입에 담았다. 나는 리모컨으로 작동하는 로봇이나 마찬가지다.

"아지사이 양은 장래의 꿈이 있어?"

"어— 장래의 꿈이라. 글쎄 뭘까."

젓가락을 돌리면서 난처한 웃음을 짓는 아지사이 양.

"꿈이라는 건 참 어렵지 않아?"

확실히!

"레나 짱은 꿈이 있어?"

"나는…… 그러네요."

되도록 평생 움직이지 않고, 누구와도 얽히지 않고, 고독하게 살다가 고독하게 죽고 싶네요.

내 머릿속에 반사적으로 떠오른 말은 즉시 삭제했다. 아무리 아지사이 양이라도 질겁할 거야.

"게, 게임으로 먹고 살 수 있으면 좋겠다고 생각한 적도 있으려나, 아하하. 요즘 유행하는 그런 거 있잖아, 게임 스트리머 같은 거, 하하하……."

"와— 재미있어 보여. 근사한걸."

무슨 말을 해도 다 긍정해주는 아지사이 양이 방긋 웃었다.

내가 조금만 더 순진했어도『이, 이 애는 내 꿈을 인정해줬어……. 좋아 나는 이 세상 최강의 스트리머가 되어 이 애를 아내로 삼는 거야, 헤헤헤……』하고 위험한 결심을 품을 뻔했다.

"그, 그래도 지금은 달라졌어. 다양한 일들을 해보고 싶다고 해야 하나. 그렇게 잘 풀릴지는 모르겠지만……!"

"그렇구나. 굉장히 좋은 생각이야. 꿈에 대한 이야기를 듣는 건 즐겁네."

아지사이 양은 방긋방긋 웃으면서 내 얘기를 들어줬다.

호감도가 오르는 소리가 들린다…… 헤헤…….

"나도 있지, 옛날에는 과자가게 주인이 되고 싶었는걸. 아니면 어른스러운 언니라거나."

"어, 어른스러운 언니?"

"그게 뭔가 싶지. 등을 꼿꼿이 펴고 걷는 멋진 언니 같은 이미지인데 구체적으로 뭘 하는지는 전혀 몰라. 그냥 정장에 힐을 신고서 거리를 걷는 느낌."

어린 시절의 꿈이었겠지. 지금보다도 훨씬 어른스러워진 아지사이 양의 씩씩한 모습을 상상했더니 몹시도 가슴이 설렜다. 아지사이 언니……!

"하지만…… 사실은 지금도 그다지 달라지지 않았을지도 몰라."

아지사이 양은 우동 그릇을 양손으로 잡은 채로 후우, 하고 한숨을 쉬었다.

"때때로 그런 생각이 들어. 지금보다 조금 더 어른이 되고 싶다는 생각. 타인에게 상냥하고, 올곧은 용기가 있고, 뭐든지 할 수 있는 어른."

"그건 전에 전화로 말했던 그거?"

"그러네―. 일단은 그게 목표일까. 갈 길이 멀긴 하지만……."

내 눈으로는 완벽해 보이는 아지사이 양이라도 자신의 부족한 점을 인정하고서 매일매일 노력하고 있구나…….

아지사이 양은 "뭐어" 하고 웃음으로 어두운 분위기를 날려버렸다.

"완전 글렀지만 말이지. 동생들한테 펄펄 화를 내고서 가출까지 했으니까."

"그, 그럴 때도 있는 거야. 쉴 틈도 없이 노력을 이어간다는 건 무리인걸!"

"레나 짱은 착한 아이네……. 글러 먹은 나를 그렇게 위로해 주고……."

아지사이 양의 웃음에는 기운이 없어서 지금 당장이라도 꺼져 들어갈 거 같아!

어째서?! 잠깐만 기다려!

"아니, 그런 게 아니라 봐봐, 나한텐 무리니까! 아지사이 양은 내 이런저런 점들을 칭찬해 주지만 아직 한참 멀었으니까! 나는 금방 녹초가 되니까 쉴 때는 제대로 쉬고, 열심히 할 때는 전력으로 게으름을 부리는걸!"

나는 스스로를 믿지 않는다. 나라는 녀석은 정작 중요할 때 근성을 발휘하지도 못하고 갑자기 배신을 때리는 녀석이니까!

"레나 짱은 자신의 페이스를 잘 파악하고 있구나. 대단해."

그런 소리가 아니라고요!

"하루 종일 이불속에만 있을 때도 있는데?!"

"쉴 때는 쉬는 것도 중요하지."

"빈둥빈둥 게임만 하면서 꼭 해야 할 숙제를 내일로 미룬다거나!"

"몰두할 수 있는 무언가가 있다니 부러운걸."

아지사이 양의 자기 평가가 내려간 상태라서 그런지 내가 이렇게까지 자학하고 있는데도 아무 소리에나 칭찬을 해준다!

지금만큼은 흑화 아지사이 양이 그리울 정도야!

이대로라면 도저히 몸 둘 바를 모르겠다. 빨리 어떻게든 하지 않으면.

"부탁이야, 아지사이 양…… 나를 매도해줘……."

"그게 무슨 부탁이야?!"

눈이 휘둥그레진 아지사이 양이 황급히 되묻는다.

"대체 왜……?"

"아지사이 양이 평소에 몰래 마음속에 담고 있던 나쁜 말 같은 걸 해준다면……."

"뭐어—……? 그런……."

아지사이 양은 떠올리려는 것처럼 물끄러미 나를 바라보았다.

점점 심박수가 상승한다. 등줄기에 식은땀이 흘러내렸다.

아지사이 양이 누군가를 매도하는 모습은 본 적 없는데 대체 무슨 소릴 듣게 될까……. 『바—보, 말미잘 해삼』 같은 귀여운 느낌일까, 어쩌면 『레나 짱은 세 사람 이상 모여서 얘기할 때면 갑자기 말수가 적어지네』하고 내 핵심을 관통할지도.

묘한 긴장감 속에서.

아지사이 양은 눈을 가늘게 뜨고서 조용히 말했다.

"레나 짱은………… 누구에게나 상냥하네~."

"아지사이 양이 그런 소릴 해?!"

아시가야 고교 천사의 발언에 나도 모르게 소릴 질렀다.

잘 먹었습니다, 라는 인사를 남기고 가게를 나와서 우리는 다시 거리를 걸었다.

평범한 해변 마을. 처음으로 걷는 장소인데도 그리운 향수를 자극하는 경치다.

먼저 앞장서서 걷고 있는 아지사이 양의 모습은 평소 그대로의 모습처럼 보이지만……. 같이 밥을 먹으면서 대화해본 느낌으로는 역시 마음에 담아두고 있는 모양이다. 아지사이 양이 자학하는 말을 하다니, 보통 일이 아닌걸.

때때로 시선을 아래로 떨구기도 했고…….

기운이 나도록 해주고 싶은데 잘 되질 않는다.

고등학교 데뷔가 아니라 중학교 때부터 똑바로 정신을 차렸다면 나도 나름의 풍부한 인생경험을 쌓고서 아지사이 양을 위로해줄 수 있었을까.

문득 발걸음을 멈춘 아지사이 양이 제방 너머를 응시했다.

여름 햇살을 받은 바다가 하얀색으로 반짝이고 있었다.

시야 가득히 펼쳐진 바다는 너무나도 광활했다. 나는 아지사이 양에게 다가가 옆에 나란히 섰다.

"있지, 이 마을에는 전에 몇 번인가 놀러 온 적이 있어. 친척분이 여기서 민박을 하거든."

"아, 그렇구나."

아예 모르는 거리는 아니었구나.

"응. 아무것도 없는 곳이라고 생각했지만 그래도 평소엔 도쿄에서 살고 있기 때문일까? 이런 느긋한 분위기가 어쩐지 싫지 않았어."

커다란 배낭을 등에 멘 채로 함께 나란히 걸었다.

나는 그 순간 깨달았다. 지금 우리가 향하고 있는 목적지는 그 친척분이 하고 계시는 민박이겠지.

"어디론가 떠나고 싶다는 생각에 자주 여행 사이트를 들락거리곤 했는데……. 그런데 가출을 하겠다고 결심했을 때 제일 먼저 떠오른 곳은 이곳이었어."

아지사이 양은 시선을 떨어트렸다.

"결국 나는 알고 있는 장소밖에 오지 못한다는 생각이 들었어."

어딘지 서글퍼 보이는 표정이었다. 수영장 물이 무서워서 뛰어들지 못하는 어린 소녀처럼.

내가 뭘 해야 좋을지 조금씩 알 수 있었다.

……좋아.

이 정도쯤이야, 나라도 할 수 있어!

아지사이 양의 손을 붙잡았다.

"꺄악, 레, 레나 짱?"

"저기 있지, 아지사이 양! 여기 근처에 여관이 하나 더 있는 모양이야!"

스마트폰을 보여주면서 아지사이 양을 향해 웃었다.

"아지사이 양이 가본 적 있는 곳도 좋지만, 단둘이서 함께 처음 가보는 숙소에서 묵어보지 않을래? 잘못된 선택이 될지도 모르지만…… 그건 또 그것대로!"

무책임한 말을 내뱉었다.

아지사이 양이 깜짝 놀라면서 나를 바라보았다.

쓸데없는 소리를 한 건 아닐까 싶어서 긴장된다. 아지사이 양한테 『아니 지금 그럴만한 분위기가 아니잖아?』라며 단칼에 거절당하는 건 싫어!

그래서 나는 틈을 메우려는 것처럼 부끄러운 소리를 쏟아내고 말았다.

"괜찮아! 아지사이 양은 어디든 갈 수 있고, 뭐든지 선택할 수 있어! 아지사이 양이 혼자라서 불안하다면 내가 함께 있어 줄 테니까!"

주위에 인기척이라고는 없는 쓸쓸한 해변 마을에서 나는 아지사이 양의 손을 단단히 잡은 채로 외쳤다.

그럴 의도는 아니었지만 이 방법은 상대에게 자신의 마음을 전하기 위해 아지사이 양이 항상 사용하는 방법이었다.

아지사이 양은 미간에 힘을 꾸욱 담고서 내 눈을 마주 보았다.

"레나 짱……."

"으, 응. 그게 그런 거니까, 저기."

"……그 여관이란 거, 저거?"

"어?"

아지사이 양이 손가락으로 가리킨 곳을 바라보았다. 그리고.

"마, 망했잖아……!"

길 건너편에 있는 여관에는 『휴업』이라고 쓰인 종이가 붙어 있었다.

이게 뭐람! 나는 머리를 감싸 쥐었다.

너무 창피해서 땀이 줄줄 흐른다. 그대로 주저앉아버릴 것 같다. 여관에도 나름의 사정이 있겠지만 웹사이트 정도는 갱신해 놓으라고!

아지사이 양이 쿡쿡 웃는다.

"그러면 레나 짱…… 다음 역까지 가볼까."

"엇, 아, 네! 그러네요!"

속삭이는 듯한 아지사이 양의 목소리에 나는 필사적으로 고개를 끄덕였다.

아지사이 양이 나를 배려해서 도와줬어……. 고마워, 정말 고마워 아지사이 양……. 역시 나는 마이처럼은 될 수 없어…….

"……고마워."

"어, 네?"

아지사이 양이 작은 목소리로 감사 인사를 했다.

창피함에 얼굴이 빨개진 나는 뒤를 돌아보지도 못하고서 그대로 발걸음을 재촉했다. 어째선지 마주 잡은 손을 놓지 않고서 우리는 역을 향해 왔던 길을 되돌아갔다.

아지사이 양의 손바닥은 예전에 서로 손을 잡고서 역까지 걸었을 때보다도 뜨거워진 느낌이 들어다.

참고로 다음 전철이 오는 건 40분 후였다. 이런 걸 보면 여기가 도쿄가 아니라는 사실이 절절하게 실감 나네!

* * *

아지사이 양이 잘 아는 해변 마을에서 잘 모르는 해변 마을로 이동했다.

우리는 마을에 단 하나뿐인 작은 여관을 찾아갔다.

어딘지 대중목욕탕을 떠올리게 하는 텅 빈 프런트를 보면 다른 손님들도 없나 보다.

"이제 와서 생각난 건데 그리고 보니 고등학생 둘이서 숙박할 수 있을까……."

확실히 보호자 동의서 같은 게 필요한 곳도 있다고 들었는데.

벌벌 떨고 있는 나를 향해 아지사이 양이 미소를 지었다.

"잠깐 물어보고 올게."

실례합니다— 라며 아지사이 양이 프런트를 향해 망설임 없이 다가갔다.

타인의 지식을 자신의 양식으로 삼는 특수 스킬『잠깐 물어보고 올게』를 사용할 수 있는 사람은 강해……. 과연 아지사이 양이다. 아무나 할 수 있는 게 아니라고.

일단 결론부터 말하자면 정말 간단하게 묵을 수 있었다.

접수처 할머니도 아지사이 양에게는 전혀 경계심을 품지 않은 모양이고……. 그렇다면 사정조차 물어보지 않았던 건 묵으러 온 손님이 아지사이 양이었기 때문 아닌가?

역시 아지사이 양이야…… 대인전의 치트능력 소유자……. 아지사이 양은 분명 평생 불심 검문을 당할 일도 없겠지. 오직 사람의 선의라는 빛만을 받으며 영원히 활짝 피어 있었으면 좋겠다.

방 열쇠를 받은 아지사이 양이 웃으면서 나를 향해 손을 흔들었다.

"레나 짱, 빈방이 있대. 다행이네―."

"으, 응. 다행이네―."

그 뒤로도 할머니(여관 주인분일까?)가 아지사이 양과 잡담을 나누는 걸 옆에서 들었다.

『친구니?』『둘이서 여행? 좋겠네』『아무것도 없는 동네지만 천천히 있다 가렴』『아, 그래도 내일은 축제가 있어. 우리 마을의 명물이니까 꼭 와줬으면 좋겠구나』 등등. 말이 기관총처럼 쏟아진다.

처음 보는 사람한테 저 정도로 많은 말을 들었다간 정신을 못 차리는 나와는 다르게, 아지사이 양은 마치 평소에 이야기를 나누던 이웃사촌처럼 씩씩하게 말을 받았다. 대단해.

긴 복도를 지나 할머니가 우리가 묵을 방을 안내해줬다.

오오.

우리가 묵을 방은 제대로 된 방이었다. (이렇게 말하는 건 실례일지도 모르지만.)

일본식으로 꾸며져 있었고, 우리 집 거실 정도 되는 크기다.

커다란 테이블, 등받이 의자 4개. TV와 소형 냉장고 등이 놓여 있는 극히 평범한 여관방이다. 장지문 너머로는 이부자리를 깔 수 있는 공간도 있었다.

『꽝이라도 괜찮아!』라고 주장하면서 묵게 된 것치고는 평범하게 좋은 방이다. 이것도 아지사이 양의 평소 행실이 좋은 덕분이지.

설득력이 차고도 넘친다.

"그러면 뭔가 필요한 게 있을 땐 언제든지 말해주렴~ 아지사이 짱~."

"네, 감사합니다."

겨우 몇 분 만에 할머니와 허물없는 사이까지 발전한 아지사이 양에게 절로 고개가 숙여진다.

달칵 문이 닫히자 나와 아지사이 양만 남았다.

아지사이 양은 배낭을 내려놓고서 기쁜 듯이 웃는다.

"이 방을 둘이서 독점하다니 정말 사치스럽네—."

"그, 그러네."

나도 방 한구석에 가방을 놓고, 냉장고 전원을 킨 다음 의자에 앉았다.

후…… 일단 이걸로 한숨 돌렸네.

아지사이 양은 즐거운 기색으로 방 안을 둘러보고 있다.

"와— 멋진 여관이야—."

엄청 귀여워…… 아지사이 양이 걸어 다니는 모습에 힐링된다……. 방에 카메라를 두고서 24시간 방송해 줬으면 좋겠어.

아지사이 양이 옷장을 열고서 마치 보물이라도 발견한 것처럼 외쳤다.

"있지있지, 유카타가 들어 있어, 유카타. 갈아입어 보자, 레나 짱."

"아, 응."

아침부터 계속 돌아다니느라 땀도 많이 흘렸으니까.

방구석 외톨이인 나는 머물 거점이 생겼다는 사실에 안심해서 아무 생각도 없이 고개를 끄덕이고 말았다. 유카타의 진정한 무서움을 깨닫지 못한 채……

아지사이 양 옆에 나란히 서서 어디에서나 흔히 볼 수 있는 여관용 유카타를 손에 잡은 순간 내 뇌에 전류가 흘렀다――.

아지사이 양의 유카타 차림……?!

그건 조금, 그게, 괜찮은 걸까……?

"와아―, 시원해 보여―."

아지사이 양은 이 자리에서 바로 갈아입으려는 모양이라 나는 도저히 정신을 차릴 수 없었다. 바로 등을 돌린다.

"저, 저기, 저기요."

"앗, 미안해. 나는 옆방에서 갈아입고 올게."

그러자 배려심을 발휘한 아지사이 양이 유카타를 들고서 재빠르게 옆방에 들어갔다. 그리고서 장지문을 닫으려고 하다가 갑자기 뭔가 깨달은 표정을 짓는다.

아지사이 양의 입술이 호선을 그렸다.

"레나 짱…… **엿보면 안 돼.**"

"효앗?!"

이상한 울음소리를 내는 괴조 같은 나를 두고서 아지사이 양은 쿡쿡 웃으며 장지문을 닫았다.

옆방에서 아지사이 양이 옷을 갈아입고 있구나…….

셔츠를 벗고, 스커트를 벗고, 유카타로…….

체육 수업 때도 같이 갈아입고 있지만 다른 사람들도 있고, 시끌벅적 소란스러웠으니까. 지금처럼 부끄러운 분위기도 아니었고…….

귀를 쫑긋 세워보면 에어컨이 돌아가는 소리에 섞여 옷자락이 스치는 소리가 들려올 것 같아서 나도 황급히 옷을 벗었다. 사실 귀에 가장 크게 들려오는 소리는 내 심장소리지만!

속옷 위에 유카타를 입고서 부드러운 소매 자락에 팔을 넣고, 허리께에 끈을 감았다.

유카타를 입는 건 대체 몇 년 만일까. 답답하긴 하지만 왠지 등을 똑바로 펴고 싶어지는 착용감이다.

이상해 보이지 않으려나 싶어서 화장실 거울로 확인해 봤지만 으으음, 잘 모르겠어……. 그저 평소보다 가슴이 강조되는 느낌이 든다.

머리 스타일이 평소 그대로라 그다지 특별한 느낌이 없는 걸까. 머리를 좀 만져볼까……? 아니, 잘 모르는 거에 괜히 손대지 말자.

그럴 때 뒤쪽에서 드르륵 장지문이 열렸다. 아지사이 양도 다 갈아입은 모양이다.

"기다렸지―."

"아, 네에―."

총총걸음으로 돌아갔더니 거기엔 청초한 꽃과 같은 미인이 서 있었다.

"에헤헤, 유카타도 나쁘지 않네―."

"어버버버."

큰일이다……. 아지사이 양이 여관 유카타를 입고 있어…….

고무줄로 심플하게 묶은 머리카락이 목덜미를 따라 아래로 흘

러내리고 있다. 목덜미가 그대로 훤히 드러나 있어서 장난 아니라고. 뭐라고 해야 하나, 색기가 엄청나다.

발목까지 가리는 긴 옷자락 밑으로 보이는 맨발이 아까 봤던 바다보다도 눈부셨다. 여관 유카타 덕분인지 안 그래도 예쁘고 고운 아지사이 양이 한층 더 부드럽고 청초해 보인다.

어깨가 말이지, 정말로 가녀리네……. 그렇구나 유카타는 목덜미부터 어깨까지의 라인이……. 이건 두말할 것 없는 페티시……!

"레나 쨩 유카타가 잘 어울려. 후훗, 같은 옷차림이네."

"그러네요!"

눈 호강이라는 단어가 머리 위에서 네온라이트처럼 빛을 낸다…….

큭, 아지사이 양이 걸을 때마다 옷깃이 살짝살짝 흔들리면서 보여, 보, 보인……. 젠장! 가슴 부분의 옷깃을 용접해버리고 싶어!

한 지붕 아래에서 아지사이 양과 유카타 차림으로 단둘이라니……. 이건 그야말로 부부잖아……. 안 돼, 안 된다고……. 이제 막 옷을 갈아입었는데 또 땀을 흘려버려.

"뭔가 여관에 왔다는 느낌이 드네ー."

"그러네요ー!"

심호흡을 하자. 좀 진정을 하자.

아지사이 양도 자신을 성적인 시선으로 보는 여자랑 같은 방을 쓴다면 분명 곤란할 거 아냐.

아니 안 봤지만요?!

대체 무슨 소릴 하는 거야, 레나코. 지금 나는 나 자신에게 깜짝 놀랐어. 아지사이 양을? 성적인 시선으로? 단 한 번도 그런 눈으로 본 적 없어요. 후— 깜짝 놀랐네.

아뇨 그게 말이죠, 가끔 있다고요. 우리 (나를 빼고) 마이그룹은 다른 사람들의 화젯거리에 오를 때가 많거든. 우리 반에서 가장 좋아하는 애는 누구야? 같은 식으로.

당연하지만 남자애들도 점잖은 애들만 있는 건 아니라서, 역시 오우즈카랑 사귀고 싶어— 라거나, 아니아니 역시 사귄다면 세나잖아, 같은 얘기.

어디까지나 본인이 안 듣는데서 하는 얘기지만.

그런 얘기를 들으면서 나는 남자애들이란 참— 같은 기분이 들었지만⋯⋯.

지금 나는 걔들이랑 완전 똑같은 수준 아니야⋯⋯? 생각이 남자 고등학생 같아⋯⋯.

큭, 또 마음이 침울해진다.

알겠어? 아지사이 양이 천사인 거야. 아무리 마이 때문에 내 기호에 약간의 덧칠이 가해졌다고는 해도 내가 아지사이 양을 그런 대상으로 보는 건 결코 있을 수 없어. 아지사이 양은 말이지, 이 더러운 세상에 강림한 지구 최후의 『빛』이라고⋯⋯.

그『빛』은 내 맞은편에 앉아 여관 설명서? 같은 걸 보고 있었다. (인포메이션 북이라고 한다는 모양이다.)

"굉장해, 여기 근처에 전세 온천이 있대. 예약하면 빌릴 수 있다나 봐. 나중에 전화해볼까."

"그, 그거 좋네—."

온천…… 전세 온천……?

"그거는."

"응?"

나는 턱에 손을 올렸다.

"아지사이 양이랑 둘이서 온천에 들어간다는 뜻?"

"응."

착오가 있어서는 안 된다.

젠가 막대기를 빼내는 신중함으로 거듭 물었다.

"……아지사이 양이랑 둘이서 온천에 들어간다는 건…… 다시 말해 **내가 아지사이 양이랑 둘이서 온천에 들어간다는 뜻**……?"

"으, 응."

아니, 그건…….

그건…… 안 되지 않을까?!

그야 확실히 나는 아지사이 양을 우주 탄생 이래 단 한 번도 성적인 시선으로 본 적 없고, 마이나 사츠키 양이랑은 같이 목욕한 적 있지만…… 아지사이 양이랑은 좀 안 되지 않을까?! 그래선 안 된다는 느낌이 들어! 사양합니다! 사양하겠습니다!

"아, 미, 미안, 나 온천은 됐어."

"그래?"

"으, 응! 그게, 뭐라고 해야 하나, 남들한테 보여주는 게 쑥스럽다고 할까, 딱히 아지사이 양이 어떻다는 게 아니라! 절대 그런 의미는 아닌데 말이지?!"

"그, 그렇구나."

물에 빠진 고양이마냥 몹시도 당황하는 나를 보고 살짝 놀란 모양인지 "같이 들어가고 싶었는데"라고 말하긴 했지만 더 이상 억지로 권하지는 않았다.

내 아싸력이 있으면 남들을 질겁하게 만드는 것쯤이야 식은 죽 먹기야. 지금까지 몇 백 명이나 놀라게 만든 경험이 처음으로 도움이 됐네! 마음이 괴롭다.

그래도 다행이다. 아지사이 양이 애교와 함께 『레나 짱은 나랑 같이 온천에 들어가고 싶지 않은 거야?』하고 응석을 부린다면 나는 옴짝달싹 못 했을 거다.

헷. 아무리 마이나 사츠키 양이랑은 불가항력(강조) 때문에 어쩔 수 없이 같이 목욕했지만 아지사이 양이랑도 같이 목욕하게 될 일은 없으니까요!

아지사이 양은 설명서를 팔랑팔랑 넘기면서.

"아, 이쪽 구역에는 탁구장이 있구나. 레나 짱 탁구 칠 줄 알아?"

"그냥 조금은……."

"나, 레나 짱이랑 탁구 쳐보고 싶어―."

"사, 살살 부탁드려요."

"……."

그때였다. 들떠있던 아지사이 양이 갑자기 입을 다문다 싶더니 내 곁으로 다가왔다.

어?!

뭐, 뭐야뭐야……? 유카타를 입은 아지사이 양이 내 곁에 앉아 있어. 천 아래로 훤히 드러나 있는 무릎에만 정신이 팔려서 가슴

113

이 절로 뛰었다.

아지사이 양이 커흠, 하고 크게 목을 가다듬었다.

"있잖아, 레나 짱. 중요한 얘기를 할게."

"네, 넵."

중요한 얘기……? 대체 뭘까……?

사실은 이제 다시는 집으로 돌아가지 않고 이 여관에서 일하면서 살아갈 생각입니다, 같은 말을 하면 어쩌지. 나는 아지사이 양을 응원해줘야 하나……? 하지만 그건 싫어, 외로워…… 학교로 돌아와 주길 원해.

내가 두려움에 떨고 있자, 아지사이 양은.

"여기 올 때까지 말을 꺼내지 않고 있었지만 **돈에 관한 거야.**"

"어?"

돈? 예상하지 못한 얘기다.

아지사이 양은 배낭에서 에메랄드 핑크색 장지갑을 꺼냈다.

"이번에 레나 짱은 내 가출에 같이 어울려주고 있지."

"응? 뭐, 으응……?"

뭔가 찜찜한 느낌은 있었지만 일단 고개를 끄덕였다.

문제는 그 다음이었다.

"그래서 들어가는 비용들은 전부 **내가 낼 생각이야.** 숙박비랑 교통비. 그리고 점심 식사 비용 같은 것도."

아지사이 양은 갑자기 놀랄만한 소리를 꺼냈다.

"아니, 아니아니아니!"

아무리 그래도 그건!

"내가 좋아서 아지사이 양을 따라온 거니까!"

"응…… 그 마음은 고맙고 레나 쨩에겐 진심으로 감사하고 있어."

아지사이 양은 미안해하는 표정으로 미소 지었다.

"그렇지만 따지고 보면 내가 벌인 일이니까. 레나 쨩은 그저 내 곁에 있어 주는 것만으로도 충분하고 그 이상 받는 건 너무 면목이 없는걸. 미안해, 분위기를 망쳐버려서."

"아니 그런…… 그래도 내 몫이니까……."

"레나 쨩이 낸 돈도 나 때문에 쓰게 만든 거니까. 여기 숙박비도 고등학생 지갑으론 비싸잖아?"

귓속이 윙윙거린다.

내가 자진해서 예스맨이 됐는데 이제는 아지사이 양의 말을 부정해야만 한다는 자기모순에 빠져 괴로워하면서도 목소리를 높였다.

"그, 그렇지 않아……! 봐, 다 같이 어디에 들리거나 할 때도 누가 먼저 여기에 들어가자고 말했다고 그 사람이 돈을 내게 되는 건 아니잖아? 당연히 더치페이잖아? 응? 응?"

나름 설득력이 있을 법한 말을 어떻게든 쥐어 짜냈다.

"게, 게다가 내 저축쯤이야 어차피 폰게임에 과금하거나 게임을 살 때밖에 안 쓰니까! 아지사이 양과 함께 여행할 수 있다면야 더 바랄 게 없다고! 후쿠자와 유키치도 지금쯤 축배를 들 거야!"

"후쿠자와 유키치는 실제로 술을 좋아하는 인물이었다고는 하는데……."

아지사이 양은 시선을 떨어트려서 손가락 끝을 바라보았다.

"음…… 응."

다행이다.

내 마음이 전해졌다.

하지만 안도감도 한순간, 아지사이 양은 고개를 절레절레 저었다.

"아니야, 역시…… 그러면 안 돼. 다 함께 카페에 가는 거랑은 다른걸."

"어, 어째서."

"왜냐하면 가출은 나쁜 짓이니까."

아지사이 양은 진지한 표정을 지었다.

"나는 집에 동생들을 두고서 뛰쳐나온 나쁜 누나니까……. 거기에 더해 레나 짱까지 어울리게 했어. 그런데 비용을 반씩 내는 건 너무 뻔뻔해."

뭐, 뭐야 그게…….

나는 아지사이 양이 무슨 말을 하는지 전혀 이해할 수 없었다.

나쁜 누나니까 돈을 두 배로 내려는 거야? 그래서는 마치 스스로에게 벌을 주려는 것 같잖아…….

"나, 나는."

울고 싶어졌다.

아지사이 양을 위해서 쓰는 돈쯤이야 정말 진심으로 아무렇지 않은데.

그런데 아지사이 양을 보고 있으면『그건 너만의 생각일 뿐, 나는 그런 걸 바라지 않으니까』라고 거절하는 것 같았다.

어떻게든 내 논리를 정당화하고 싶다.

학교에서 항상 도움을 받고 있으니까는 어떨까. 아니야, 그렇다고 도움을 주는 사람한테 돈을 내지는 않으니까⋯⋯.

"그게, 저기⋯⋯ 나는⋯⋯."

하지만 나는 이런 상황에서 각자 더치페이가 아니라 일방적으로 받기만 하는 관계가 진짜 친구라고는 생각할 수 없었다.

즉, 나랑 아지사이 양은 아직 친구가 아니었다⋯⋯?

으, 으으⋯⋯.

이럴 때 마이라면『돈 걱정은 필요 없어』라며 당당하게 가슴을 폈겠지. 치사해. 서민인 내가 똑같은 소리를 해봤자 통할 리가 없잖아.

사츠키 양이었다면? 의외로 담담하게 받아들일 것 같은 느낌이다. 『어머, 그래. 고마워』라고 말하면서 아지사이 양의 선의를 선뜻 받겠지. 그건 심지가 강한 사람의 선택이다.

카호 쨩이라면『훗훗후! 괜찮아, 이 돈은 복권 당첨으로 번 돈이니까!』하고 농담을 섞으면서 애교로 진지한 얘기도 금방 환기해버릴 거야.

나로선 어느 쪽도 불가능하다.

말이 나오질 않는다.

눌러 참지 않으면 오열이 흘러나올 것 같다.

"아지사이 양, 나는⋯⋯ 나는⋯⋯."

그럼 **내가 따라오지 않는 편이 좋았을까?**

목구멍까지 치솟은 말을 삼켰다.

그런 말을 꺼냈다간 끝장이다.

왜냐하면 나는 아지사이 양과 함께 온 게 옳은 일이라고 생각하니까.

스스로가 옳다고 생각한 일을 믿어야 해.

아지사이 양이 가슴 아픈 무언가를 보는 표정으로 사과의 말을 입에 담았다.

"미안해, 레나 짱. 레나 짱한테 상처를 주고 싶었던 게 아니야⋯⋯. 그저, 레나 짱한테까지 부담을 주고 싶지 않아서."

나는 조용히 일어섰다.

아지사이 양의 얼굴에 그늘이 드리운다.

"⋯⋯레나 짱?"

나는 아지사이 양의 양어깨에 손을 올렸다.

그 가냘픈 몸을 내려다보면서.

나는── 나에게 가능한 선택지를 고를 수밖에 없었다.

"아, 알겠어, 아지사이 양⋯⋯. 대신 조건이 있어⋯⋯!"

"조, 조건⋯⋯?"

아지사이 양은 당혹스러운 표정이다.

"조건이 뭐, 뭔데⋯⋯?"

"그건 몸으로⋯⋯."

"몸으로⋯⋯?!"

점점 빨개지는 아지사이 양의 얼굴을 바라보면서 될 대로 되라는 심정으로 외쳤다.

"──몸으로, 승부야!"

우리는 테이블을 사이에 두고 마주 섰다.

"저기—."

나는 완전히 난처해하는 아지사이 양을 향해 선언한다.

"내가 이기면 더치페이니까!"

"뭔가 이상하다고 생각하는데……?"

"싫어, 싫어싫어! 내가 아지사이 양한테 모든 비용을 내게 한다니 무리! **그럴 바에야 따라오지 않는 편이 나았는걸!** 지금 당장 돌아가는 편이 나은걸!"

목구멍에서 눌러 삼켰던 말이 툭툭 튀어나왔어?! 이젠 끝장이야!

"그렇다면 아쉽지만."

끝이 아니야! 여기서 끝내지 않겠어!

"돌아가지 않을 거거든! 절대 안 돌아가! 나 혼자 옆방을 빌려서 계—속 아지사이 양을 졸졸 따라갈 거야! 그게 싫으면 탁구 승부로 저를 이기도록 하세요!"

"레나 쨩도 참, 막무가내야……."

막무가내도 아니거든! 마이랑 사츠키 양 때도 마찬가지였어! 나는 싸워서 승리하는 것 말고는 앞으로 나아갈 줄 모르는 여자!

우리는 탁구 라켓과 공을 빌려서 탁구장에 왔다.

유카타 차림 여고생 두 사람. 둘 다 슬리퍼를 신고서 라켓을 쥐고 있다.

결국 내가 할 수 있는 건 **발버둥과 함께 울상을 지으며 떼를 쓰는 것뿐이다.**

자존심 따위!

인싸가 되고 싶다면서 여동생한테 머리를 숙였을 때 이미 다 내다버렸다고!

"자, 그러니까 승부 개시입니다!"

"아이 참."

아지사이 양에게 설득당하기 전에 나는 서브를 날렸다.

통통 소리를 내며 상대 진영으로 넘어간 탁구공을 어렵지 않게 쳐내는 아지사이 양. 아니, 잠깐만요?! 엄청 잘 치시는데요?!

"여기서 지면 레나 짱은 납득해 주는 거야?"

따악.

"그, 그때는 그때 가서 또 다른 방법을 생각할 거야!"

따악.

"그게 뭐야, 그러면 나도 설령 지더라도 납득할 수 없는데?!"

"그 점은 부디!"

"레나 짱한테만 너무 유리하지 않을까?!"

따악, 따악, 따악.

랠리가 이어진다. 아마오리 레나코는 의외로 구기 종목은 나름 하는 편이다. 엄마도 여동생도 운동신경 좋으니까 나도 그 힘의 잔재 정도는 물려받았다.

하지만 내 실력 이상으로 아지사이 양이 보통이 아니야!

과, 과연 톱 카스트 그룹의 일원. 이미지로만 보면 거추장스러운 옷자락에 걸려서 허둥거릴 것만 같은 부드러운 이미지인데! 운동마저 잘한다니 약점이 없어!

공이 내 라켓을 시원스레 스쳐 지나갔다. 크윽!

10점내기 규칙이다. 서로 점수를 주고받으면서도 아지사이 양은 줄곧 리드를 뺏기지 않았다.

아 정말이지, 이러다간 질 거야!

나는 저번에 있었던 사츠키 양을 흉내 내서 다른 방법으로 상대를 흔들기로 했다. 즉시 목소리를 높인다.

"애초에 상관없는 거잖아, 가출 여행이니까! 돈 같은 건 신경쓰지 말고 마음이 풀리도록 실컷 즐기자고! 점심때까지 늦잠을 자고, 하루 종일 빈둥거리고, 산책도 하고!"

"그거랑 이거는 얘기가 달라. 내 제멋대로인 행동에 레나 쨩을 말려들게 하고 시간까지 뺏었는걸!"

아지사이 양이 서브를 날릴 자세를 취했다.

상체를 앞으로 숙인 자세는, 보, 보인다……. 옷 틈 사이로 속옷이 눈에 슬쩍 들어와서 내 집중력을 떨어트리고 있어!

게다가 옷자락도 벌어져 있어서 다리가, 허벅지가 살짝살짝 보인다고요! 아무리 그래도 미인계는 반칙이야, 아지사이 양!

"아지사이 양이야말로 어째서 그렇게 고집스러운 거야?!"

따악.

"적은 돈이 아니잖아?!"

따악.

"알고 있다고요! 괜찮아, 돈은 충분히 뽑아 왔으니까! 이럴 때를 위해서!"

"좀 더 소중하게 써줘!"

"소중하게 쓰고 있습니다—!"

탁 소리를 내면서 탁구공이 아지사이 양의 코트를 때린다. 공을 주우러 가는 아지사이 양이 어깨를 들썩이며 숨을 몰아쉰다. 나도 비슷한 상황이다.

"나는."

점점 생각을 할 여유도 없어져서 속마음이 그대로 흘러나왔다.

"아지사이 양을 소중한 친구라고 생각하고…… 있으니까."

"……그건 물론 나도야."

"아지사이 양에게 친구란 이럴 때 순순히 주는 대로 받는 사람이야?"

"그건."

깊숙이 발을 들이는 내 질문에 아지사이 양의 눈동자가 흔들린다.

"나에게 있어서 친구는 서로 지탱해 주기도 하고, 의지하기도 하면서 둘이 함께 웃으면서 걸어갈 수 있는 관계야. 아지사이 양은 달라……?"

입 밖으로 내고 나서야 드디어 깨달았다.

나는 내 돈을 받아주지 않는다는 거에 슬퍼했던 게 아니다.

아지사이 양이 『더 이상은 괜찮으니까』라면서 선을 긋는 게 서운한 거였다.

나에게 친구란 서로의 약한 부분을 드러내는 관계였으니까.

"나는."

아지사이 양은 탁구공을 손에 쥔 채로 고개를 숙였다.

"즐거운 일만을 선물해주고 싶어."

"그건."

"슬픈 생각도, 괴로운 마음도 맛보게 하고 싶지 않아. 전부 내가 떠맡아주고 싶어. 그게 나에게 친구이자…… 소중한 사람."

아지사이 양의 친구관은 나와 전혀 달랐다.

어느 쪽이 좋다 나쁘다를 말할 자격은 없지만 즐거움만을 주고 싶고, 그 대신 괴로운 것들은 전부 자기가 떠맡겠다니 그런 건…….

"……그래서야 아지사이 양만 무리하게 되잖아……!"

"한도가 있다는 건 알고 있어. 하지만 괴로운 표정을 짓고 있으면 불안을 덜어주고 싶고, 내가 할 수 있는 것들을 해주고 싶어. 나는 내 주변 사람들이 행복하면 나도 행복해."

아지사이 양의 말이었다.

주변 사람이 행복하면 나도 행복하다는 말은 자주 듣지만 실제로 말하는 사람은 처음 봤다.

그렇다면 아지사이 양이 주변 사람들에게 상냥하게 대하는 건.

"맞아."

표정에 다 드러났던 거겠지.

아지사이 양은 고개를 끄덕이고서 쓸쓸하게 웃었다.

"결국은 내가 그러고 싶으니까 그럴 뿐. **전부 나 자신을 위해서야.**"

"전부……?"

이런 순간조차도 아지사이 양의 목소리는 듣기 좋아서 맑은 물처럼 흘러간다.

"……미안해, 레나 쨩. 나는 전혀 상냥한 사람이 아니야. 친구가 언제나 즐거운 기분으로 있어 줬으면 좋겠다고 내 억지를 밀어붙일 뿐이야."

아지사이 양은 자기가 얼마나 이기적인 사람인지 털어놨다.

그게 마치 무거운 죄라도 된다는 듯이.

"정말 제멋대로지. 항상 싱글벙글 웃고 있는 것도, 좋은 인상을 주려고 하는 것도 결국 전부 다 자신을 위해서. 남들이 좋다고 생각해주길 바라니까. 다들 즐거워해 주니까 그게 좋아서 그러는 거야."

아지사이 양은 눈꼬리를 접으며 상냥하게 웃으면서 자조했다.

"이런 한심한 소리를 해서 미안해. 환멸했지?"

여기에 오기 전에 사츠키 양이 말했다. 『세나도 한 꺼풀 벗겨보면 분명 인간다운 추악함이 드러날 거야』라고. 사츠키 양이 각오해 두라고 겁을 줬다.

실제로 사츠키 양의 말이 옳았을지도 모른다.

하지만.

──나는 그런 궤변에 넘어가지 않아.

라켓을 붕붕 휘두르면서 외쳤다.

"무슨 소릴 하는 거야! 설령 아지사이 양이 자신의 기쁨을 위해 남들에게 상냥하게 대해줬다고 해도 상냥했다는 점은 거짓 없는 사실!"

"레, 레나 짱……?"

나는 손가락을 치켜세웠다.

"사람을 만드는 건 말이 아니라 행동! 아지사이 양이 어떤 생각이었든 아지사이 양의 행동을 통해 구원받은 사람이 있어! 예를 들어, 나!"

아지사이 양이 천사인 이유는 그저 폭신폭신한 이미지와 귀여운 외모만 있는 게 아니다.

항상 남들을 배려해주고 모두가 아지사이 양한테 도움을 받고 있으니까.

그래서 아지사이 양은 천사인 것이다.

"겨우 그 정도로는 100년이 지나더라도 나는 태도를 바꾸지 않아! 아지사이 양은 내 호감도를 넘치도록 벌어들였으니까!"

"호, 호감도……?"

"주변 사람들의 행복이 곧 아지사이 양의 행복이라면, 나는 아지사이 양과 함께 있으면 언제나 행복하니까, 언제까지고 항상 곁에 있을 테니까! 행복의 영구기관을 만들어주겠어! 하지만 비용을 전부 내주면 내가 행복하지 않으니까 더치페이로 하겠습니다! 네, 논파 완료―!"

"레나 쨩, 나는 진지하게."

"나도 엄청 진지하다고요―!"

살짝 욱한 것처럼 보이는 아지사이 양에게 말을 쏟아냈다.

"아지사이 양이 그렇게 생각하는 것만큼이나 나도 마찬가지로 아지사이 양의 행복이 내 행복인걸! 이 가출 여행에서는 반드시 아지사이 양을 행복하게 만들어 주겠다고 결심했다고!"

"그, 그런 건 이상해. 그렇지만 나한테 상냥하게 대해줘도 레나 쨩한테는 아무런 이득도……."

"이득―?! 넘쳐흐르는데요?! 아지사이 양이 상냥하게 대해줄

수록 나는 누군가에게 도움이 되는 훌륭한 인간이라고 스스로를 긍정할 수 있게 되니까요!"

"그거라면 내가 아니라도⋯⋯."

"아지사이 양이라서 그런 게 당연하잖아!"

내가 탁구공을 마구 때려 넣었다. 아지사이 양이 라켓을 들고 공을 받으려고 하지만 탁구공은 사방팔방으로 튀어 날아갔다.

"아지사이 양 같은 천사가 내 애정을 받아들여 준다고! 그건 두 말할 것 없이 최고잖아! 아지사이 양은 살아있는 것만으로도 나에게 있어서 구원이라고! 최애입니다! 명랑하고, 얘기하면 즐겁고, 게다가 모두 다 내가 행복했으면 하는 마음에 해줬던 일들이라니, 뭐야 그거, 장난 아니야, 전부 다라고⋯⋯?! 그저 은혜롭다고밖에 할 말이 없잖아⋯⋯!"

"아, 아니⋯⋯ 특별할 때 말고는 나도 평범하게 행동했을 뿐인데⋯⋯?"

아지사이 양의 얼굴이 점점 달아올랐다.

"그, 그렇구나, 다행이다⋯⋯. 만약 아지사이 양이 했던 모든 일이 나를 위해서 해 줬던 거라면 이번 여행에 들어가는 돈뿐만 아니라 아지사이 양이 앞으로 살아가기 위한 모든 비용을 대신 내줘야 할 뻔했어⋯⋯."

"대, 대체 무슨 레벨⋯⋯."

"그렇게 됐으니!"

아지사이 양이 질겁하고 있는 동안에 (그냥 솔직한 내면의 목소리가 흘러나왔을 뿐이지만) 나는 힘주어 말을 이었다.

"나는 아지사이 양의 솔직한 마음을 듣고 훨씬 더 아지사이 양을 좋아하게 됐으니, 거절입니다! 아지사이 양의 생각대로는 안 돼요!"

"어째서?!"

탁구공을 주워온 아지사이 양이 허둥댄다.

"이상하잖아! 나는 내가 비열한 사람이라는 걸 레나 짱한테 밝혔는데."

"비열한 사람이란 언니가 인기모델의 친구라고 그걸 자기 공적처럼 여기저기 얘기하고 다니고, 남들의 주목을 받으며 인정욕구를 충족시키는 중학교 2학년 여자애 같은 애를 말하는 거예요!"

"그, 그런 애가 있어?"

미안해! 동생아!

"애초에 뒤집어쓴 위장으로 따지면 아지사이 양쯤이야 스쿨 메이크업 수준! 나는 헐리우드 특수 메이크업 레벨이니까!"

아지사이 양이 서브를 날렸다.

"그렇지 않아. 레나 짱은 정말로 귀엽고 착한 애야. 레나 짱이 뒷자리에 있어 줘서 쉬는 시간에도 마음이 편하고 학교에 가는 게 즐거워지는걸."

큰일이다! 나도 모르게 혀를 깨물고 죽을 뻔했다!

여기서 내가 자기비하를 시작했다간 또 성가신 일이 벌어질 테니까 하지는 않을 거지만!

"그러면 돈을 내겠다는 서운한 말은 하지 말아 주세요! 나는 내가 아지사이 양과 함께 있고 싶어서 함께 있는 거야! 아지사이 양이 싫은 상황에 처했을 때는 곁에 있어줄 거고, 즐거울 때는 같이 즐거움을 나누면서! 좋을 때만 함께라니 말도 안 돼! 나쁠 때도 아지사이 양과 함께 공유하고 싶어! 아지사이 양을 정말로 좋아하니까—!"

내 기합과는 반대로 날아오는 탁구공에 시원한 헛스윙을 날렸다.

어라, 이상하네. 시야에 물기가 번져.

"레나 짱……."

그제야 깨달았다.

내가 울고 있다는 사실을.

헉…… 대, 대체 언제부터……?

아니야, 아지사이 양. 이건 슬퍼서 그런 게 아니라 그냥 감정이 너무 고양되는 바람에 흘러내린 눈물이라……. 그래, 의도치 않은 눈물이야! 여자의 무기를 이용하려는 생각은 결코!

손에 라켓을 쥔 채로 아지사이 양이 곁으로 다가왔다.

그리고서 울고 있는 나를 안아주었다.

"미안해, 레나 짱."

"아으……."

"레나 짱의 마음을 알아주지 못해서 미안해."

"아, 아뇨……."

유카타의 얇은 천 너머로 아지사이 양의 부드러운 몸에 감싸 안겼다.

무긋…… 죄, 죄송합니다…… 하지만 예상 못 한 이득……!

"슬프게 만들어서 미안해. 내가 제멋대로였지. 레나 짱을 가슴 아프게 하고 싶었던 게 아니야, 미안해."

아지사이 양이 코를 훌쩍였다.

어……?!

"레나 짱의 마음 기뻤어. 정말로 고마워……."

크, 큰일……. 이거, 이대로라면 나도 울 거야.

아니, 이미 울고 있지만! 눈물이 날 거야!

"아, 아지사이 양……."

내 목소리는 떨리고 있었다.

아아, 이젠 안 되겠다.

머리가 엉망진창이야.

집에서 멀리 떠나온 유카타 차림을 한 두 소녀. 아무도 없는 탁구장에서 잠시 동안 부둥켜안은 채로 우리는 훌쩍훌쩍 눈물을 흘렸다.

하지만…… 나를 안아준 아지사이 양의 따뜻한 온기 덕분일까. 나는 여태까지 중에서 아지사이 양을 가장 가깝게 느낄 수 있었다.

결국.

나는 말주변도 서툴고, 자기감정도 제어하지 못해서 울어버렸고, 아지사이 양을 엄청 난처하게 만들었다. 기껏해야 3개월 정도의 인싸 경험밖에 없는 나 같은 건 아직까지도 한참 모자랐다.

아지사이 양이 내 말을 이해해준 덕분에 어떻게든 상황이 꼬이지 않고 끝났을 뿐이지……. 하다못해 울 필요는 없었잖아. 감정을 버리고 로봇이 되고 싶어. 그래, 은하철도에 타자.

탁구장 벤치에 나란히 앉아서, 내가 진정될 때까지 아지사이 양이 손을 잡아주었다.

"뭔가…… 전에 내가 쓰러져버렸을 때 같네요…….."

"백화점에 갔을 때 말이지. 그때는 엄청 깜짝 놀랐어."

"으으, 미안해요…… 송구스럽습니다……."

아지사이 양은 자기한테 환멸하지 않았냐고 물었지만 오히려 내 결점이 드러나서 아지사이 양한테 버림받는 미래가 훨씬 더 현실적이지 않을까……?

"아니야."

아지사이 양이 천천히 고개를 저었다.

"레나 쨩한테 어떤 결점이 있고 그걸로 폐를 끼치더라도 그것 때문에 평소에 나한테 상냥하게 대해줬던 일이나 나를 생각해주는 마음이 사라지는 건 아니야."

"그건……."

내가 아지사이 양한테 해주고 싶었던 말이었다.

아지사이 양은 마주 잡은 손을 자신의 빰에 가져갔다.

따뜻해.

"고마워. 레나 쨩은 정말로…… 생각이 굳어있는 나한테 항상 소중한 걸 깨닫게 해줘."

"그러려나……?"

제대로 된 실력이 없으니까 온갖 수단을 동원했을 뿐인 것 같은데…….

아지사이 양은 웃으면서 눈을 감았다.

"우리 집 꼬맹이들도 마찬가지라는 걸 깨달았어. 말도 잘 안 들고, 항상 곤란하게 만들지만 이렇게 떨어져 있어 보니 소중하게 느껴져."

아지사이 양이 후훗 웃었다.

"미안해, 울고 있는 레나 짱을 보면서 꼬맹이들을 떠올리다니 실례지."

"그, 그렇지 않아."

왜냐하면 울음을 터트린 내가 잘못한 거니까.

"게다가…… 실례되는 소리쯤은 얼마든지 해도 괜찮아. 나는 아지사이 양에 대해 더 많이 알고 싶고, 아지사이 양의 다양한 일면을 보고 싶으니까."

"……그래."

아지사이 양은 뺨에 대고 있던 손을 내리고서 내 손을 꼬옥 쥐었다.

"있지, 내일 축제가 있대."

"어?"

"이 마을을 실컷 즐기고 나면 집으로 돌아가기로 할게. 너무 오래 묵으면 레나 짱의 지출이 커질 테니까."

그 말에 내 눈에서 다시 찡하니 눈물이 솟았다.

"아아, 그게 아니야. 레나 짱 때문에 그런 게 아니라…… 레나 짱 덕분이야. 내 말을 받아들여 줘서…… 어쩐지 속이 시원해졌어."

아지사이 양은 눈을 가늘게 뜨며 싱긋 웃었다.

그 웃음은 언제나 학교에서 보던, 행복한 하루의 시작을 알리는 알림과도 같은 웃음이었다.

"그래…… 다행이다."

나도 헤실헤실 풀어진 웃음을 지었다.

정말로 다행이다.

아지사이 양이 집으로 돌아가는 계기가 될 수 있었다면 추태를 부린 보람이 있다. 아냐아냐, 이런 식으로 자기 자신을 정당화하는 건 그만두자…….

나는 언제가 되어야 스마트하게 사건을 해결할 수 있게 될까. 어서 빨리 진화해줘 레나코. 요즘 시대엔 온라인 통신이 있어서 통신 교환으로만 진화할 수 있는 포켓몬도 혼자 힘으로 진화시킬 수 있으니까.

아지사이 양은 잡고 있던 손을 놓고 가슴 앞에 팔짱을 꼈다. 내 시선을 피하면서 입을 우물거리며 말했다.

"그, 그건 그렇고 레나 쨩도 참, 또 그렇게나 나를 칭찬해 주고……."

"네?"

아지사이 양의 뺨은 복숭아 색으로 물들어 있었다.

무슨 말을 하려나 싶어서 가만히 옆얼굴을 바라보고 있었더니.

"……**레나 쨩은 정말로 나를 좋아하는구나**……."

"어?!"

얼굴에서 불이 나는 줄 알았다. 아지사이 양도 몸을 돌리고서 최대한 숨기려고는 했지만 나랑 마찬가지로 귀까지 새빨개졌다.

"그그그그그그야 엄청 좋아하지만!"

"흐, 흐응─, 그렇구나……."

뭐야, 뭔데 이 부끄러운 상황!

아니 그보다 정작 놀리는 아지사이 양도 엄청나게 부끄러워 보이잖아!

그야 나는 어떤 아지사이 양이라도 받아들일 수 있지만……어, 혹시 이거 내가 아지사이 양을 2.0 버전으로 진화시킨 건가? 아니 설마 그럴 리가…….

"아, 앗, 맞다! 있지, 레나 짱 이것 봐."

아지사이 양이 밝은 목소리와 함께 재빠르게 화제를 바꿨다.

"뭐, 뭔가요?"

손가락이 가리키는 방향에 있는 점수판.

점수판에는 10—7이라고 적혀 있었다.

"아."

도중에 시합이 어땠는지 전혀 기억이 안 나지만…… 승패가 갈렸다!

나는 몸을 떨었다.

"도, 돈은! 돈은 내게 해주셨으면 좋겠는데요!"

"뭐어—?"

아지사이 양이 즐겁게 웃는다.

"글쎄 어떻게 할까나—?"

타천사다! 사람의 운명을 손끝으로 가지고 노는 내 망상 속의 아지사이 양이 출현했다!

"부, 부탁드립니다……. 그러지 않으면 저는 가슴을 펴고 당당하게 아지사이 양에게 『친구다』라고 말할 수 없어요……."

"뭐—? 하지만 내가 이겼는걸—?"

"그, 그 부분을 어떻게든 좀…… 다른 거라면 뭐든 할 테니까요……."

그렇게 말한 순간. 아지사이 양은 그 말만 기다렸다는 듯이 방긋 웃었다.

어…………?

"뭐든 해주는 거구나—? 그럼 말이지—."

아, 아아아아아아아…….

잔뜩 신이 난 아지사이 양은 나에게 터무니없는 요구를 말했다. 그렇게나 무시무시한 짓을?!

"무, 무리이……."

나는 **탈의실**에 우뚝 서 있었다.

맛있는 저녁밥도 먹었고, 아지사이 양이 집에 전화해서 낼모레에는 돌아간다는 소식을 전하고서——동생들에게는 또 나중에 얘기한다는 모양이지만——전부 원만하게 수습됐다.

이제 다음은 아지사이 양과 즐거운 여행을 즐겁게 즐길 뿐——.

——이었을 텐데!

내 눈앞에는 천천히 유카타를 벗고 있는 아지사이 양의 모습이 있다.

시선을 느낀 아지사이 양은 약간 뺨을 붉히면서 책망하듯이 나에게 시선을 던졌다.

"안—돼. 승부는 승부잖아?"

"그건 맞는데!"

"더치페이는 인정했으니까 이 정도쯤은 괜찮잖아? ……그게 아니면 레나 짱은 나랑 같이 온천에 들어가기 싫어?"

"끄으으……."

패배와 감정의 협공을 받고서 내 성벽은 무너지고 말았다.

지금 이곳은 여관에 부탁해서 예약한 전세 온천이다. 대욕탕보다 좁지만 일반 가정 목욕탕보다는 훨씬 큰 사치스러운 공간이다.

여기 은근히 좋은 여관이었구나……. 역시 신에게 사랑받는 아지사이 양. 뽑기 운도 좋다.

"알겠습니다……. 함께하도록 하겠습니다……."

"후후, 신난다."

아지사이 양이 나에게 등을 돌리고서 이어서 옷을 벗었다. 유카타 밑에는 위아래 한 세트인 하얀 속옷. 속옷에는 레이스 장식이 달려 있는 게, 역시 보이지 않는 부분도 꾸미고 있는 아지사이 양이었다.

목욕탕에 들어가는 거니까 당연히 우리는 알몸이 되어야 한다. 아지사이 양은 브래지어의 후크를 끌렀다. 지지대를 잃은 가슴이 부드럽게 흔들린다. 크다……!

양팔로 가슴을 감싸면서 작은 엉덩이를 이쪽으로 향하고 있는 아지사이 양이 쓴웃음을 지었다.

"여, 역시 조금 부끄럽네. 어째서일까, 단둘이라서 그런 걸까."

"으, 응. 부끄럽네. 대욕탕으로 갈까!"

"그건 안 됩니다—."

아지사이 양은 오기가 동한 것처럼 마지막 한 장을 벗었다.

히익. 황급히 등을 돌렸다.

가슴을 숨기듯 타올을 쥐고서, 비너스의 탄생화 같은 포즈가 된 아지사이 양이 태어난 그대로의 모습으로 걸어갔다. 욕탕으로 이어지는 문을 여는 소리가 난다.

"와, 노천온천이야. 자, 레나 짱도 어서 와. 기분 좋아."

"네에……."

정말 어쩔 줄 모를 정도로 부끄럽다.

아지사이 양의 알몸을 보는 것조차 부끄러운데, 이제는 내 몸도 보여주게 된다는 뜻이기도 하다!

"여름 방학 동안 하다못해 다이어트라도 해둘걸……!"

나무늘보처럼 느릿느릿한 속도로 유카타를 벗었다.

에에잇, 나는 마이나 사츠키 양이랑도 같이 목욕을 했었어! 아지사이 양이랑도 분명 긴장하지 않고……는 무리겠지만! 어떻게든 될 거야!

속옷을 바구니에 넣고서 나도 노천 욕탕으로 나왔다.

주변은 이미 깜깜했다. 타일이 깔린 바닥 한가운데에 어른 셋이 다리를 쭉 뻗어도 들어갈 수 있을 만한 커다란 목제 욕조가 놓여 있다.

아지사이 양은 욕조 앞에 서서 하늘을 올려다보는 중이었다.

"봐, 기분 좋지."

어둠이 내려앉은 세상 속에서 알몸이 된 아지사이 양이 반짝이는 별빛을 쬐고 있다.

가늘고 나긋나긋한 줄기 하나로 커다란 꽃잎을 떠받치는 활짝 핀 꽃처럼, 곱고 가녀린 나신은 어딘지 위태로워 보였다.

밤바람에 흩날리는 머리카락을 누르면서 아지사이 양이 미소를 지었다.

"자, 이리로 와, 레나 짱."

실오라기 하나 걸치지 않은 아지사이 양의 미모는 여행자를 유혹하는 샘의 정령처럼 요염해서 환상의 세상으로 끌려들어 갈 것 같았다.

마이나 사츠키 양과는 완전 다르다. 익숙해질 리가 없었다!

고등학교 1학년의 덧없는 신체는 여성으로서 아직 미성숙한 몸일 텐데도, 그거야말로 진정한 완성된 자태라는 듯이 풍겨오는 아지사이 양의 색과 향기에 나는 숨을 쉬기 힘들었다.

도저히 더 이상 아지사이 양 쪽을 바라볼 수 없어서 나는 등을 움츠린 채 한쪽 면에 마련된 작은 세면장으로 향했다.

아지사이 양도 몸을 씻으러 내 옆에 앉았다.

"아, 그러네. 온천에 들어가기 전에는 먼저 몸을 씻어야지."

"으, 응."

가동성이 별로인 피규어처럼 삐걱삐걱 움직이면서도 레버를 돌려서 샤워 호스에서 떨어지는 따뜻한 물을 뒤집어쓰고 보디워시를 손에 짜내서 몸에 발랐다.

"레나 짱, 긴장하고 있어?"

"네에, 뭐……."

"……사츠키 짱이랑은 같이 목욕했으면서—."

"푸읍."

생일파티 날에 추궁을 당한 결과 내가 사츠키 양과 함께 목욕했다는 사실은 이미 다 드러나고 말았다.

그런데 이 타이밍에 그걸 꺼내는 건가요, 아지사이 양!

"사, 사츠키 양이랑 했을 때도 긴장했다고요!"

"……지금보다도?"

"비, 비슷한 정도 아닐까……?!"

최대한 외면하지 않으면 자꾸만 눈에 들어오는 아지사이 양의 하얀 피부가 한순간 사츠키 양의 몸과 겹쳐보였다.

옅은 조명에 비치던 사츠키 양의 나신은 정말로 아름다웠…….

"에잇."

"하앗?!"

아지사이 양이 내 팔죽지를 쿡 찌르는 바람에 펄쩍 뛰어올랐다.

"뭐 하는 건가요, 아지사이 양?!"

"……왠지 모르게—?"

고저 없는 목소리가 노천온천에 울리면서 습기를 머금었다.

나는 미묘하게 감도는 거북한 느낌을 날려버리려고 밝게 말했다.

"그러고 보니! 사츠키 양네 욕실에 들어갔을 때 나 엄청난 실태를 저질렀어! 욕실에서 넘어져 버렸거든—! 그랬다니 손으로 이렇게, 있는 힘껏 사츠키 양의 가슴을."

그제야 화들짝 이성이 돌아왔다.

——너, 지금 무슨 소릴 하려는 거야? 라는 목소리가.

허둥지둥 의자를 고쳐 앉으면서 아지사이 양에게 등을 돌렸다.

"그러고 보니 저녁 식사가 정말 맛있었네요. 해산물이 잔뜩 나와서."

"사츠키 짱의 가슴을?"

"뭐, 제가 아는 건 참치밖에 없었지만 말이죠. 흰 살 생선들은 대부분 다 비슷하게 생겼으니까요."

"가슴을 어떻게 했는데? 응? 레나 짱? 응응?"

아지사이 양은 나를 놓아주지 않았다. 손가락으로 내 등을 쿡쿡 간질인다. 햐으으으…….

"사츠키 양의 가슴을…… 있는 힘껏 주물러버려서…….".

"뭐어어어어……?"

나는 어째서 이런 사실을 폭로하고 있는 걸까. 죽고 싶은 심정이다.

"그, 그래서 어떻게 됐어?"

"어떻고 자시고……. 사과하고서 바로 욕실을 나왔습니다…….".

허공을 향해 손가락을 쥐었다 폈다.

어린 시절, 차에 치일 뻔했을 때와 맞먹을 정도로 생명의 위기였지……. 덕분에 사츠키 양의 가슴의 감촉도 기억나지 않는다. 아니 기억 안 나도 괜찮지만.

"그건 부끄러웠겠네……. 어쩐지 미안해, 떠올리게 만들어서."

아지사이 양이 동정하고 있어…….

"아뇨, 괜찮아요……. 참고로 부끄러울 치라는 한자는, 일설에 의하면 사람의 마음이 귀를 통해 드러난다는 뜻에서 『恥』라고 쓴다는 모양이에요. 제 귀도 지금 새빨개져 있네요…… 하하하…….”

“저, 저기…….”

아지사이 양이 부끄러운 듯이 말을 꺼냈다.

“레나 짱, 내 가슴도…… 만질래?”

“어째서?!”

아지사이 양의 귀도 빨개져 있었다.

“이, 이상한 의미는 아닌데!”

이상한 의미 말고 『가슴 만질래?』라고 물을 때가 있어???

“그게, 추억을 덮어쓰는 것처럼……! 사츠키 짱 때 겪은 창피한 기억을 덧씌우면 괜찮지 않을까 싶어서. 그, 있잖아, 내 가슴은 크니까 시험 삼아 만져볼래—? 같은 느낌으로!”

“아, 아아, 그런 분위기!”

“그래그래! 그런 거야!”

“그, 그럼 고맙게 받아볼까!”

“어, 얼마든지요!”

내가 아지사이 양 쪽으로 몸을 돌리자, 아지사이 양은 가슴을 앞으로 내밀었다.

엇, 아니…… 리얼?

눈을 꾹 감은 아지사이 양이 양팔로 가슴을 끼우듯이 포즈를 취하면서 나를 향해 풍만함을 강조했다. 새하얗고 부드럽게 부푼 가슴. 마치 꿈결 같은 광경에 내 마음은 공포에 휩싸였다.

이, 이걸 만지는 거야……? 내가……?

평소에는 교복 아래에 감춰져 있던 부드러운 피부에 나 같은 게

지문을 남긴다니 괜찮은 거야? 진짜로 괜찮은 거야? 거장이 그려낸 명화에 커터 칼로 흠집을 내는 짓이나 마찬가지 아니야?

하지만 그렇다고 내가 만지지 않고서『역시 괜찮으니까!』하고 도망간다면 기껏 용기를 내준 아지사이 양의 후의가 허사가 된다.

이건 막다른 길 아닌가요?

……좋아, 만지자.

애초에 가슴이 뭐라고. 그런 건 나한테도 달려있어. 지금 내가 겁을 먹고 있는 건 오로지 아지사이 양의 몸을 만진다는 사실 때문이야. 뺨을 꼬집는다거나, 어깨를 주무르는 행위랑 다를 게 없어. 너무 심각하게 생각할 필요는 없는 거야.

"그럼, 갑니다!"

"네, 네!"

스스로를 고무시키기 위해서 목소리를 높이며 나는 천천히 손가락을 뻗었다.

검지가 아지사이 양의 가슴에 부드럽게…… 잠겨든다.

우, 우와……. 자기 가슴을 만지는 거랑은 확실히 완전 달라……. 마시멜로처럼 이렇게나 부드럽다니…….

게다가 이건 그냥 가슴이 아니다.『아지사이 양의』가슴이다. 인류에게 전부 머리카락이 달려있어도 마를린 먼로의 머리카락에는 88만 엔이라는 가격이 붙듯이, 아지사이 양의 가슴이라는 것만으로도 무한한 가치를 지닌다.

지금까지 아지사이 양과 만났던 사람, 혹은 앞으로 아지사이 양을 만날 사람이 아무리 간절히 바라더라도 이룰 수 없을 일을 내가 뜻밖의 행운으로 거머쥐었다고 생각하면……. 뭔가 터무니없는 짓을 저지르고 있다는 느낌이 밀려온다…….

"저, 저기, 레나 짱…….."

"핫."

정신을 차려보니 무아지경에 잠겨 만지작만지작 주무르고 있었다.

"조, 조금 간지러운데, 싫어서…… 그게, 전혀, 시, 싫은 건 아닌데."

"죄, 죄송합니다!"

그럼 이걸 마지막으로! 하고 손가락을 뻗었다. 너무 허둥대느라 손어림이 빗나간 내 손이 아지사이 양의 가슴 끝의 돌기를 꼭 쥐고 말았다.

앗.

"으뉴…… 웃."

아지사이 양이 입가를 손으로 막았다.

눈이 마주친다. 얼굴은 더없이 새빨개져 있다.

"아, 아하, 아하하하하…… 이, 이상한 목소리가 나와버렸어…….."

"하, 하하하하하하…….."

더 이상 아무 말도 할 수 없어서 나는 그냥 바보처럼 웃을 수밖에 없었다.

아지사이 양이 몸을 바쳐 마음을 써줬는데도 불구하고 사츠키 양의 가슴을 만졌던 기억은 하나도 지워지지 않았고…… 나는 아지사이 양의 가슴의 감촉을 새 폴더에 이름을 달아 보존했다…….

분명 영원히 지울 일은 없겠지…….

우리는 마치 머리를 감는데 몰두한 것처럼 무아지경으로 몸을 씻고서 나란히 온천에 몸을 담갔다.

옆을 보니 또다시 아지사이 양의 가슴이 눈에 들어올 것 같아서 한결같이 정면만 바라보는 중이다.

"후우…… 물이 참 좋네…….”

"그, 그러네요…….”

머리카락을 틀어 올린 아지사이 양이 뜨거운 숨을 내쉬었다.

처음에는 너무 불편하니까 들어가자마자 2초 만에 나와야겠다고 생각했는데, 온천이란 정말 신기하게도 묵직한 긴장조차도 어깨 결림처럼 조금씩 풀어주었다.

온천의 약효는 나 같은 아싸한테도 듣는구나.

이제 지금은 견딜만한 정도의 긴장감까지 내려왔다……. 나는 조금만 더 물속에서 별이 반짝이는 밤하늘을 올려다봐야겠다고 마음먹었다.

그러고 보면 아침부터 쉬지 않고 걸었다.

기분 좋은 피로감이 따뜻한 물에 녹아든다.

"후우…….”

그나저나 정말 밀도 있는 하루였지…….

아침 일찍 도쿄를 떠나서 지방에 왔고, 여관을 잡고서 아지사이 양과 탁구를 하고, 같이 온천에 들어가 가슴을 만지는 하루…….

당연하지만 아지사이 양과 하루 종일 함께하는 건 이번이 처음이라 예전보다 조금, 아니 상당히 사이가 깊어졌다는 느낌이 든다.

아지사이 양은 자기 스스로를 제멋대로라거나, 비열하다고 말했지만 내 인상은 조금도 달라지지 않는다. 항상 열심이고, 갸륵하고, 상냥하고, 정말로 사랑스러운 천사다. 오히려 천사의 매력이 더 늘어났다는 느낌이다.

여러모로 지쳤지만…… 아지사이 양을 따라오길 잘했다. 지금은 진심으로 잘했다고 느낀다.

"있지, 레나 쨩."

"응."

"아까 전에 친구에 대해 나눈 이야기 재미있었어."

"그, 그런가요."

"나도 누군가랑 그런 깊은 얘기를 나눠본 적은 별로 없으니까."

"헤에……."

아지사이 양도 그랬구나.

"응. ……역시 친구를 향한 내 마음은 이상하려나. 부담…… 되지?"

"그, 그렇지 않다고 생각하는데요. 아까 전에도 말했지만 저는 그 마음에 도움을 받은 몸이니까……. 아지사이 양이 우정을 소중하게 여겨주는 사람이라 다행이에요……. 게다가 부담을 따진다면 아마 내 쪽이 더 무거울 테니까……."

"레나 쨩의 마음은 응, 어쩐지."

아지사이 양은 말을 고르고서 입을 열었다.

"친구라기보다는…… 연인 같네."

"윽."

마이한테도 들었던 말이다.

뭐든 둘이서 함께 나누고, 지탱해 주는 관계. 그걸 연인이라고 부른다고.

감성이 남들과 한층 다른 마이가 말해봤자 아무런 느낌도 없었는데 아지사이 양까지 지적하니까 내 쪽이 이상한 건가 싶었다.

"그렇다면 반대로 레나 짱에게 있어서 연인이란 어떤 사람이야?"

"어? 나?"

"응. 친구와 연인의 차이…… 같은 걸 물어보고 싶어져서."

따뜻한 물을 철벅, 하고 얼굴에 끼얹었다.

우정과 사랑의 차이라.

마이가 고백했을 때부터 엄청 고민했던 주제다. 지금도 여전히 답은 나오지 않았다. 하지만 하루도 빠짐없이 조금씩 생각했다.

"어디까지나 내 의견이지만."

"후훗, 레나 짱이랑 이야기 하고 있잖아?"

"그, 그렇지……. 저기, 요즘 말이지. 우정과 사랑은 사실 그다지 다르지 않을지도 모르겠다는 생각이 들어."

"그다지 다르지 않다?"

"응. 중요한 건 자신이 상대와의 관계에서 뭘 추구하는지 아닐까, 싶어서."

스스로의 마음과 대화하는 것처럼 말을 짜냈다.

"나는 친구와 뭐든지 털어놓을 수 있는 관계가 되고 싶어. 하지만 아까 아지사이 양이 말했던 것처럼…… 그런 관계를 연인이라고 부르는 사람도 있잖아?"

나는 한 템포를 쉬고 웃었다.

"신기하지. 서로 같은 말을 하려고 하는데도 전혀 다른 단어가 되어버린다니. 그래서."

뺨을 긁적인다.

"의외로 우정도 사랑도 뭔가 그런 게 있지 않을까. 두 가지를 원으로 그려보면 서로 겹치는 부분이 있다는 느낌……."

아지사이 양의 반응을 살피면서 황급히 덧붙였다.

"앗, 있잖아. 옛날 연애 시뮬레이션 게임 중에 연인이 되기 위해선 『친밀도』와 『동경심』의 파라미터를 둘 다 올려야 하는 게임이 있었거든. 나는 우리 그룹 모두를 정말로 동경하는 데다 친해지고 싶다고 생각하니까…… 그래서, 그게……."

빠른 어조로 말을 쏟아내고 나서야 얼버무리듯이 웃었다.

연인은 단 한 명만 만들 수 있지만 친구는 여러 명 만들 수 있다거나, 뭐 그런 세세한 차이들은 여럿 있지만.

"서로를 친구라고 여긴다면 친구고, 서로를 연인이라고 부른다면 연인이 되고…… 사실은 딱 잘라 구분 지을 수 없는 애매모호한 관계 아닐까 싶어…… 우정과 사랑은."

경계선이 애매한 관계일 경우엔 상식이나 남들의 의견에 따르지 말고 서로가 납득할 수 있는 이름을 정해서 붙이면 된다고 생각한다.

내가 마이랑 『레마 프렌드』가 된 것처럼.

……그러자 나에게 특별한 존재인 마이의 얼굴이 떠오른다.

내 머릿속에 떠오른 마이는 아지사이 양과 함께 목욕하고 있는 나를 향해 흉흉한 웃음을 보여줬다. 무서워.

젠장 레마 프렌드……. 어째서 그런 식으로 죄책감을 자극하는 거야……. 우리는 분명 친구일 텐데, 어째서…… 레마 프렌드의 저주……!

물속에 잠겨있는 내 손 위를 아지사이 양의 손바닥이 덮었다.

"그건, 나도야?"

"어?"

아, 아아, 동경과 친밀함의 이야기인가.

"으, 응. 그렇지. 아지사이 양은 벌써 동경하는 사람 랭킹 1위라고, 1위! 당연한 일이죠!"

"그렇구나."

부드러운 손바닥이 내 손등을 쓸었다.

간지러워. 그리고 어째선지 묘하게 쑥스러워…….

"나, 나는 어디까지나 그렇게 생각하고 있다는 말인데…… 아지사이 양은 어떻게 생각해? 연인과 친구의 차이."

이야기의 화살을 돌리자 아지사이 양은 잠시 생각에 잠긴 모양이다.

"나는…… 아직 잘 모르겠어."

"그, 그래."

"레나 짱은 대단하네. 자기 힘으로 진지하게 고민했으니까. 존경하게 되는걸."

"아, 동경하게 되셨나요? 헤헤."

살짝 우쭐거리면서 물었더니 아지사이 양은 부드럽게 미소를 지었다.

"응."

으……. 피구공에 정면으로 맞은 것처럼 둔중한 충격이 코를 통해 뒤통수까지 퍼진다.

역시 안 되겠다. 아지사이 양이 나를 놀리는 건 괜찮지만 내가 아지사이 양을 놀리는 건 백억만 년은 일렀다!

목욕을 마친 우리들은 꼼꼼하게 머리를 말리고서 방에 돌아왔다. 방에 와보니 한가운데에 이불이 깔려 있었다. 나란히 깔린 이부자리 두 채.

목욕으로 간신히 한 건 해결했다고 생각했더니 또 이런 일이…….

당연하다는 말마저 입 아프지만 나는 오늘 밤 아지사이 양과 함께 같은 방에서 자는 거구나……. 여자끼리라 해도 이건 긴장된다고……. 꿀꺽…….

아지사이 양이 스마트폰을 만지는 동안 나도 긴장감을 얼버무리려는 듯이 스마트폰을 바라보면서 오늘 하루 나눴던 이야기들을 돌이켜봤다.

아, 여동생한테 메시지가 와있다.

『언니, 언제 돌아올 거야?』

이건 가족이라서 확신할 수 있는 건데 절대로 걱정돼서 보낸 메시지는 아니다.

일단 기본적으로 여동생의 일상생활 속에서 나에게 신경을 쓰는 타이밍이란 아예 존재하지 않기 때문에 보나 마나 엄마가 물어보라고 한 거겠지.

『내일모레 돌아갈 예정.』

집에서 나올 때 여동생한테, 아지사이 양이랑 여행 다녀올 테니까 걱정하지 말라고 말을 전해뒀다.

실제로 여동생을 포함해 가족 누구도 걱정하지 않았는데 여동생이 잘 말해준 걸까, 아니면 아무도 나한테 신경 쓰는 사람이 없는 걸까. 후자라고 해도 딱히 상관은 없는데.

『라저. 그런데 어디서 묵고 있어?』

그러니 이 메시지도 보나 마나 저녁밥 만들 때 귀찮아서 그렇다거나, 올 때 선물을 사 오게 만들려는 거라거나, 대충 그런 이유겠지……. 상관은 없는데! 딱히……!

『여기.』

주소를 보내줬다. 그리고서 답장은 없었다. 여동생은 자기 역할을 마친 모양이다.

"저기."

우와 깜짝이야. 바로 가까이에서 입체음향으로 들려오는 아지사이 양의 목소리.

"네, 넵."

아지사이 양은 잠옷으로 갈아입은 상태다. 옷자락이 긴 원피스처럼 생긴 파자마였다. 셔츠에 추리닝 차림인 나와는 잠옷의 세련됨조차 하늘과 땅 차이이다.

"슬슬 잘까?"

솔솔 풍겨오는 상냥한 향기. 나랑 같은 샴푸랑 컨디셔너를 썼을 텐데 어째서 이렇게나 좋은 향기가 나는 걸까…….

"아, 응. 그러네……."

시계를 보니 때마침 잘 시간이었다.

스마트폰에 충전기를 꽂고 볼일까지 마친 다음 이부자리에 누웠다.

"불 끌게―."

"네에―."

아지사이 양이 불을 끄고서 옆자리에 누웠다.

"잘 자, 레나 짱."

"아, 안녕히 주무세요."

으―음…… 잘 수 있을까…….

오늘은 엄청나게 빨리 일어난 탓에 몸은 상당히 피로한 상태겠지만.

생각해 보면 누군가랑 단둘이서 이런 식으로 자는 건……. 아니 처음 있는 일은 아니네. 요전에 사츠키 양이랑 두 번이나 겪었어.

그렇다곤 해도 첫 번째, 두 번째 때는 경황이 없어서 긴장할 여유조차 없었다.

장지문을 닫아도 밖에서 어슴푸레한 달빛이 비치고 있어서 방 안이 완전히 어두컴컴하지는 않았다. 덕분에 옆에서 자고 있는 아지사이 양의 천사처럼 아름다운 옆얼굴을 볼 수 있었다.

그때 아지사이 양이 눈을 반짝 뜨고서 내 쪽을 바라보았다.

어?! (두근)

"저기, 레나 쨩."

"으, 응."

"누구 좋아하는 사람 있어?"

"뭐?!"

아지사이 양은 쿡쿡 웃었다.

"수학여행 같은 말을 한번 꺼내 봤어."

"아아, 응. 진짜 수학여행 같았어."

"그래서 누군데?"

"어어?!"

질문이 아니라 추궁이었어?

"어, 없습니다."

"에이— 정말로?"

"응…… 아마도."

다리를 꿈틀거렸다. 갓 세탁한 시트의 감촉이 너무 부드러워서 어쩐지 진정이 안 된다.

아지사이 양을 즐겁게 해주겠어, 따분하게 만들지 않겠어— 라고 마음먹었던 결심은 나보다 먼저 잠들어버렸나 보다. 이제 남은 건 솔직한 나 자신.

그건 그저 생각한 말을 솔직하게 입에 담을 뿐, 재미라곤 하나도 없는 나 자신이다.

"나, 누군가한테 연애감정을 품어본 적 없을지도……."

"그래? 누구한테도?"

"없지…… 않으려나."

인형처럼 생긴 미니 마이가 『안녕』하고 손을 들었다. 나는 데포르메 마이를 골판지 상자에 넣고서 박스테이프를 칭칭 감아 봉인했다. 나랑 너는 단순한 친구니까요.

으음 그밖에는…….

중학교, 초등학교, 유치원 때 기억을 더듬어봤다.

먼저 중학교 시절에는 남자애들이랑 대화를 해본 적이 거의 없었다. 특정 여자 그룹이랑만 어울렸기 때문에 따돌림을 당했을 때는 큰 타격을 입고 말았다.

"초등학교 때도…… 우리 학교는 남자는 남자끼리, 여자는 여자끼리라는 느낌이었으니까."

"신경 쓰이던 남자애는?"

"으―음, 없었으려나……. 아, 아니지."

"뭔데뭔데?"

"있었어……. 하지만 사랑이랑은 다르다고 생각해……."

"어떤 사람?"

아지사이 양의 호기심으로 빛나는 눈동자는 이런 어둠 속에서도, 마치 동굴에서 빛나는 수정처럼 반짝였다.

나는 주저하면서도 단념하고서 털어놨다.

"평소에는 헤실헤실 웃으면서 실없는 소리만 하면서도 여차할 때면 의지가 되던 누구보다도 친구를 생각하던 사람. 의외로 리더십이 있어서……."

"응응."

"한번 각성하면 엄청 강하고, 언제나 멋진 장면만 독차지하고…… 하지만 강적한테 너덜너덜하게 깨지더라도 결코 여유로운 미소를 무너뜨리지 않았어."

"레나 짱."

"네."

"그거 창작물 캐릭터인가요."

아키네이터처럼 묻는 아지사이 양의 질문에 네, 라고 대답했다. 내가 당시 열광적으로 푹 빠졌던 만화 속 캐릭터였다.

"그래, 그게 내 첫사랑이었구나……."

"으음……."

아지사이 양은 『그런 걸 물은 게 아니지만 말이야!』라고 말하고 싶은 것처럼 신음했다.

하지만 정말로 그것 말곤 없으니까…….

골판지 상자를 뚫고 나온 마이가 『불렀어?』 하고 고개를 내미는 바람에 나는 미니 마이를 창문 밖으로 집어 던졌다.

마이야 당연히 좋아하지. 친구로서 말이야. 가끔씩 두근거리기도 하지만 그건 상대가 사츠키 양이라도 아지사이 양이라도 똑같으니까. 심박수가 올라가는 것만으론 사랑이라 할 수 없지. 마라톤이나 귀신의 집에 사랑을 하는 것도 아니니까. 당연한 소리야.

"그게…… 그러는 아지사이 양은? 좋아하는 사람은?"

"나는……."

아지사이 양은 이리저리 뒤척였다.

나에게 등을 돌리고서 잠시 동안 "으—음" 하고 신음한 뒤.

"비밀."

"이, 있구나?!"

"잘 모르겠어. 신경 쓰이는 사람…… 일까."

"헤에……."

아시가야의 천사, 아지사이 양이 마음에 둔 사람이라……. 이 특종은 상당히 비쌀 것 같다…… 아니 누군가한테 얘기할 생각은 없지만…….

"어? 그나저나 우리 학교야?"

"뭐, 그렇지."

"어엇―. 누구, 누구누구, 누군데."

나는 흥미 본위로 캐물었다.

대체 얼마나 멋진 사람일까. 우리 반은 남자들도 얼굴이 괜찮은 녀석들이 많지……. 시미즈 군이나 후지무라 군은 아지사이 양이랑도 친해 보이고.

"아, 전에 말한 적 있었지, 좋아하는 사람에 대한 얘기."

"……그랬나?"

"응, 아지사이 양의 말인걸, 당연히 기억해. 안심할 수 있는 사람이 좋다고 했었지."

"으, 음……."

아지사이 양도 역시 부끄러웠는지 잠시 동안 대답하지 못했다.

구름이 달을 가리자 한층 어둠이 짙어졌다.

뭐, 나도 아지사이 양한테서 억지로 캐묻고 싶은 건 아니니까…… 하고 발을 뺄 타이밍을 재고 있었을 때였다.

"나, 생각났을지도."

아지사이 양이 갑자기 그런 말을 꺼냈다.

너무나도 맑고 투명해서 머리를 꼭 안아주는 듯한 목소리였다.

"뭐가?"

"우정과 사랑의 차이."

"아아, 응."

온천에서 했던 이야기다. 온천…… 으으.

눈을 감아도 아지사이 양의 새하얀 피부나 유카타 아래에 숨겨져 있던 허리라인, 가슴의── 손바닥으로 만졌던 가슴의 생생한 감촉이 떠오르는 바람에 얼굴이 뜨거워졌다.

안 돼, 안 돼. 잠을 못 이루게 되어버려.

하지만 아지사이 양이 던진 폭탄발언도 거기에 지지 않을 정도였다.

우정과 사랑의 차이, 그건──.

"……**야한 기분이 드느냐 아니냐,** 라거나."

헤에──.

그렇구나, 그렇게 생각할 수도──.

………….

"──뭐, 뭐어어?!"

너무 평소랑 다르지 않은 어조로 말하는 바람에 아무렇지도 않게 넘어갈 뻔했다.

내 놀란 목소리에 반사적으로 돌아보는 아지사이 양의 표정은 잘 보이지 않았다.

"까, 깜짝 놀랐어. 아지사이 양도 그런 소릴 하는구나."

"나도 평범하게 야한 얘기도 나누는걸. 의외라는 소리를 자주 듣긴 하지만 딱히 싫어하는 건 아니려나."

"그렇구나……. 죄, 죄송합니다, 나도 모르게 오버해버려서."

우리 그룹은 그다지 야한 얘기 같은 건 잘 안 하지만 다른 반 친구들은 열을 올리기도 한다. 다른 그룹과 어울릴 때도 많은 아지사이 양은 그런 화제로 얘기할 때가 있을지도 모르지…….

"왜 레나 짱이 사과하는 거야."

아지사이 양이 후훗, 하고 웃는 목소리.

"……아니면 이런 얘기를 하는 나는 싫어? 레나 짱이 정말 좋아하는 천사는 이렇지 않으려나."

"어, 아니, 그건……."

즉시 대답하지 못하고서 입을 우물거렸다.

확실히 내가 생각하는 이미지랑은 다르지만…….

"……그래도 이게 나야. 이것도 나니까."

"으, 응."

자극이 강한 화제에 압도당하는 바람에 맞장구로 대답을 돌려주는 게 고작이었다. 하지만 아지사이 양은 거침없이 공격해왔다.

"레나 짱은 친구를 상대로 그런 기분이 들었던 적이 있어?"

우엑?!

"저, 저요?! 글쎄 어떨까요! 어려운 문제인데요!"

야한 기분이 들 때는…… 솔직히 뭐 가끔 있긴 한데요!

실제로 입 밖에 꺼낸 것도 아닌데도 아지사이 양이 숨죽여 웃었다.

"아ー 드는구나ー. ……레나 쨩 엉큼해."

"아, 아아, 아니라니깐!"

사츠키 양에게도 엄청 놀림 당했지만, 아지사이 양한테 저런 말을 듣는 건 부끄러움의 수준이 다르다! 나는 엉큼한 여자가 아니라고요!

으으, 아지사이 양의 등에 돋아난 소악마의 날개가 보여…….

"너무 자극이 강한 얘기를 나누면 레나 쨩은 두근두근해서 잠들지 못하겠네."

"그러네요……. 하지만 그게 아니니까요. 저는 친구를 그런 눈으로 보거나 하지는…….."

"네에."

귓가에 엉겨 붙는 듯한 대답을 돌려준 아지사이 양은 꾸물꾸물 뒤척였다.

이제 어둠에도 어느 정도 익숙해진 내 눈으로도 알 수 있을 정도로 의미심장한 눈빛을 보내온다.

"……그런 기분이 들어도 덮치거나 하는 건, 뻑이야."

"네?!"

입술에 검지를 데고서 아지사이 양이 눈꼬리를 접어 웃었다.

"가출 여행 중인 여자애의 마음속 빈틈을 파고들어 오는 나쁜 늑대 씨는…… 되지 말아줘?"

"——."

그 시선에 내 이성이 통째로 산산조각이 나기 직전에.

"아, 안녕히 주무세요!"

나는 이불을 뒤집어쓰고서 외쳤다.

그저 아침 해가 뜨기 전에 어떻게든 잠들기를 바랄 뿐이었다.

아지사이 양이야말로 이런 순진한 나를 놀리고 말이야……!

나쁜 여자애잖아—!

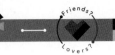

레나코와 아지사이가 처음으로 대화를 나눴던 건 입학식 다음 날. 역에서 비를 피하고 있는 아지사이에게 레나코가 접이식 우산을 빌려줬다.

명랑하고 적극적인 귀여운 아이라고 생각했다.

분명 중학교 때도 친구가 많았을 테고, 아는 사람이 얼마 없는 고등학교에 왔으니까 친구들을 잔뜩 만들자고 마음먹은 거겠지.

아지사이는 선뜻 상대의 의도를 받아들였고, 자리 바꾸기 때 우연히 서로 앞뒤자리가 됐다는 요소도 겹쳐 레나코와 친구가 되었다.

사이는 좋은 편이라고 생각한다.

얘기를 나눌 상대는 많지만 고등학교에 올라온 뒤로 집까지 놀러 간 친구는 레나코가 처음이었다.

──특별한 친구라고 생각해주는 걸까?

마치 초등학생 여자애가 『우리는 평생 친구니까』라면서 맹세를 나누는 비밀의 관계 같아서, 고등학생이 되어서도 일요일의 마법소녀물을 챙겨보고 있는 자신으로선 꽤나 가슴이 설렜다.

거기에다 바로 그 고백.

『──아지사이 양은 나의 천사니까, 그러니까…… 앞으로도 계속 정말 좋아하니까!』

그때 이후로 시간이 지난 지금은 이해하고 있다. 레나코는 일

절 다른 뜻은 없었고, 자신을 두근거리게 만들기 위해서 말한 것도 아니고, 그저 단순히 오해를 살까 봐 있는 그대로 진심을 드러냈을 뿐이었다는 걸.

그럼에도 당분간은 레나코의 얼굴을 보는 것만으로도 그때의 말이 되살아나서 얼굴이 빨개지기도 하고, 도저히 마음이 진정되질 않았다.

(……별난 애야.)

이불속에 누운 채로 레나코의 옆얼굴을 응시했다.

잠이 오지 않아서 포기하고 몸을 일으켰다.

화장실에 다녀와서는 다시 이불에 눕지 않고 창가에 놓인 의자에 앉았다.

(가출 여행에 함께 따라와 주고, 울면서까지 더치페이를 하자고 고집을 부리고…….)

자신이 평소엔 절대 보여주지 않았던 완강한 태도로 레나코에게 여행비를 내주겠다고 말했던 건, 그러면 레나코가 쉽게 양보해줄 거라고 생각했기 때문이다.

레나코는 상냥한 성격이고, 학교에선 앞장서서 나서지 않는 소심한 면도 있기 때문에 다소 억지를 부려서라도 주장을 납득시킬 생각이었다. 나는 치사한 사람이니까, 그럴 계획이었다.

그런데 레나코는 아지사이의 예상을 가볍게 뛰어넘었다.

그렇게 막무가내로 나오다가 혹시 관계가 악화해서 사이가 험악해져 버리는 게 무섭지는 않은 걸까.

아무리 사이좋은 친구 사이라고 해도 사소한 싸움을 계기로 절

교하게 되는 일도 흔히 있다. 넓고 얕게 여러 사람들과 교류하고 있는 아지사이는 그런 경우를 여러 번 봤다.

레나코의 말과 행동은 하나부터 열까지 아슬아슬해서, 함께하는 자신이 불안해질 때도 많았다.

(……지금까지 이런 애는 없었으니까.)

주변 사람들과의 밸런스를 생각하면서 일일이 남들의 안색을 살피고 있는 자신과는 다르다.

레나코의 올곧은 자세는 때때로 엄청 걱정스럽고…… 그리고 아주 조금이지만 부러웠다.

(이번에는 어쩌다 보니 잘 마무리됐으니까 다행이지만…… 어쩌다 보니…….)

아니, 아지사이는 이미 깨닫고 있었다.

레나코의 저건 우연 같은 게 아니라는 사실을.

본인도 반드시 해낼 수 있다고 확신을 가지고 하는 건 아니겠지. 하지만 레나코는 자신이 바라는 미래를 향해 일직선으로 곧게 손을 뻗는다.

행동했기 때문에 이루어졌다. 단지 그것뿐인 이야기다.

처음부터 포기하고서 화분 속에 틀어박혀 있는 나와는 달라. 전혀 달라.

(……그런, 거지. 그래서 레나 짱은 대단한 거야. 레나 짱에 대해 알면 알수록 도저히 당해낼 수 없다는 생각이 들어…….)

잠옷 위로 조용히 가슴을 눌렀다.

레나코가 만졌던 부위가 아직도 저릿저릿한 열기를 머금고 있는 느낌이다.

어쩐지 괴로워져서 깊은 한숨을 내쉬었다.

(어째서 이런 마음이.)

아지사이는 밤하늘을 올려다보았다.

구름에 덮인 희미한 달은 지금 자신의 마음처럼 애매하게 빛날 뿐.

당신이 행복하다면 나도 행복해. ——설령 나 자신이 행복하지 않다고 해도.

모순을 담은 말. 분명 거짓말이 아니었을 텐데 도대체 언제부터 이런 식으로 가슴의 괴로움을 숨기려는 것처럼 되풀이하게 되었을까. 스스로를 타이르게 되었을까.

(정말로 그 말이 진심이었다면…… 나는 처음부터 가출할 필요도 없었을 거야. 그냥 계속 참았으면 됐을 테니까. 그런데…… 나는 어째서…… 어째서.)

바로 옆에서 잠든 숨소리를 내고 있는 소중한 친구를 떠올리면서 아지사이는.

작은 목소리로 달을 향해 물었다.

"……어째서일까, 잠을 이룰 수 없어…… 두근두근거려."

그 속삭이는 질문에 대한 대답은 달도, 아지사이 본인조차도 가지고 있지 않았다.

모두를 좋아하고, 모두가 행복하면 자신도 행복하다니.

  만약 아지사이 양이 아니라 사츠키 양 같은 사람이 이런 말을 했다면『사츠키 양 머리라도 다쳤어?! 빨리 병원 가자!』하고 크게 걱정을 했겠지만 평소부터 타인에게 상냥한 아지사이 양이기 때문에 나는 선뜻 믿을 수 있었다.

  하지만 그건 대체 어떤 느낌일까.

  예를 들어 주인 없는 보석을 아지사이 양이 주웠는데 다른 사람이 그 보석을 원한다면『자, 받아.』하고 평소 같이 웃으면서 순순히 보석을 포기해도 괜찮다는 뜻이잖아?

  나는 보다시피 욕망의 화신이나 마찬가지라…… 다른 사람을 대신해서 내 행복을 포기한다는 건 상상조차 할 수 없다.

  정말로…… 아지사이 양은 그걸로 행복한 걸까. 만약 진짜 조금이라도 남을 위해 참고 있는 거라면, 나는 아지사이 양도 자기만의 보석을 손에 넣어주었으면 싶었다.

  나는 아지사이 양의 열렬한 팬이고 아지사이 양의 행복이 곧 나의 행복이니까.

  앗, 이게 아지사이 양이 느끼는 마음일까?!

  아니, 하지만 좀 다르다는 느낌이 들어……. 내가 가진 마음은 좀 더 간사하고, 아지사이 양에게만 국한되어 있으니까……. 아지사이 양이 눈부시게 빛나고 있어야 내 학교생활도 즐거워지고 삶의 질이 확 높아질 거라는 지극히 개인적인 이유 때문이고…….

하나부터 열까지 전부 나 자신을 위해서……. 아마오리 레나코는 짐승이나 다름없었다…….

아침식사 시간, 아지사이 양은 일어나지 않았다.

어젯밤 늦게까지 뒤척였던 모양이다. 걱정이 됐지만 『신경 쓰지 마~』라고 했기 때문에 나 혼자 뻔뻔히 식당에서 밥을 먹는 중이다.

빵, 스크램블 에그, 비엔나소시지에 약간의 샐러드. 여관 아침밥은 한층 각별한 느낌이라 맛있다.

……그런데 어젯밤에 나눈 대화는 꿈이었을까.

뭔가 아지사이 양이 『야한 얘기도 해. 당연히 하지. 엄청 해, 야한 얘기 완전 좋아』 같은 소리를 했던 것 같은데…….

천사는 신이 빚어낸 생식이 필요 없는 존재다. 그러니까 역시 꿈이었겠지……. 아니 꿈이라고 하면 또 아지사이 양으로 그런 꿈을 꾸는 건 좀 그렇지 않아? 불경죄로 처형 아니야?

……고뇌하면서 아침 식사를 마쳤다.

방으로 돌아가자 아지사이 양은 아직도 이불속에서 꾸물거리고 있었다.

깨우지 말고 옆방에서 게임이라도 하고 있자. 만약을 대비해 휴대용 게임기를 몰래 넣어뒀던 배낭을 들고서 살금살금 걸어가려던 순간.

"……레나 쨩~."

이불 속에서 잠에 취한 목소리가 들렸다.

"아, 미안, 나 때문에 깼지."

장지문이 닫혀 있어 어슴푸레한 방 안, 이불 속에서 조그만 손바닥이 불쑥 튀어나왔다.

손바닥이 나를 향해 까딱까딱 손짓했다.

"?"

아무 생각 없이 다가간 순간.

"와, 와와왓?!"

쩍 벌린 상어 입처럼 이불이 확 열리더니 나를 집어삼켰다!

눈앞이 깜깜해진다. 우왓, 어어엇?! 뭐, 뭐야뭐야, 뭐야뭐야뭐야.

옆에서 "아하하" 하고 새가 지저귀는 듯한 즐거운 웃음소리가 들렸다.

이불속에 빨려 들어간 내 옆에 아지사이 양도 함께 누워서 나를 바라보고 있었다. 아무런 근심, 걱정도 느껴지지 않는 천진난만한 웃음을 짓고 있다.

"레나 짱을 먹어버렸어."

"어, 오어흐."

목을 거치지 않은 듯한 이상한 목소리가 나왔다.

비밀기지에 들어온 것처럼 우리는 이불을 뒤집어쓰고서 서로를 마주 보았다. 아지사이 양은 아직도 쿡쿡 웃고 있었고, 체온으로 따뜻하게 덥혀진 모포가 (아지사이 양의 체온으로 데워진 모포가?!) 내 온몸을 따끈따끈하게 감싸주었다.

"뭐, 뭐야, 무슨 일이야."

"조금만 더 뒹굴뒹굴하고 싶어서."

"그, 그렇구나. 어? 나는 왜?"

"레나 짱이랑 함께 뒹굴고 싶었어."

살포시 웃는 아지사이 양이 갓난아기처럼 내 손가락을 꼭 쥐었다.

"그, 그러셨습니까."

"응."

상냥한 미소를 지은 아지사이 양. 하지만 선악의 구별이 자리 잡지 않은 어린아이 같은 웃음이었다.

"오늘은 있지, 왠지 레나 짱을 이리저리 휘두르고 싶어."

"뭐야, 그 선언?!"

"레나코 언니~~~."

아지사이 양이 내 가슴에 얼굴을 묻으면서 이리저리 비볐다.

"어어어……?"

어젯밤보다 한층 더 종잡을 수 없는 아지사이 양의 텐션은 지금 막 일어난 참이라서 그런 걸까, 여행 중이라서 그런 걸까. 아니면 항상 집에서만 억눌려 있던 반동일까. 어쩌면 전부 다일지도 모른다.

하지만 나는 그저 당황스러워할 뿐. 뭐, 뭐지……? 귀엽긴 한데! 이런 아지사이 양도 무지무지 귀엽긴 한데!

나는 대체 어떻게 해야 해……?

가슴에서 얼굴을 뗀 아지사이 양. 바로 코앞에서 눈만 올려서 나를 바라본다. 진한 밤색 눈동자가 내 눈을 들여다보자 절로 숨을 삼켰다. 그리고 바로 다시 방금 전처럼 안겨들었다.

"레나코 언~니~."

"어, 그러니까…… 아지사이 양, 착하지, 착해착해……."

붕붕 고개를 젓는다. 머리카락이 흩날리면서 내 코끝을 찰싹 때렸다. 가려워, 그런데 좋은 향기가 나……. 아지사이 양의 머리카락 향기를 합법적으로 즐길 수 있어…….

"오늘 나는 레나코 언니의 여동생이야."

"그런 거구나……."

그럼 지금 우리 집에 있는 여동생은 가짜인가……. 어쩐지 이상하다 싶었다……. 그 녀석, 내 여동생인데도 인싸라니 말이 안 되는걸.

"그러니까 레나코 언니는 나를 뭐라고 부를 거야?"

떴다. 제2회 아지사이 퀴즈다! 오답자는 아지사이 양의 호감도 하락을 선물로 받게 된다.

"어? 그게…… 아, 아지사이 양?"

"때앵—."

입을 비죽이면서 아지사이 양이 불만스러운 표정을 짓는다. 히익.

그야 나도 여동생한테 하루나 양이라고 부르진 않는다.

하지만 그렇다고 아지사이 양을 그냥 이름만으로 부를 수 있을 리가 없다. 혼백이 소멸당해 버려. 나는 용기를 내서 머뭇머뭇 입을 열었다.

"아, 아지사이…… 쨩?"

아지사이 양은 환하게 웃는다.

"레나코 언니야~~~~~."

"구엑."

아까보다도 훨씬 강하게 안기는 바람에 가슴이 꽉 조인다. 이 여동생은 어리광쟁이다!

"아, 아지사이 짱? 이제 일어날 시간인데—?"

"에—? 나 레나코 언니랑 조금만 더 이불에서 뒹굴뒹굴하고 싶어."

"그건 대충 몇 초 정도?"

"1억 초!"

"바보다!"

아지사이 양—— 아니, 아지사이 짱은 내 등에 팔을 두르면서 절대로 떨어지지 않겠다는 자세를 취했다.

색— 색— 거리는 조용한 숨결이 내 가슴골에 닿아서 근질거렸다. 게다가 아지사이 양의 가슴도 꽤 큰 편인데 막 일어난 참이라 노브라 상태라서, 그게, 부드러운 감촉이 엄청났다. 얼굴이 뜨거워진다!

"참고로 1억 초는 약 3년 2개월 정도야."

"그렇구나…… 아지사이 짱은 똑똑하네."

"장해? 장—하—지?"

"으, 응…… 장하다 장해……."

"에헷—."

온몸으로 나한테 꼭 안겨들면서 천진하게 웃는 아지사이 양.

누나의 책무에서 해방된 아지사이 양은 여동생의 입장을 만끽하는 중인가 보다.

이건…… 이제 어쩔 수 없지. 나도 최선을 다해 어울려줘야 해…….

아지사이 양을 위해서라면 조금 부끄러운 짓을 하는 정도쯤은 아무렇지도 않아. 어제는 같이 목욕까지 했는걸.

"어 그게…… 아지사이 짱, 오늘은 어떻게 할래?"

"음─. 레나코 언니랑 하루 종일 뒹굴뒹굴하고 싶어."

"어디 놀러 가거나 하지는 않고?"

"안─해. 오늘 아지사이는 굉장히 게으른 상태야─."

내 여동생이 된 아지사이 양은 마치 유아 퇴행이라도 한 것 같았다.

"게으르구나."

"아침 일찍 일어나서 꼬맹이들을 깨우거나 옷 갈아입는 걸 도와주거나 아침밥을 준비하거나 아침부터 바닥에 어질러놓은 레고 블록을 하나하나 일일이 주워 모으거나 하지 않을 거야……."

"으, 응."

한순간 눈동자에 어두운 무언가가 비쳤던 것 같지만 분명 기분 탓일 거야. 아지사이 양은 아직 어린애니까 어둠 같은 건 없어.

가출에 따라오기 전에는 아지사이 양의 여러 일면을 볼 수 있을지도…… 하고 설렘 반, 불안 반의 마음이었는데……. 설마 아지사이 양이 내 여동생으로 변할 거라고는 꿈에도 생각 못 했네!

"레나코 언니~."

이불에서 얼굴을 내밀고서 나란히 누워있는 나를 향해 아지사이 양이 또다시 무방비한 목소리를 내면서 안겨들었다.

아지사이 양의 몸은 어디 하나 빠짐없이 부드러워서 훌륭한 감촉이었다…….

이상하네. 뭔가 이거…….

야, 야한 기분이 들기 시작했는데요……?

아니아니, 아지사이 양한테 그런 생각을 품을 리가 없잖아! 아지사이 양은 친구라고! 천사인데?! 아지사이 양을 성적인 눈으로 보는 자식이 있으면 내가 날려버릴 거니까!

"언니……."

귓가에서 달콤한 목소리를 내는 아지사이 양(히익!)의 눈동자가 슬픔에 흔들린다.

"그래…… 역시 무리가 있지…….."

아지사이 양의 얼굴은 새빨갰다.

──갑자기 스스로를 되돌아보지 말아 줘!

"앗! 아, 아냐! 그런 게 아니라!"

양손으로 얼굴을 덮고서 절레절레 고개를 흔드는 아지사이 양.

"미안해, 폐를 끼쳐서……. 어쩐지 분위기를 타면 되지 않을까 싶었는데……. 안 되겠지, 나이가 고등학교 1학년인데…… 키도 158센티인데……. 아무리 그래도 동생들처럼 어리광을 부릴 수는 없는 거지…….."

내가 애매한 태도를 보인 탓에 아지사이 양을 부끄럽게 만들었어! 이렇게 된 이상 될 대로 돼라!

"전혀 그렇지 않아─! 자아─ 착하지─ 착해착해착해착해착해!"

아지사이 양의 머리를 품에 안고서 마구 머리를 쓰다듬었다.

내가 창피한 걸로 아지사이 양의 마음이 치유 받을 수 있다면야 여기서 죽더라도 바라던 바다. 내 안의 모성애여, 눈을 떠라!

"귀엽네! 아지사이 짱은 너무 귀여워! 이제 몇 살일까아!"

"열다섯 살이에요⋯⋯."

"그렇구나그렇구나, 5살이구나! 자기 나이도 말할 수 있다니 대단한걸! 오구오구, 우리 애 착하다 착해! 세계 최고—!"

마구마구 귀여워해 주자 아지사이 양은 으—으— 신음소리를 내면서도 이윽고 내 말을 받아주었다.

이런 건 제정신을 차리는 쪽이 지는 거지. 잘은 모르겠지만.

"자, 아지사이 짱, 그러면 언니랑 같이 놀까. 아 동영상 볼래? 뭐 볼래? 모닥불 영상 볼래?"

"모닥불 영상⋯⋯? 뭐야 그게?"

"어, 몰라? 그냥 장작이 타오르는 걸 찍은 영상이야. 마음이 편안해져."

팔만 밖으로 빼서 스마트폰을 바라보자, 아지사이 양은 고개를 갸웃했다. 그렇구나, 본 적 없는 사람도 있구나⋯⋯. 마음을 비우고 싶을 때 자주 보는데⋯⋯.

그나저나 난감하다. 아지사이 양이 모닥불 영상을 본 적 없다고 한다면 더 할 말이 없다.

그렇지만!

그래, 나의 **친구** 사츠키 양한테 받은 화젯거리 파일이 아직 두 개 더 남아있어. 여기서 이걸 열어보는 것도 나쁠 거 없지. 나는 사츠키 양의 대화 주제 선택을 전면적으로 신뢰하고 있으니까.

자, 어디 보자. 3번째 파일은.

『첫 경험은 언제?』

"코토 사츠키이이!!!"

"어? 뭐야뭐야……?"

주먹을 움켜쥐고서 벌떡 일어나는 나를 보며 아지사이 양이 깜짝 놀랐다. 소맷자락으로 입을 가린 아지사이 양에게 아무것도 아냐, 하고 손을 흔들었다.

"그냥 사츠키 양이 좀 이상한 메시지를 보내왔을 뿐이니까."

"어떤—?"

"그게, 아니, 저기. 다섯 살 아지사이 짱에게는 아직 좀 이르려나!"

"후냐."

긴장이 잔뜩 풀린 여동생 모드 아지사이 양의 나른한 모습이 또 말도 못 하게 귀여웠다. 이런 애한테? 하아하아…… 흐흐흐……

처, 첫 경험은 언제야? 같은 걸 물으라고? 확 패버린다 코토 사츠키.

정말이지 갑자기 이런 질문을 섞어두니까 사츠키 양한텐 방심할 수가 없다. 하지만 이거『아마오리는 이런 얘기 좋아하잖아?』라는 생각에 넣어둔 거면 어쩌지. 이 사람 나를 엄청난 변태라고 생각하고 있는 것 같으니까…….

무엇보다 아지사이 양이 경험이 있을 리가 없으니까. 없어없어. 5살이라고.

말도 안 되…… 겠지? 엇, 갑자기 불안해졌다.

"있지 아지사이 짱은."

"왜애?"

순진한 눈빛을 보내는 소녀에게 나는 밝은 웃음을 지었다.

"요전에 코스프레를 해보고 싶다고 말했지! 트위터 같은 데서 한번 검색해볼까! 아하하—!"

물어볼 수 있겠냐—!

얼버무리듯이 웃으면서 스마트폰 화면이 아지사이 양한테 보이지 않도록 숨긴 채 응시했다. 5살에게는 너무 자극이 심한 영상이 흘러나올지도 모르니까.

내 옆에 함께 누운 여자애는 스마트폰에 나오는 고양이 영상을 바라보면서 "귀여워~" 하고 방긋방긋 웃었다. 귀여운 건 바로 너라고. 고양이에게도 10 : 0으로 완승을 할 수 있는 인류의 유일한 인재야.

트위터에서 코스프레 영상을 찾아봤다. 어쩌다가 타임라인에 흘러들어온 영상을 본 적 있을 뿐 직접 검색해 본 적은 없었는데 의상 같은 건 정말 굉장하네. 저거 직접 만드는 거잖아? 아아, 하지만 아지사이 양도 손재주가 뛰어나니까 직접 만들 수 있으려나.

그렇게 하나하나 찾아보고 있었더니 엄청 예쁜 애가 눈에 확 들어왔다.

계정 이름은 나기뽀@JK레이어. 동안인데다 눈이 커서 정말로 창작물 속 세계에서 튀어나온 것 같았다. 팔로워 수도 엄청났다.

홈 화면을 눌러보자 최신 트윗이 방금 막 20분 전에 올라온 참

이었다. 나기뽀 씨 옆에는 또 한 사람, 노출이 심한 마법 소녀 차림을 한 여자애가 찍혀 있다.

우와, 이 애도 엄청난 미인⋯⋯. 너무 야해⋯⋯.

⋯⋯⋯⋯⋯그런데.

나는 미간을 찌푸렸다. 본문에는『내 친구 MOON 짱이랑 함께! 크레미나쥬 코스프레_』라고 적혀 있는데.

저기, 이거.

⋯⋯⋯⋯⋯.

사츠키 양 아니야⋯⋯?

잠깐 기다려. 그렇다는 건 옆에 있는 나기뽀 씨는.

그때였다. 전화가 울린다. 발신인은── 사츠키 양이었다.

"히익!"

살해당할 거야!

"왓, 레, 레나코 언니?"

"놀라게 해서 미안해. 사츠키 양한테서 전화다! 받고 올게!"

이불에서 나와 창가로 향했다. 입가를 가리고서 한껏 목소리를 낮춘 채 전화를 받는다.

"여, 여보세요?"

『── **봤어?**』

무셔.

요괴냐고.

"아니, 어, 무슨 얘기야? 잘 모르겠어요. 저 트위터 계정 안 가지고 있는데요."

『그래, 봤구나.』

아니 대체 뭐야? 사츠키 양은 어디선가 나를 감시하고 있어? 이건 내가 너무 알기 쉬운 타입이라거나 그런 문제가 아니잖아? 텔레파시잖아.

『당연히 알고 있을 거라 생각하지만.』

"……누군가한테 발설한다면?"

『나는 수단을 가리지 않아. 너희 가족들도 무사하지 못할 거야.』

"엄청 나쁜 악당의 대사잖아……."

중얼거리고 나서 다시 기운을 차려 사츠키 양을 위로했다.

"괘, 괜찮다고요! 사츠키 양 굉장히 잘 어울리니까!"

『………….』

"죄, 죄송합니다."

나를 짓누르는 무언의 압박에 그저 사과할 수밖에 없었다.

"저기, 그렇게나 싫으신데 왜 코스프레를 하고 계시나요……?"

『그런 계약이야.』

"계약……? 마법 소녀처럼……?"

『자세히 설명할 생각은 없어. 어쨌든 너는 세나랑 여행을 즐기도록 해. 나기뽀@JK레이어 계정은 블락하도록. 이상.』

뚜— 뚜—.

용건만 전달하고서 빠르게 전화가 끊겼다.

계약으로 코스프레를 하고 있다니 대체 뭐람……? 영문을 모르겠어.

블락하라는 말을 들었으니 팔로우는 누르지 않고 주소를 북마

크에 등록해뒀다. 사츠키 양의 코스프레 영상도 잊지 않고 다운로드했다.

하지만 이게 커다란 비극의 시작이 될 것이라곤 그때 나는 상상도 하지 못했던 것이었다──. (계속)

그렇게 스마트폰을 들고서 사츠키 양의 코스프레 영상을 핥듯이 응시하고 있었더니 방치당한 5살 여아가 "저기, 저기" 하고 목소리를 높였다.

"레나코 언니~?"

"아, 응."

호다닥 이불로 돌아가자 아지사이 양에게 꼭 안겼다. 스킨십이 참 많구나……. 두근두근해…….

"사츠키 짱이랑 무슨 얘기 했어?"

"아, 아니, 별건 아니고."

나는 그렇게 둘러댔다. 그럴 수밖에 없었다. 사츠키 양의 코스프레 사진을 보여줬다간 끝이다. 내 가족들이 피해를 입게 될 테니까.

"에~."

하지만 아지사이 양은 납득하지 못하고서 입을 비죽였다. 어째서?!

"비밀이야? 언니."

"어, 어어……?"

호소하는 눈동자로 나를 빤히 올려다보는 아지사이 양.

아니, 저기, 그런 눈으로 봐도! 곤란한데요!

"그렇구나…… 비밀이구나……. 사츠키 짱이랑 둘만의 비밀……."

"가, 가족이 인질로 잡혀있어서!"

"……됐어."

아지사이 양은 나한테서 등을 휙 돌린 채로 갓난아기처럼 몸을 둥글게 말고서 아기고양이 영상을 쳐다봤다. 죄책감이 장난 아니야!

"아니, 있잖아! 그게 아니라! 사츠키 양이랑은 그런 게 아니고!"

"냐옹이 귀여워, 냥— 냥—."

"앗, 안 듣고 있어, 들리지 않는 척하고 있어! 이 애, 언니 말을 안 듣는 애야! 나쁜 애다—!"

아지사이 양이 슬쩍 내 쪽을 돌아보더니 작게 중얼거린다.

"……나는 나쁜 애야……?"

"그렇지 않아요! 아지사이 짱은 인간이 살아온 역사 속에서 최고로 착한 애야! 아지사이 짱보다 착한 애는 400만 년 전부터 단 한 명도 존재하지 않았어!"

아지사이 양은 한층 더 둥글게 몸을 말면서 무릎을 껴안았다.

"하지만 레나코 언니는 사츠키 짱이 더 중요한 거지."

"그렇지 않아!"

"마이 짱이랑 냉전 중이었을 때도 그렇게나 지극정성이었는 걸……."

이, 이거 어떻게 해야 하지.

사츠키 양보다 아지사이 양이 더 소중해! 하고 분위기에 맞춰 무책임하게 외치면 되는 걸까. 하지만 실제로는 어떻지……? 사츠키 양과 아지사이 양? 아니, 둘 다 소중한 게 당연한데!

"나는, 그게, 저기……."

"……."

아지사이 양은 방금 전과는 다르게 나를 곤란하게 만들면서 즐기고 있는── 기색은 아니었다. 본인도 인정하고 싶지 않은 사실이 있어서 그걸 들이댄 것처럼 보였다.

평소에 언제나 『세나 아지사이』라는 입장을 강요받고 있던 아지사이 양은 눈을 내리깔고서 조그맣게 입술을 움직였다.

"레나코 언니는…… 내가 첫 번째가 아니야……?"

"나, 나는."

첫 번째는 뭐지. 무슨 첫 번째……? 친구? 그게 아니면.

아니, 이것도 뭔가 다르다. 아지사이 양이 원하는 건 논리가 아니다. 다만 아지사이 양이 언제나 첫 번째라는 안심감. 전면적인 인정욕구라고 생각한다.

평소라면 누구에게나 사랑받고 누구에게나 의지가 되는 아지사이 양이 이런 걸 요구할 정도로 약해진 모습에 가슴이 쿵쿵 뛰었다.

내 말로 다시 기운을 차릴 수 있다면 얼마든지 『첫 번째야!』라고 말해주고 싶어. 말해주고 싶긴 한데…….

"……레나코 언니. 꼭 안아줘."

"으, 응……."

양팔을 활짝 벌린 아지사이 양을 꼭 안아줬다. 아지사이 양의 입술이 뺨을 스쳐서 내 얼굴이 화끈 달아오른다.

하지만 잘 모르겠다.

첫 번째란 뭘까.

만약 사츠키 양과 아지사이 양이 동시에 도움을 요청한다면 나는 누구에게 손을 내밀게 될까.

분명 여러 가지 요소들을 고민한 끝에 나는── 더 친구가 적어 보이는 사츠키 양에게 달려가게 되지 않을까.

아지사이 양은 분명 나 말고도 다른 친구가, 도와줄 사람이 있을 테니까, 라면서.

그런 식으로 생각하는 주제에 내가 아지사이 양에게 『당연히 첫 번째야!』라고 말하는 건…… 거짓말이 되니까…….

아지사이 양의 체온을 느끼며, 두 사람의 고동이 하나로 합쳐지는 기분.

"레나 짱……."

"……아지사이 양."

그렇게 각자의 존재를 확인하듯이 서로의 이름을 부르고 있을 때였다.

똑똑, 똑똑, 하고 노크하는 소리가 울렸다.

아…….

"이불을 개러 온 걸까."

"…………응."

"아지사이 짱, 좀 더 뒹굴뒹굴하고 싶었던 거지? 내가 거절하고 올 테니까 여기 있어."

그러자 아지사이 양은 서운한 기색으로 내 몸을 놓아줬다. 눈을 깔고서 조용히 중얼거린다.

"언니…… 이상한 소리를 해서 미안해……. 상냥하게 대해줘서 고마워."

"으, 응."

"말 잘 듣고 기다리고 있을게."

아지사이 양은 그러면서 힘껏 사랑스럽게 미소 지었다. 너무 사랑스러워서 누구나 무차별적으로 아지사이 양을 좋아하게 되어버릴 듯한 그런 미소…… 였지만.

나는 어째선지 그 미소가 무리하고 있는 것처럼 느껴졌다.

이젠 모르겠어…… 나로선 아무것도……. 이유 모를 무력감을 느꼈다.

머뭇머뭇 일어나서 노크가 이어지는 문으로 향했다.

"네…… 하지만 저기 근데 아직 이불은."

철컥 문을 열었다.

거기에 서 있는 사람은 여관 직원이 아니라──.

"안녕."

흐르는 별처럼 샤라랑~ 하는 풍경 소리가 들려오는 느낌이었다.

금빛 머리카락을 한데 올려 묶고 있는 절세의 미소녀.

저 완벽한 스타일을 보면, 아아, 신께선 인간을 이런 식으로 만들고 싶으셨던 거구나…… 하고 생각하게 될 정도로 훌륭했다. 최소한 이런 여관에서 우연히 만나게 될 만한 인종은 결코 아니었다.

오우즈카 마이다──.

"우와, 뭔가 낯익은 얼굴이!"

"정말? 이 세상에 둘도 없다는 캐치프라이즈로 선전했던 적도 있는데 말이지."

"너 말이야, 너!"

마이에게 척, 손가락을 들이댔다. 마이는 뭐가 그리 재밌는지 하하하 웃었다.

"이야, 나한테는 비밀로 여행을 가다니 쌀쌀맞잖아. 잠깐 방해해도 괜찮을까?"

"아니, 저기, 기다려!"

제지할 틈조차 주지 않고 방 안에 들어오는 오우즈카 마이.

큰일났다. 왜냐하면 이곳에는──.

이불 위에는 여전히 잠이 덜 깬 눈을 하고 있는 아지사이 양이 있다.

"레나코 언니~? 있지있지, 빨리 이불, 이불 돌려줘, 또 꼭 안아줘, 있지, 꼬옥."

너무나도 귀여운 목소리로 말하는 5살 여아의 모습.

"어라."

"................후에?"

깜짝 놀라는 마이와 나른한 아지사이 양의 시선이 한데 마주쳤다.

직후.

"와아아아아아아아아아아아아아아아아아!"

아지사이 양의 입에서 한 번도 들어본 적 없는 비명소리가 튀어나왔다.

"그래서."

나는 팔짱을 끼고서 마이를 빤히 노려보았다.

"뭐 하러 온 거야?!"

"잠깐 바다가 보고 싶어서."

"거짓말! 너 같은 왕족이 설령 잠행을 나오더라도 이런 변변찮은 여관에 묵으러 올 리가 없잖아! 아? 변변찮다고 해버렸다, 죄송합니다!"

마이는 등받이 의자에 다리를 쭉 펴고 앉아서 자기 손으로 직접 끓인 차를 들며 웃었다.

"이야, 전혀 변하지 않아서 다행이야. 갑자기 아지사이와 여행을 떠났다고 들어서 나야말로 깜짝 놀랐어. 오늘은 마침 휴가를 받을 수 있었거든. 그래서 쫓아왔지."

"앗, 아아앗."

수수께끼가 풀렸다!

어젯밤 여동생의 메시지는 마이가 물어봐서 보냈던 거였나. 강자에게 굴복하는 여자 같으니……!

"설마하니 가족 중에 스파이가 심어져 있을 줄은……."

"하루나는 예의 바르고 사랑스러운 후배야. 벌써 나를 새언니로서 잘 따라주고 있는 모양이야."

"장수를 쏘고 싶은 욕심에 말이 알아서 달려가서 맞고 있어……."

뭐가 새언니야. 그러니까 나는 마이랑 결혼 안 한다니깐 그러네…….

어젯밤 아지사이 양과 엄청나게 야릇한 밤을 보냈던 게 벌써 먼 과거처럼 느껴진다. 이게 바로 뭐든 자기 색으로 덧칠해버리는 오우즈카 월드. 제왕의 힘.

그리고 한편으로 아지사이 양은 이부자리를 갠 다음 아무 일도 없었다는 듯이 의자에 앉아있다. 하지만 귀는 새빨개져 있었다······. 이게 바로 부끄러울 치(恥)······!

"안녕, 아지사이. 여름방학에 만나는 건 처음이지. 요즘은 어때?"

"펴, 평범해······."

"그런가. 그나저나 방금 전의『언니』라는 건."

"그, 그건 말이지! 그냥 별거 아니고 말이지!"

"그러고 보니 그거 알아, 마이?! 이 부근은 아지사이 양이 어렸을 때 놀러 오던 곳이래!"

아지사이 양의 얼굴이 또다시 잘 익은 사과처럼 빨개졌기 때문에 내가 억지로 화제를 비틀었다. 마이는 내가 말한 화제로 넘어가 줬다.

"그렇구나. 느긋하고 평화로워서 아주 좋은 마을이야. 이 주변은 잘 알아?"

"으, 응. 그럭저럭······."

"그러면 이 주변을 안내해 주지 않겠어? 잘 모르는 마을을 유유자적 걷는 것도 꽤 좋아해. 어디까지나 괜찮다면 말이지만."

"그, 그렇대! 어때, 아지사이 양!"

"으, 응, 그렇지! 그렇게 할까나—?!"

손바닥을 짝, 마주치면서 아지사이 양이 대량의 식은땀과 함께 반쯤 자포자기한 듯한 웃음을 지었다.

후우, 다행이다. 독특한 플레이를 하는 걸 반 친구에게 목격당한 아지사이 양의 멘탈이 산산조각으로 부서질 뻔했다…….

"아아, 물론 무리해서 해 달라는 뜻은 아니야. 바캉스는 사람마다 즐기는 법이 있지. 그럴 경우에는 그렇지, 레나코와 함께 하도록 할까. 그렇지, 레나코 언니."

"하지, 하지 마—!"

나도 모르게 소리치는 나와, 새빨개져서 고개를 떨어뜨린 채 부들부들 떠는 아지사이 양. 더 이상 우리를 괴롭혀서 뭘 어쩌겠다는 거야.

뭔데? 내가 아지사이 양이랑 함께 둘만의 여행을 왔다고 심술이야? 심술부리는 거야? 심술은 싫다고. 심술궂으니까.

내가 가만히 노려봤더니 마이는 겸연쩍은 표정을 지었다.

"이야, 미안해. 그저 조금 소외된 듯한 기분이 들어서 서운했거든. 물론 내가 일 때문에 바빠서 연락을 잘 못 받았던 게 잘못이지만……."

"으, 응. 나야말로 미안해, 마이 짱."

"아니, 아지사이가 사과할만한 일은 아니야. 다만 내 수양이 아직까지도 미숙할 뿐이지."

마이가 풀이 죽었다. 이런 솔직함은 마이의 미덕이다.

나도 마이랑 아지사이 양이 꽁냥대고 있는 현장을 본다면 『아……넵』 같은 반응이 나올 거라고 생각하니까……. 어쩔 수 없지, 용서해 주자.

"정확히는 아지사이 양이 혼자서 여행을 떠나려고 했는데 내가 억지로 난입했을 뿐이니까……. 입장은 마이랑 마찬가지라고 할까……."

"그런 건가? 그렇다면 그게, 나도 같이 어울려도 괜찮을까?"

"응, 물론."

아지사이 양은 이제야 맑게 갠 웃음을 지었다. 마이의 표정이 반짝반짝 빛난다. 아지사이 양 앞에서는 마이라고 할지라도 천사의 구원을 받는 인류임에 다르지 않나보다.

자 그렇게 됐으니, 하고 마이가 자리에서 일어났다.

"그러면 바로 준비할까. 사실은 나도 옆방을 잡아뒀어. 음, 레나코의 방은 어디니?"

두리번두리번 주위를 둘러보는 마이.

"어디냐니…… 여기인데."

"……응?"

마이가 방긋 웃으면서 고개를 갸웃거린다.

"이 방은 아지사이의 방이잖아?"

"둘이서 같이 묵고 있다니깐. 이부자리도 두 채 놓여 있잖아."

보면 알잖아, 라는 의미가 담긴 말을 날렸는데 마이는 잠시 동안 굳어버렸다.

"…………아지사이랑, 같은 방?"

마이는 깜짝 놀라면서 중얼거렸다. 어?!

"문란하지 않은가?!"

"뭐가?!"

"동성 여자애들끼리 같은 방에서 묵다니!"

"너는 대체 뭔 소릴 하는 거야!"

도대체 영문을 모르겠네!

"너는, 정말로, 진짜, 아무한테나 그런!"

"아무한테나 그러는 거 아니거든! 아직 사츠키 양이랑 아지사
이 양 뿐이거든!"

"사츠키도?!" "사츠키 짱이랑도……?"

어라?! 갑자기 아지사이 양도 참전했어?!

친구랑 같이 숙박 모임을 가지는 것쯤이야 평범한 거잖아…….
아니 뭐, 평범하지는 않지만.

그렇다, 지금 나는 숙박 모임이 『평범』하다고 말할 수 있을 정
도로 높은 경지에 올라갔다는 뜻. 그런 의미에선 확실히 죄를 지
었을지도 모르지…… 후후…….

아니, 지금은 환희에 젖어있을 때가 아니다.

마이는 학급 반장에 입후보하는 것처럼 가슴에 손을 올리고서
당당하게 외쳤다.

"알겠어. 나도 오늘은 이 방에 묵도록 하지."

"너는 옆방을 잡았다고 방금 말했잖아?!"

"어째서 나만 그런 식으로 소외시키려고 하는 거지?! 내가 너
무 아름다워서 쳐다보기 힘든가?!"

"숙박약관에 안 된다고 쓰여 있으니까 그런 거라고!"

안 되겠다, 이 슈퍼달링. 말이 안 통해.

봐, 이것 좀 봐, 아지사이 양도 어이없어하고 있잖아!

"저기 있지, 아지사이 양도 마이한테 뭐라고 한 마디 해줘!"

그러자 우리의 대화를 지켜보고 있던 아지사이 양은 뭔가 깨달은 것처럼.

"……어? 『마이』?"

"앗."

그렇다, 평소 나는 마이를 『오우즈카 양』이라고 불렀다.

내 머릿속에 베토벤의 운명이 울려 퍼졌다.

끝장이다.

"아니, 그거는, 그게, 저기……!"

초조해하면 할수록 말이 나오질 않는다.

"레마 프렌드라는 우리 둘만의 관계가 있어서."

"레마 프렌드……?"

"그, 그래 맞아. 그게, 저기, 여러 가지 일들이 있어서, 여러 가지로!"

어떤 사정을 어떤 순서로 설명해야 할지 막막해서 도저히 알아듣기 힘든 지리멸렬한 말만 쏟아져 나왔다.

마이의 비밀에 대해서 얘기할 수도 없고, 그렇다고 나랑 마이가 일시적으로 연인 관계를 맺었다는 소리를 할 수도 없으니까.

하지만 그렇다고 아지사이 양한테 거짓말을 하고 싶지도 않고! 사면초가야!

도와줘요, 마이에몽!

"쉽게 말해 우리는 약간의 계기로 많이 친해졌는데…… 알다시피 레나코는 부끄럼쟁이잖아? 남들 앞에서 나를 이름으로 부를 수는 없다고 하면서 계속 『오우즈카 양』이라고 불렀던 거야."

간결하면서도 알기 쉽게 설명을 마친 마이. 앗, 그 설명으로 충분하구나?!

아지사이 양은 지금 들은 설명을 천천히 곱씹었다.

"음, 그, 그렇구나. 갑자기 마이 짱을 이름으로 불러서 깜짝 놀랐어."

납득한 모양!

다행이다, 정말로 다행이다.

"어때, 레나코. 이번 기회에 학교에서도 나를 마이라고 부르는 건."

"무리라고! 주변의 시선이 너무 무섭다니까!"

"그런가? 아무도 신경 쓰지 않을 거라 생각하는데."

"아지사이 양은 어떻게 생각하나요?!"

"그게…… 하지만 그러네, 조금 용기가 필요하려나?"

"아지사이도 나를 편하게 마이라고 불러도 괜찮아."

마이가 미소를 지으며 아지사이 양의 손을 쥐었다.

아지사이 양은 아주 조금 망설이면서.

"……마, 마이."

"응, 아지사이."

아지사이 양의 뺨이 화끈 달아올랐다.

"여, 역시 이건 부끄러워. 게다가 마이 짱은 『마이 짱』이라는 느낌이니까."

"그래?"

"응. 여자애라는 느낌이고, 공주님 같고, 하지만 그러면서도 친근한 마이 짱이야."

"그러면 이번에는 내가 아지사이를 아지사이 짱이라고 불러볼까."

"그, 그것도 조금 쑥스러운걸."

무슨 결혼식 식장을 알아보러 온 커플처럼 둘이서 하하호호한 분위기로 마주 웃었다.

마이아지파 보고 있는가? 지금 여기에 미소녀와 미소녀의 피로연이 열리고 있다고.

두 사람을 지켜보는 직원이 되어 있었더니 마이가 웃으면서 일어났다.

"그러면 같이 놀러 가지 않겠어?"

갑자기 난입해 온 마이를 봤을 때는 대체 어떻게 되려나 싶었는데 정신을 차려보니 언제나처럼 화기애애한 그룹의 모습. 이래서 마이가 대단한 녀석이라는 거다.

"으응."

"네―."

나도 하루 종일 아지사이 양이랑 자매 놀이를 했다간 분명 뇌가 흐물흐물해져서 일본어도 잊어버리게 될 테니까 마침 잘 됐다.

이렇게 가출 여행 2일째. 우리들은 여관을 나와 거리를 산책하기로 했다.

해변 마을은 바로 앞에 산도 있어서 온통 언덕투성이다. 마치 등산로 같은 급경사가 가는 곳마다 있어서 운동하는 느낌이었다.

조금 높이 올라가니 멋진 바다의 풍경이 펼쳐져서 절로 감탄이 나왔다. 여기서 살다 보면 금방 익숙해질 풍경일지도 모르지만 나에게는 보기 드문 경치라서 즐거웠다.

아지사이 양이 선두에 서고, 그 옆에는 마이. 그리고 나는 가장 뒤에서 걸었다.

우리 그룹이 밖에서 걸을 때는 다 같이 나란히 걸으면 다른 사람들한테 폐가 된다는 이유로 내가 한발 뒤에서 걸을 때가 많다. 어? 이거 흔히 있는 일이지?

"하지만 여기는 정말로 아무것도 없는 마을이야."

"그런가?"

"응. 여름방학 때나 겨울방학 때 가끔씩 놀러 왔었는데, 친구들도 없으니까 금방 할 게 없어져서 여기저기 산책 삼아 걸어 다녔어."

오늘의 날씨는 선선한데도 마이는 하얀 레이스가 달린 양산을 쓰고 있었다. 산책하는 귀부인처럼 흠잡을 데 없는 우아하고도 아름다운 자태였다. 프로의 미의식이 배어 나오는 부분이 멋있다.

"당시엔 아직 동생도 갓난아기라 아빠도 엄마도 정신없이 바빴거든. 그래서 나는 여기에 맡겨졌던 거야."

"그렇구나. 그럼 여기는 제2의 고향이나 마찬가지인 건가."

"후후, 그럴지도 몰라. 내 추억 순회에 끌고 온 것 같아서 미안해, 마이 짱, 레나 짱."

"아, 아냐, 전혀."

나를 돌아보면서 미소 짓는 아지사이 양에게 붕붕 고개를 저었다.

한편 마이는 여유롭게 웃으면서.

"무슨 소리야. 오히려 나는 이런 게 하고 싶었어. 친구와 친교를 다지는 사치스러운 시간이야."

내가 서투른 언변으로 아지사이 양의 말을 받았더니 마이가 멋진 말로 분위기를 가볍게 만들어주었다. 과연 아시가야의 슈퍼달링.

아지사이 양의 가출 여행에 마이가 더해지니 안심감부터 달랐다. 게다가 단둘이었다면 하루 종일 이불속에서 빈둥거렸을 거고, 어디로 외출하자는 생각조차 하지 않았겠지.

엄청나게 마음 든든하긴 한데…… 왠지 열 받는데?!

"그래서 지금은 어디로 향하는 거지?"

"후훗, 자— 과연 어디일까요? 사실은 내가 초등학생 때 용돈을 쥐고서 찾아가던 장소입니다—."

"그렇군, 혹시 미술관인가?"

얼마 안 되는 용돈으로 초등학생이 미술관에 다녀온다니 무슨 위인전에 실린 화가의 일화 같잖아…….

"후훗, 레나 짱은?"

"어—음, 그게—, 오. 오락실이라거나!"

꼭 정답을 맞히고 싶었기 때문에 그럴싸한 장소를 말해봤다. 마이보다 내가 더 아지사이 양을 잘 이해하고 있어!

그러자 아지사이 양은 "아깝네—"라고 말하며 쑥스러워했다. 앗, 귀여워.

"조금만 더 가면 도착하니까."

"오락실이 정답에 가까웠던 건가. 과연 뭘까. 어뮤즈먼트 파크려나?"

"설마 당시엔 오다이바 플라자가 여기 근처에 있었던 거야⋯⋯?!"

"너무 허들을 올리지 말아 줄래?!"

아지사이 양의 태클에 절로 행복한 기분이 든다.

우리가 주저리주저리 잡담을 나누다 보니 마침내 도착했다.

"여, 여기야."

지나다니는 길 한편. 녹이 슬어 세월의 흔적이 느껴지는 간판 아래, 가게 앞에는 캡슐토이 뽑기들이 줄지어 있고, 가게 안에는 빽빽하게 상품들이 진열되어 있었다. 편의점보다도 훨씬 잡다하게 구색을 갖춘 가게다.

나는 깜짝 놀라서 외쳤다.

"마, 막과자 가게다—!"

쩔어. 쇼와시대의 유물이잖아!

실물은 처음 봤다. 만화나 영상으로밖에 본 적 없다고.

우리 동네는 초등학생이 과자를 살만한 장소래 봤자 전부 편의점 아니면 슈퍼니까. 굉장해.

"아직 안 망하고 남아있었네."

아지사이 양이 안도하며 가슴을 쓸어내렸다.

"우와— 대단해. 진짜 막과자 가게다—. 사진 찍어야지—."

내가 몹시 신을 내자 아지사이 양도 어깨에 힘이 들어간다. 아지사이 양이 뒷짐을 지고 빙그레 웃으면서 마이를 바라봤다.

"어때? 세련되고 우아한 마이 짱은 막과자 가게 같은 건 몰랐지 않았을까나—?"

"훗."

마이가 자신만만하게 웃는다.

"아쉽겠네, 아지사이. 나에겐 사츠키라는 소꿉친구가 있어. 돈이 들지 않는 놀이는 사츠키한테 전수받았으니까. 그중에는 물론 막과자 가게도 포함되어 있고말고."

"그럴 수가—."

아지사이 양의 눈이 휘둥그레졌다.

"햄버거를 보고서『포크랑 나이프가 없으면 이걸 대체 어떻게 먹으라는 거지?』같은 소리를 할 것 같은 주제에!"

나도 아지사이 양에게 편승해서 외쳤다. 참고로 마이랑 학교 끝나고서 햄버거 가게에 간 적도 있다. 그냥 평범하게 먹더라.

마이는 미소를 지으며 양산을 접었다.

"사츠키한테 자주 배웠던 놀이야. 100엔으로 가장 효율 좋게 방과 후의 만찬을 즐기기 위해서 최선의 과자를 고르는 방법이지. 나는 포테이토 프라이를 제일 좋아했어."

"마이 짱, 대단해……!"

나 혼자 꿔다 놓은 보릿자루 신세였지만 마이랑 아지사이 양이 즐겁다면 오케이입니다.

"좋아, 알겠어, 마이 짱."

아지사이 양이 주먹을 꽉 쥐고서는 마이를 향해 손가락을 들이밀었다.

"누가 100엔으로 최고의 코스 메뉴를 완성할 수 있는지 승부하자."

"호오, 받아들이도록 하지. 심판은 레나코에게 맡기는 거겠지?"

"어어?"

"응. 궁극 vs 지고의 막과자 배틀, 개막이야!"

두 사람이 즐겁게 불꽃을 튀겼다.

마이는 둘째치고서라고, 아지사이 양도 이럴 때 분위기를 잘 탄다.

하지만 잘 생각해 보면 카호 짱은 물론이고 사츠키 양도 선뜻 참가할 것 같으니, 애초에 인싸란 다들 분위기를 잘 타는 생물인 걸지도…….

만약 그렇다면 인싸 데뷔를 마친 아마오리 레나코도 분위기를 탈 줄 알아야 한다. 『아니, 나는 막과자는 잘 몰라서요……』 같은 소리는 할 수 없다.

좋아. 마치 막과자 분야의 세계 일인자 같은 표정을 지으며 내가 크게 고개를 끄덕였다.

"저에게 맡겨만 주세요. 말해두겠는데 저는 과자에는 까다로우니까 말이죠. 눈을 감고도 입에 넣은 과자가 연한 소금 맛인지 콘소메펀치 맛인지 80퍼센트 확률로 맞힐 수 있습니다."

"그건 나도 할 수 있을 것 같은데?!"

또다시 아지사이 양의 태클을 받았다. 큭, 몸이 행복감으로 차오른다…….

그렇게 두 사람에 이어 나도 합세했다.

복잡한 가게 안은 비좁은 데다 처음 보는 과자들이 가득 쌓여 있었다. 조그매, 귀여워. 소인국에 있는 과자 공장 같아.

슈퍼에 있는 싸구려 과자 코너처럼 보여도 거기보다는 뭐라고 해야 하나, 그리운 느낌? 유전자에 새겨져 있는 걸까.

아지사이 양은 작은 바구니를 가지고 와서 "와— 옛날에 자주 먹었던 거야"라면서 해맑은 표정으로 가게를 돌아다녔다.

"어쩐지 아지사이 양은 백화점 화장품을 둘러 볼 때도, 잡화점에 들어갔을 때도, 지금처럼 막과자 가게에 있을 때도 똑같은 표정을 짓고 있네."

"어어? 뭔가 이상하려나?"

뺨을 만지작거리는 아지사이 양을 향해, 으으응, 하고 고개를 저었다.

"그런 게 아니라, 음, 어디에 있더라도 아지사이 양이라는 느낌이라 호감이 가…….'"

"호감? 그렇구나, 다행이다."

아지사이 양이 양손으로 브이 자를 그리면서 기쁜 마음을 어필했다. 이런 귀여운 존재가 막과자가게에서 조그만 과자를 고르고 있다는 사실 자체가 귀여움의 절정이다.

"있지— 뭔가 이렇게 가득 쌓여 있는 것 중에서 고르는 걸 정말 좋아하거든—. 여기저기에 눈길을 줄 수 있다는 게 사치스럽게 느껴져."

"오, 아지사이 양 이거 맛있어 보이지 않아? 초코 봉."

"그렇다면 말이지, 이쪽에 있는 25엔 초코로 하면 더 여러 가지를 살 수 있으니까 훨씬 다양한 맛을 즐길 수 있어~."

"과연 그렇구나, 아지사이 선배……!"

한편으로 마이는 주식거래를 하는 사람 같은 표정으로 진지하게 상품을 하나하나씩 음미하고 있었다.

최고의 메뉴를 엄선하고 있는 건가 했더니, "호오오, 이건 먹어 본 적 없는걸……" 하고 혼잣말을 흘렸다. 자기가 먹고 싶은 걸 고르고 있어?!

그런데 신기하다.

내가 혼자서 막과자 가게를 돌아다녔다면 분명, 우와 고등학생 씩이나 돼서 창피해…… 하고 혼자 눈치를 봤을 텐데.

아지사이 양과 마이가 함께 있으니 고등학생 셋이서 막과자 가게를 둘러보는 게, 한여름의 반짝이는 청춘이잖아! 싶은 생각이 든다.

어째서일까. 두 사람의 품격이 높아서 그런가……. 두 사람이 있으면 드라마 촬영 현장 같은걸.

가게 안을 물색하고 있던 마이에게 말을 걸었다.

"마이는 평소에 어떤 과자를 먹어?"

아니 그보다 애초에 집에서 과자를 먹긴 하려나? 마이는 그다지 군것질을 하는 이미지가 없지. 학교에서는 자주 빼빼로 같은 과자를 받기는 하지만.

"그렇군, 역시 빅카츠려나."

"그거 지금 손에 들고 있는 과자잖아?!"

그 거실에서 마이가 매일 빅카츠를 먹는다면 무섭다고. 아니 오히려 어울리려나……? 라무네 병을 한 손에 들고서 막과자를 먹는 마이. 마이한텐 그런 일면이 있을지도.

"뭐 그건 농담이고 주로 집에 선물로 오는 디저트에 손을 댈 때가 많을까."

"디저트가 집에 온다고?! 초코파이도?!"

"초코파이는 안 와. 일터에 있는 사람이 유명 가게의 유행하는 디저트를 사다 준다거나 하는 식이야. 전부 맛보고 싶은 마음은 굴뚝같지만 나는 그다지 많이 먹질 못하니까 유통기한이 아슬아슬할 것 같은 디저트는 도우미분께 선물로 드리고는 하지."

"그렇구나."

"평소에 남길 때마다 죄책감이 밀려와서 더욱더 마음 편히 과자를 사기가 쉽지 않아. 그래서 이런 기획은 제법 즐거운걸. 후후후."

만면에 미소를 지으며 즐겁게 웃는 마이.

어쩌면 아지사이 양은 이것까지 내다보고서 막과자 대결을 하자고 말을 꺼낸 걸까……? 잘 모르겠다. 하지만 적어도 아지사이 양은 사츠키 양이 아니니까 마이를 철저하게 때려눕혀서 설설 기게 만들어 패배감을 맛보여주고 싶다는 동기는 아닐 게 분명하다.

마이랑 아지사이 양은 알 수 없는 부분이 상당히 있구나. 서로에 대해 내심 어떻게 생각하고 있을까. 옆에서 보기에는 오랜 시간 함께한 파트너처럼 굉장히 잘 어울리지만.

그러는 사이에 마이와 아지사이 양은 메뉴를 완성한 모양이다.

계산대에 앉아있는 할머니에게 계산을 마치고서 가게를 나왔다.

가게 앞에는 마침 타이밍 좋게 벤치가 놓여 있어서 우리는 볕을 쬐는 고양이처럼 나란히 벤치에 앉았다.

"그러면 자, 레나 짱. 이게 내가 고른 막과자야."

바로 비닐봉지를 활짝 여는 아지사이 양. 봉지에서 막과자 3개가 나왔다.

"마시멜로랑 포테이토 프라이, 그리고 먹으면 입 안에서 톡톡 튀는 사탕과자야."

그렇군, 아지사이 양다운(?) 선택이다.

"달콤한 맛에 짭조름한 맛, 그런 다음 이번엔 자극적인 단맛으로 레나 짱을 막과자의 포로로 만드는 작전이니까."

옆에 앉은 아지사이 양이 자신만만하게 입꼬리를 말아 올렸다. 좀처럼 볼 수 없는 레어한 표정이다.

나는 성실치 못하게도, 아지사이 양의 혼신을 다한 프레젠테이션보다도 어제는 그렇게나 풀이 죽어있던 아지사이 양이 이렇게 뽐내는 표정을 지을 수 있을 정도로 회복됐다는 사실에 감동하고 있었다.

잘됐네, 아지사이 양, 정말로 잘 됐어…….

나도 열심히 언니 연기를 한 보람이 있었다. 있었던 걸까?

그때 마이가 "오호……" 하고 의외라는 듯이 말했다.

"그렇군, 이런 일도 있는 건가."

"응?"

"뭔데뭔데?"

"이거야."

마이가 보여준 봉투 안에는 든 과자는 4개.

라무네 과자랑 스푼으로 떠먹는 작은 요구르트처럼 생긴 과자, 그리고 마시멜로와 포테이토 프라이였다. 마이랑 아지사이 양이 얼굴을 마주 본다.

그러고서는 누가 먼저라고 할 거 없이 웃음을 터트린다.

"겹쳤네."

"정말이야."

덩달아 나도 함께 웃었다.

묘하게 빵 터져버린 우리들은 막과자 가게 앞에 앉은 수상한 여고생 3인방처럼 되고 말았다.

"하아―."

마이가 커다랗게 숨을 내쉬었다.

"이건 어쩔 수 없겠어. 무승부라고밖에 할 수 없겠지."

"음― 유감이야. 모처럼 마이 짱한테 이길 수 있을 거라 생각했는데."

어라.

"아지사이는 그런 승부욕과는 거리가 멀다고 생각했어."

나도 옆에서 고개를 주억거렸다. 온천에서 탁구 대결을 하긴 했지만 그건 내가 막무가내로 벌인 거나 마찬가지니까. 아지사이 양은 세상에서 제일 싸움과 인연이 없는 사람이라고 생각했다.

"뭐―? 제법 열을 올릴 때도 있는걸―?"

잘 삐치기도 하고, 다섯 살 아이로 변할 때도 있는 아지사이 양은 "예를 들어서" 하고 예시를 들려다가 말을 뚝 멈췄다.

슬쩍 시선을 피하고 있다. 뺨도 붉게 달아오른 상태다.

"……예를 들어…… 비밀."

"음, 신경 쓰이는걸."

마이는 사츠키 양한테 특히나 더 그렇지만 자신한테 도전해 오는 사람을 재미있어하는 경향이 있는 것 같다. 아지사이 양한테 좀 더 깊이 캐물으려고 했다.

하지만 아지사이 양은 "안—돼—"라면서 완고하게 입을 다물었다. 아지사이 양의 고집도 어지간해서 두 사람은 평행선이다.

하지만 험악한 분위기는 아니고 『말해 봐—』 『그만 해—』 같은 장난스러운 느낌이다. 그런 대화를 마이랑 아지사이 양이 나누고 있으니 정말 최고지. 평생 셋이서 함께하자.

다만 그런 만족스러운 기분에 젖어 있었을 때.

"어라어라" 하는 목소리가 들려서 나도 모르게 고개를 돌렸다. 풍채 좋은 아저씨 한 분이 이쪽을 보면서 깜짝 놀라고 있었다.

엇차, 이건 마이를 알아본 걸까……?

헌팅처럼은 안 보이는데…… 하고 내가 엉거주춤 일어나려고 했을 때 아저씨가 먼저 말을 걸었다.

"혹시 아지사이 짱이니?"

"어?"

아지사이 양은 깜짝 놀라면서도 금방 기억을 떠올린 모양이다.

"앗, 혹시…… 스즈키 아저씨?"

아지사이 양이 옛날에 이 근방에 놀러 왔을 무렵에 자주 이야기를 나누던 아저씨라고 한다. 이야— 많이 컸구나, 아저씨도 오랜만이에요— 같은 대화를 나누는 중이다.

낯선 사람과의 대화라서 나는 완전히 어색한 태도를 숨기지 못하고 있었는데 두 사람은 추억 얘기로 꽃을 피웠다.

"스즈키 아저씨는 사진관을 하고 계셔. 이 주변 아이들은 모두 아저씨네 가게에서 시치고산 사진을 찍었어."

"한번 찍은 애들은 전부 기억하고 있어. 그 중에도 아지사이 짱은 한층 더 눈에 띄는 미인이었으니까. 이 애들은 친구니? 다들 굉장히 미인이구나."

"헤헤……."

붙임성 있게 웃고 있는 와중에 이야기가 착착 진행되더니.

아저씨네 사진관에 놀러가는 흐름이 되었다!

아지사이 양이 "옛날 사진을 보고 싶어"라고 말하자 마이도 "그러네, 재미있을 것 같아" 하고 찬성했으니 이미 결정이지…….

"아, 그런데 괜찮아? 레나 짱."

"어?! 물론 괜찮고말고요! 가자가자! 어서 가자!"

아무리 나라도 아저씨랑 대화했다고 실신하거나 하지는 않으니까! 그랬다가는 전철도 못 타잖아!

으음─. 하지만 아지사이 양의 시치고산 축하 사진인가.

어?! 그거 엄청 보고 싶은데!

"우와…………… 귀여워……."

막과자 가게에서 언덕을 따라 걸어서 5분도 되지 않아 상점가에 있는 사진관에 도착했다.

옆 가게에는 학생복을 팔고 있고, 맞은편에는 미용실도 있고. 가게들 중 절반은 셔터가 내려가 있는 그런 상점가다.

사진관 안에 들어가자 웨딩사진이나 성인식 사진, 가족사진 등등이 걸려있는 가운데, 아이들의 시치고산 사진이 한가득 장식되어 있었다.

　이 안에서 찾고 싶은 사람을 찾아내는 건 굉장히 힘들어 보였는데…… 그런데 단번에 알 수 있었다. 뭐, 그야 여동생의 얼굴을 잘못 보는 언니가 있을 리가 없으니까 말이지.

　푸른색 기모노를 입고서 머리 장식을 단 7살 로리 아지사이 양이다. 사탕을 들고서 수줍은 웃음을 짓고 있다.

　"귀, 귀여…… 귀여, 귀귀귀, 귀여워……."

　"부, 부끄러워, 레나 짱……."

　딱 달라붙어서 사진을 뚫어져라 바라보는 내 뒤에서 가느다란 목소리가 들린다.

　헉. 너무 귀여워서 과호흡에 빠질 뻔했다.

　"아, 아니라고요, 저는 딱히 로리콘 같은 그런 게 아니라! 그저 아지사이 양의 어린 시절이 너무나 귀여워서! 그저 그것뿐이지…… 큭, 이 무슨 파괴력! 이게 진정한 다섯 살 아지사이 양……!"

　"시치고산이니까 7살 아닐까."

　옆에서 마이가 상냥하게 지적했다. 말이 그렇다는 거지!

　"하아— 아지사이 양은 옛날부터 귀여웠구나……."

　"그러려나, 어쩌려나, 으— 부끄러워."

　허둥지둥 손부채를 부치는 아지사이 양.

　엄청나네—. 이런 아지사이 짱이랑 정말로 한 이불에 들어가『언니~』라는 소리를 들으면 이불 속에서 단둘만의 제국을 세우게 될 것 같아……. 뭐든지 하겠어……. 내가 아지사이 짱한테 뭐든지, 내가 할 수 있는 모든 것을…….

뭐, 나는 로리콘이 아니지만요! 그저 아이들은 어른의 비호를 받기 위해서 애정을 끌어내기 쉬운 외견을 하고 있다고들 하잖아, 그거랑 마찬가지야! (빠른 어조)

어쩔 수 없잖아! 로리 아지사이 양을 눈앞에 두면 누구든 로리콘이 될 게 분명하다구! (제 발 저림)

하아— 가출 여행에 따라오길 잘했어—! 하느님께 감사!

내가 너무 사진 앞에서 꼼짝도 안 하고 있으니 아저씨가 말을 걸었다.

"그렇지, 괜찮다면 한 장 찍고 가지 않을래?"

"좋은 생각이네요!"

방금 전까지는 엄청 낯을 가렸는데 이상할 정도로 신이 나서 찬성했다.

하지만 좋잖아? 사진관에 로리 아지사이 양과 여고생 아지사이 양이 나란히 장식되어 있다니 세계 평화잖아!(?)

그랬는데. 촬영장에 선 아저씨는 우리를 보면서.

"모처럼이니 자, 친구들도 같이."

같은 소리를 했다.

아니아니. 아니아니아니아니아니아니.

나는 전력으로 물러섰다. 아지사이 양과 마이 사이에 끼어 있는 나라니, 그, 그런 건 안 되잖아. 사진 한 장의 평균 점수가 대폭 하락해버릴 거야.

하지만 아지사이 양은 "좋네—" 하고 손뼉을 치는데 어떻게 된 거야!

도와줘요, 마이에몽——!

그렁그렁한 시선으로 바라봤더니 마이는 어쩔 수 없다는 듯이 한숨을 쉬었다. 그리고선 나한테만 들릴만한 작은 목소리로.

"나도 셋이 함께 찍는 게 좋다고 생각했는데."

"사진까진 괜찮아……! 하지만 그게 계속 사진관에 장식되는 거잖아……?!"

"이런이런……."

마이가 내 머리를 톡톡 쓰다듬었다. 마이의 입술이 내가 귀여워서 어쩔 수 없다는 듯이 호선을 그린다.

"너도 사랑스러운 응석이 능숙해졌는걸……."

순식간에 얼굴이 화끈 달아올랐다.

누, 누가 응석이, 응석이 능숙해졌다는 거야?! 마이가 없더라도 나는 노력해서 아지사이 양이랑 잘하고 있었는걸! 아니니까! 그런 거 완전 아니니까!

나는 그게, 자립한 인싸를 목표로, 한창 목표로 하고 있는 중이라고! 딱히 마이한테 조르지 않더라도! 큭, 이 자식! 내 말 듣고 있어?! 말하지도 않았지만!

"뭐, 지금은 나랑 아지사이 양 둘이서 찍도록 할까."

패배감에 몸을 떨던 나는 발을 동동 구르면서 듣고 있었다.

큭……. 마이가 오자 나도 모르게 의지하고 말았다. 깊은 반성……!

하지만 말만 잘 하면 "응, 알겠어" 하고 순순히 물러나 주는 게 아지사이 양의 장점. 『하아? 분위기 못 타네』 같은 표정을 짓는다면 당장 죽어버릴 테니까 말이지. 물론 아지사이 양은 내 명줄을

끊지 않았다. 상냥해.

하아…… 일단 진정하자.

아지사이 양과 마이가 촬영장에 섰다. 하얀 배경에 조명이 들어오고, 아저씨가 커다란 카메라 앞에 서서 파인더를 들여다본다.

"어라? 혹시 오오즈카 씨는 촬영이 익숙한가?"

"네, 조금은요."

마이가 웃으면서 포즈를 잡자 과연 대단했다.

얼마 전에 봤던 패션쇼처럼 눈 깜짝할 사이에 오오즈카 마이의 세계가 펼쳐진다. 카메라 앞의 마이, 강력하기 그지없다.

아지사이 양조차 마이 옆에 서 있으니 평범한 여고생처럼 보일 정도다.

우와, 마이 무셔…….

그렇게 몇 장쯤 찍고 나서 아지사이 양과 마이가 내 쪽으로 다가왔다.

"후우, 긴장했어."

"이런 것도 제법 재미있네."

"으, 응. 둘 다 엄청나게 예뻤어!"

조연의 눈으로 본 감상을 전하자 마이는 싱긋 웃으며 "고마워"라고 말했고, 아지사이 양은 쑥스러워하면서 "고마워"라는 인사와 함께 조그맣게 미소를 지었다.

사진관을 한 바퀴 쭉 둘러보면서 아지사이 양이 그리운 듯이 말했다.

"그러고 보니 나, 여기서 울음을 터트린 적이 있다는 게 떠올랐어."

"그, 그랬어?"

"엄청 큰일이었어. 그렇죠? 아저씨."

아저씨도 "그땐 그랬지"라며 쓴웃음을 짓는다.

거의 10년 가까이 지난 얘기를 아직까지도 기억하고 있나 보다.

그렇게── 사진관을 나온 우리는 가볍게 배를 채우고 나서 여관으로 돌아가는 길을 걸었다.

걸어가면서 아지사이 양이 옛날 추억을 들려줬다.

"아빠도 엄마도 동생한테만 관심을 줬거든. 나는 혼자서 친척이 하는 민박에 맡겨졌어. 그런데 시치고산 때까지 동생이 열이 있다는 이유로 나만 외톨이가 된 거야. 정말! 어째서~~~! 하고 짜증을 냈던 거라고 생각해."

아지사이 양이 대표로 촬영비를 내려고 했지만 아저씨한테 거절당했다.

오히려 오랜만에 건강한 모습을 보여줘서 고맙다는 인사까지 들은 데다가 오늘 찍은 사진은 나중에 보내준다는 모양이다.

"그랬더니 아저씨가 열심히 달래주면서 아지사이 짱의 가장 귀여운 모습을 보여줘서 아빠랑 엄마한테 한 방 먹여주자고 말해줬어. 아마 나는 그 말이 마음에 들어서 그러면 최대한 귀여운 차림을 하겠다고 기합을 넣었던 거야."

마을에는 석양이 내려오고, 바다를 붉게 비추고 있었다.

몹시 아름다운 경치였지만 눈이 부셔서 얼굴에 손 그늘을 만들었다.

"그렇게 찍게 된 사진이 아까 본 사진이야. 울었던 흔적도 화장으로 가려주셨어. 나는 옛날엔 뭐든지 내가 첫 번째가 아니면 마음이 풀리지 않아서 엄청 어리광을 부리고 주변 사람들을 곤란하게 만들었다는 게 떠올라 버렸네."

아지사이 양이 혓바닥을 빠끔 내밀었다.

"마이 짱한테도, 레나 짱한테도 이상한 모습들만 잔뜩 보여줬던 것 같은 느낌이 들어."

"그런가?"

"응, 아마도."

내 되묻는 말에 아지사이 양은 많은 의미가 함축되어 있는 웃음을 지었다.

아지사이 양은 요 이틀간 여러 가지 일면들을 보여줘서 창피했을지도 모르지만, 그래도 나는 아지사이 양에 대해서 훨씬 더 잘 알 수 있었기 때문에 즐거웠어.

뭐 그건 내 제멋대로인 말에 불과하지만.

나도 만약 아싸스러운 꼴사나운 일면을 들켰는데 아지사이 양이 웃으면서『그래도 레나 짱에 대해 알 수 있어서 좋았어』같은 소리를 한다면 할복할 가능성이 있으니까.

사람은 누구나 솔직하게만 살아가고 싶어 하지는 않는다.

마이조차도 학교에서 자신의 캐릭터를 만드는 데 어려움을 느끼면서도 그걸 그만두지 못할 정도니까. 인간이란 정말로 복잡한 생물이다.

그렇게 걷다 보니 여관이 보일 때쯤 마이가 양산을 기울이면서 의미심장하게 입을 열었다.

"하지만 오늘은 아직 끝난 게 아니겠지?"

"그 말은?"

마이가 조용히 입을 다문다. 그러자 바람을 타고 실려 오는 북소리와 피리 소리.

어딘가의 축제 소리? 아, 그러고 보니.

아지사이 양도 눈치챈 얼굴이다. 완전히 까맣게 잊고 있었지만, 오늘은 여름 축제가 있다고 했지.

마이가 고개를 끄덕였다.

"바로 그거야. 정말로 기대하고 있었거든. 물론 갈 거지?"

"응!"

아지사이 양이 기운차게 고개를 끄덕였고 나도 마찬가지였다.

하지만 여름 축제라.

모처럼이니 두 사람의 유카타 차림을 보고 싶었는데…… 뭐, 너무 사치스러운 소리긴 하지. 그런 걸 준비했을 리도 없고.

"아, 혹시 근처에 유카타를 빌릴 수 있을 만한 가게는 없을까?"

"글쎄, 여관 직원분한테 물어볼래?"

"그, 그렇죠. 그거 좋은 생각일지도…….."

아지사이 양의 유카타 차림을 보기 위해서라면 낯선 사람한테 말을 거는 일도 힘내서 해보도록 할까…… 이번에야말로 마이한테 의지하지 않고서!

"아아, 그거 말이다만."

그러자 마이가 언제나처럼 자신만만하게 웃었다.

그렇다, 『이번엔 어떤 식으로 놀라게 해줄까나』라는 의미가 담긴 웃음. 사츠키 양을 위한 용도로 탄생했던 순수한 선의의 웃음이다.

"미안하지만 **이미 마련해 뒀어**."

"어?"

"어어어어어…………?"

우리 방, 옆 방. 다시 말해 마이가 잡은 방.

방에는 행거가 잔뜩 놓여 있었다. 그리고,

──유카타들이 줄줄이 행거에 걸려있었다.

마치 유카타 렌탈숍의 전시 공간 같았다…….

마이의 이런 행동력에는 아무리 아지사이 양이라도 질려 하지 않을까──.

"와아──, 마이 짱 대단해──!"

않았다. 감탄사를 연발하며 즐겁게 옷을 둘러보고 있다. 순순히 받아들이잖아?!

"단골 호텔에서 빌려온 옷들이야. 다 끝난 뒤 반납하기만 하면 되니까 신경 쓰지 말고 골라줘."

"와, 이거 전부 공짜인 거야……?"

"그렇지. 비유하자면…… 소꿉친구가 하는 가게에 놀러 갔더니 식후에 디저트를 서비스로 받은 거나 마찬가지일까."

"굉장하네…… 그런 세계도 존재하는구나…… 그럼 감사히 호의를 받도록 할게, 마이 쨩!"

"기왕 입을 거라면 다 함께 입고 싶었으니까. 후후, 천만의 말씀이야."

두 사람이 나누는 대화를 지켜보던 나는 덜덜 떨고 있었다.

나는 아지사이 양과 탁구 승부까지 해서 간신히 더치페이를 했는데…… 마이는 스타트 지점부터 나와 완전히 차이가 난다…….

이런 걸로 분해하는 건 너무 주제넘은 짓이겠지만, 그래도 분해……! 나도 오십조 엔쯤 갖고 있으면 좋을 텐데……!

"레나코도 마음에 드는 옷을 골라줘."

"지, 지지 않을 거야, 마이……! 마지막에 아지사이 양의 마음을 사로잡는 건 바로 나니까……! 이런 방법으로 이겼다고 생각하지 말라고……!"

마이가 서운한 표정을 짓는다.

"그런가…… 마침 좋은 기회니까 셋이서 유카타를 입고 여름 축제에 가고 싶었는데…… 너는 그다지 기쁘지 않았던 건가……?"

"아뇨 무지무지 기쁩니다! 아지사이 양과 마이의 유카타 차림! 기대되네─!"

안 되지, 안 돼. 순수하게 우리를 위해 행동해 준 마이를 매도하다니, 인간 모습을 한 쓰레기가 될 뻔했다. 물렀거라! 삿된 마음이여! 당장 사라져라─!

추악한 마음이 사라진다면 나 자신도 여기서 소멸해버리는 건 아닐까…… 하는 염려는 제쳐두고서 유카타로 시선을 돌렸다. 깨끗해진 마음으로 말이지!

다양한 색상의 천들이 이렇게 줄줄이 걸려있는 걸 보면 역시 여자로서 엄청 가슴이 뛰네—! (깨끗해진 마음)

"어떤 게 좋을까—."

이럴 때 나는 보통 내가 좋아하는 옷보다도 여동생한테 어울릴만한 옷을 고르곤 한다.

자매라서 생긴 것도 비슷하고, 블루베이스? 옐로베이스? 플랍베이스? 아무튼 그런 것도 똑같으니까 이 방법을 쓰면 크게 빗나갈 일은 없다.

참고로 내 취향은 그게…… 아지사이 양한테 어울릴만한 귀여운 옷들뿐이다.

뭐, 어쩔 수 없는 거지! 왜냐하면 내가 꿈꾸는 이상적인 여자애란 아지사이 양이니까! 응!

뭔가 갑자기 굉장히 부끄러워졌다.

빨리 유카타를 고르자…… 내 취향에 맞는 옷보다는 나한테 어울릴만한 옷으로…….

"마음에 드시는 옷이 있으신가요?"

"우왓."

깜짝 놀랐다. 전혀 눈치채지 못했어. 기척을 죽이고 있는 정장차림의 여성이 행거 옆에 서 있었다.

"하, 하나토리 씨."

뭐, 그거야 그렇지. 마이 혼자서 이만큼이나 준비할 수 있을 리가 없으니까.

"오랜만입니다. 부디 저는 개의치 마시길."

새치름한 표정의 유능한 도우미가 앞으로 손을 모으고서 가볍게 고개를 숙였다. 여전히 안드로이드처럼 빈틈 하나 보이지 않는 미인이다.

하나토리 씨는 작은 목소리로.

"저도 당신을 없는 사람으로 취급할 테니까요."

"네?!"

지금 뭔가 엄청난 소리를 하지 않았어?

"아뇨, 저기, 그건 무슨 의미……?"

"신경 쓰지 마시길, 독충."

"잠깐, 저기요?!"

어째서 내가 마이의 도우미 분한테 독충 취급을 받고 있는 거야?!

뒤를 돌아보니 마이는 아지사이 양과 즐겁게 유카타를 고르고 있다. 모, 못 끼어들겠어!

나는 갑자기 송곳니를 드러낸 하나토리 씨라는 강적을 앞에 두고서 몸을 떨었다.

"저기, 제가 무슨 짓을 했나요……?"

"아뇨, 딱히요."

"그럼 어째서 독충이라고…… 아니, 어? 하나토리 씨는 남한테 누구든 독충이라고 부르는 타입의 도우미분이신가요?"

"그런 사람이 제대로 된 사회생활이 가능할 거라고는 생각하기 힘들지만요."

무슨 소리냐는 표정으로 쳐다본다.

나도 안다고! 그러면 왜 사람한테 그런 멸칭을 써서 부르는 건데!

"전에 사츠키 양이랑 함께 만났을 때는 정중한 태도의 언니라고 생각했는데…….'

무뚝뚝한 표정의 하나토리 씨가 움찔 반응했다.

설마 이렇게 개성이 강렬한 사람일 거라고는 생각하지 못했어……. 아니, 그러고 보면 사츠키 양을 놀리면서 즐겼었지. 이미 그럴 싹이 보였다.

하나토리 씨는 시선을 피하면서 중얼거렸다.

"코토 님은 저희들의 미래의 주인님이기도 하니까 말이죠."

희미하게 보이는 웃음은 하나토리 씨의 거짓 없는 진심처럼 보였다.

……응? 미래의 주인님?

"그거, 장래에 부자가 된 사츠키 양한테 고용되기로 약속을 했다는 뜻…… 인가요?"

나도 모르게 반말로 얘기할 뻔해서 황급히 뒷말을 붙였다.

하나토리 씨는 입가에 손을 올리며 살짝 뺨을 붉혔다.

"아니요, 그런 게 아닙니다. 코토 님은 아가씨와 결혼하시게 될 거라고요."

"네 녀석, **마이사츠 과격파냐**?!"

그래서였냐! 그래서 이 사람 나한테 차가운 거구나?!

내가 마이한테 호의를 받고 있어서 내가 방해되는 거구나! 하지만 그거 내 잘못이 아니잖아?!

"그러니까 꽃에 꼬여 드는 독충 씨, 어떤 유카타로 하시겠습니까.

여기 있는 옷자락이 엄청나게 짧아서 팬티가 다 보일 듯한 미니 유카타 같은 건 어떠신가요?"

"입을 리가 없잖아! 누가 봐도 어린애 사이즈 유카타를 준비해 두지 말라고!"

내가 소리쳤더니 우리 기색을 눈치챈 마이가 다가왔다.

"무슨 일이야, 레나코. 유카타는 다 고른 건가?"

"으으으."

나는 마이한테 하나토리 씨에 대해서 일러바치려고 생각했지만 뿌득뿌득 빠드드드득 이를 갈면서도 마음을 다잡았다.

"자, 잠깐 하나토리 씨가 유카타를 골라주셔서……!"

하나토리 씨는 사츠키 양과 마이의 성장을 누구보다도 가까이서 지켜본 사람 중 하나겠지.

그런 하나토리 씨에게 있어서 나는 확실히 갑자기 튀어나온 독충이나 마찬가지임에는 틀림없다. 독충이 아니라 훨씬 더 나은 표현도 있긴 하겠지만!

"그런가, 과연 그렇군. 하나토리의 미적 감각은 나도 자주 참고하고 있어. 하나토리. 레나코를 아름답게 꾸며줘."

"잘 알겠습니다."

공손하게 인사하는 하나토리 씨. 내 곁으로 가까이 다가오더니 의외라는 듯이 입을 열었다.

"독충이라는 사실을 인정하신 건가요……. 역시 목적은 재산……."

"그게 아니겠지!"

여러모로 하고 싶은 말이 산더미처럼 쌓여 있지만 일단 딱 하나는 확실히 말해두겠다. 아니, 두 가지는 확실히 해두고 싶다.

"나랑 마이는 연인 사이도 뭣도 아닌 데다 나는 마이의 재산을 노리고서 함께 있는 것도 아니니까요……!"

"당신의 주장 따윈 아무래도 좋습니다만."

귓등으로도 듣지 않는다.

하나토리 씨는 그야말로 호의가 전혀 느껴지지 않는 얼음처럼 차가운 어조로 말했다.

"아가씨는 매일 바쁜 와중에 단 하루밖에 없는 쉬는 날을 당신을 위해서 쓰고 계시는 겁니다. 그 관대한 후의를 부디 배신하지 말아 주시길."

"배, 배신이라니……."

하지만 그건, 이렇게 말하면 좀 그렇지만 마이가 멋대로 하는 일이잖아……. 물론 기쁘기야 하지만…….

슬쩍 마이를 살폈다. 패션쇼에서 화려하게 빛나는 마이의 모습을 떠올리자 도무지 진정되지 않는 기분이다. 말 안 해도 잘 알고 있다니까요……. 마이가 나와는 전혀 다른 세상을 살아가는 인간이라는 사실쯤이야.

"하지만 그렇다고 해서 마이한테 없는 소리까지 지어내서 띄워준다거나 그럴 수는 없으니까요……. 저는 어디까지나 마이의 친구로서 힘껏 노력할 뿐이고……."

"…………."

윽……. 어째서 아무 말도 없지……?!

무시무시한 압력…….

차가운 눈빛에 굴복해서 『죄송합니다 멍!』하고 배를 보이게 되는 것도 시간문제였지만 그렇게 되기 전에 하나토리 씨는 바로 가까이에 있는 유카타를 손에 들었다.

"그럼 이쪽 유카타는 어떠신가요?"

아름다운 푸른색 유카타. 정말로 여동생이 좋아할 법한 옷이었다.

……아무래도 마이한테 부탁받은 일은 성실하게 수행하려는 모양이다.

게다가 안목도 의심할 여지가 없어 보여서 나는 에어컨 소리에 묻혀 사라질 정도로 작은 소리로 "그럼 그걸로 부탁합니다……" 하고 고개를 숙였다.

"그럼 다음은 끈이군요. 괜찮다면 이쪽에 있는──."

아아, 위가, 위가 아파…….

인생 첫 유카타 고르기에다가 인생 첫 유카타 복식체험을 마치고서 (무슨 갑옷이라도 걸치는 느낌이었다) 나는 밖으로 나왔다.

으억, 다리를 벌릴 수가 없어. 발밑이 나막신이라 진정이 안 돼. 몸을 움직이기가 불편해…….

이게 유카타인가……. 보기에는 무지무지 예쁘지만 아름다운 외견 뒤에는 이런 노력이 필요했던 건가…….

하지만 이거, 화장실 가고 싶을 때는 어떻게 하는 걸까……? 으으, 되도록 마실 거는 자제하기로 하자…….

밖은 이미 깜깜했다. 축제의 악기 소리는 아까 전보다도 훨씬 선명하게 들렸다.

나는 스마트폰과 지갑을 넣어둔 천 주머니를 오른손에 들고서 마이와 아지사이 양이 나오길 기다렸다. 유카타를 입을 줄 아는 사람은 하나토리 씨밖에 없으니 한 명씩 순서대로다.

여관 앞에서 기다리고 있을 때, 지나가던 접수대 할머니가 유카타 차림을 칭찬해 주셨다.

"어머나, 몰라보게 미인이 됐는걸."

"헤헤, 에헤헤."

머리핀도 평소에 착용하는 핀이 아니라 단발용 머리장식을 빌렸다고요, 헤헤.

이거 귀엽죠. 아니 저 말고 이거요. 참 귀엽죠—?

유타카를 입고서 특별한 느낌을 듬뿍 맛보고 있어서 그런지 할머니랑도 스스럼없이 대화를 나눌 수 있었다. 역시 도쿄 애들은 다르구나, 같은 칭찬을 잔뜩 들었다. 헤헤헤.

그럴 때, 레나 짱—, 하고 부르는 소리가 들렸다.

"앗, 아지사이 양, 마이——."

반갑게 들어 올리려던 손이 우뚝 멈췄다.

"미안해, 늦어져서. 머리도 다시 만져주시는 바람에."

"어때, 레나코. 우리 유카타 차림 잘 어울리려나?"

어울린다 어쩐다의 수준이 아니야.

나는 압도당했다.

아지사이 양은 보라색 수국이 그려진 예쁜 하얀색 유카타를 입고 있었다. 걸을 때마다 비녀 끝에 달린 장식이 가볍게 흔들린다.

리본처럼 양쪽으로 부풀려진 허리끈은 꽃에 머무는 나비처럼 보인다. 아지사이 양이라는 아름다운 꽃에 색을 더해주는 멋진 유카타다.

마이는 대조적으로 붉은 낙엽처럼 선연한 심홍색 유카타를 입었다. 허리끈을 묶은 방식도 아지사이 양과는 다르게 단단히 꽉 동여매고 있었다. 의연함이라는 단어가 절로 떠오를 정도로 마이의 흠잡을 데 없는 완벽한 아름다움이 드러난다.

긴 머리카락도 곱게 땋아서 묶어 올린 화려한 스타일이다. 다만 그러면서도 앞섶이 살짝 내려가 있어서 그 틈으로 보이는 피부색이 터무니없는 색기를 자아내고 있었다.

멍하니 입만 벌리고 있었다. 나도, 그리고 할머니도.

"괴, 굉장……."

"미켈란젤로의 예술작품이야……."

아지사이 양과 마이가 가까이 다가오자 나는 한층 더 『으아아……』 같은 기분이 들었다.

가까이서 보니 머리부터 발끝까지 대체 어떻게 세팅한 건지 짐작도 안 갈 정도로 섬세하면서 화려하다. 이거 하나토리 씨가 한 거야? 그 사람 사실은 미용사인가……?

아지사이 양이 방긋 웃는다.

"레나 짱, 유카타가 아주 멋져, 예뻐."

"엇, 고, 고마워……." (모기 소리)

"있지, 나는 어때?"

"저, 정말 잘 어울립니다……. 천사……."

"에헤헤, 기쁘다."

나를 둘러싸고서 반대편에 선 마이가 넘칠 정도로 단아한 웃음을 지었다.

"레나코, 나는 어떻지?"

"아, 아름다우십니다⋯⋯." (모기 소리)

"후훗, 고마워. 정말로 기분이 좋아. 이렇게 사랑스러운 여자애들과 함께 축제를 걸을 수 있으니까 말이지."

"히야아⋯⋯."

아지사이 양과 마이 사이에 낀 상태로 나는 할머니에게 "다녀오겠습니다⋯⋯" 하고 인사한 뒤 걸음을 옮겼다.

뒤에서 작게 중얼거리는 목소리가 들려왔다.

"⋯⋯그런데 쟤는 뭐 하는 애지?"

저는 인싸 무리에 끼어들어서 살아가는 카멜레온 걸 아마오리 레나코입니다⋯⋯.

언덕길을 올라서, 우리는 제등이 줄지어 켜진 길을 걸었다. 이제야 겨우 마이와 아지사이 양의 유카타 차림을 본 충격도 가라앉았기 때문에 나는 순수한 설렘을 느끼고 있었다.

가까이 다가갈수록 점점 축제의 음악 소리가 커져갔다.

"와아."

모퉁이를 돌자 축제의 풍경이 펼쳐졌다. 길 양옆으로 여러 가지 노점들이 다닥다닥 줄지어 있다. 무슨 축제인지는 잘 모르겠지만 무지무지 축제스럽다.

여름방학 시기인만큼 상당한 인파다. 가족이나 커플, 친구끼리 온 일행들이 여기저기를 돌아다니고 있고, 사람 중에는 유카타를 입은 사람들도 많이 보였다.

우리도 그 흐름에 끼어들어서 노점을 구경했다.

"있지있지, 저건 뭘까."

"슈퍼볼 건지기? 재미있어 보이는데 한 번 해보자."

"어라, 마이는 여름 축제에 와본 적 없어?"

"그렇지. 이런 축제는 여름방학 중에 열리는 게 일반적이잖아? 나는 여름엔 대부분 해외에서 보냈으니까."

"흐흥, 그러면 막과자 가게를 안내해 준 보답으로 이번엔 내가 여름 축제를 즐기는 법을 가르쳐 줄게! 먼저 슈퍼볼 건지기부터!"

뭐, 사실은 나도 여름 축제에 와본 경험은 그다지 없지만 말이지. 가족끼리 놀러왔던 것도 중학교에 입학하기 전이었으니까.

하지만 지금은 이러는 편이 훨씬 더 재미있다는 이유로 나는 마이의 손을 잡아끌었다.

그러는 우리 뒤를 아지사이 양도 즐거운 기색으로 따라온다.

당연하지만 두 사람은 제등의 희미한 불빛으로도 찬란함을 희석할 수 없을 정도로 초절 미소녀기 때문에 나는 주위의 시선을 차단하듯이 열심히 움직였다.

하지만 그런 순간조차도 너무 즐거워서.

셋이서 신나게 왁자지껄 떠들면서 여름 축제를 돌아다녔다.

학기가 시작되면 또 다르겠지만 지금만큼은 진심으로 생각할 수 있었다.

언제까지나 이 순간이 계속됐으면 좋겠다고.

내가 친구들과 여름 축제를 즐기며 돌아다닌다니, 그거야말로 인싸 그 자체잖아.

그날 이불 속에서 부러워했던 바로 그 광경인걸.

"있지 다음은 타코야키 먹으러 가자."

"아, 나는 사과 사탕이 먹고 싶어."

"그럼 나도 솜사탕을 사올 테니까 셋이서 나눠 먹지 않겠어?"

찬성! 하고 서로 마주 보며 웃으면서 잠시 해산했다.

나는 그저 이 순간이 즐거워서. 그래서 **이 즐거운 순간의 이면에 무슨 일이 있었다는 건 전혀 알지 못했다.**

줄 서서 타코야키를 두 팩 산 다음 돌아왔더니 아무도 보이지 않았다.

어라, 약속장소 어디였더라?!

큰일이다! 너무 들떠 있는 바람에 전혀 기억이 안 나! 여기?! 저기?! 어디?!

아니, 기다려, 진정하자. 메시지를 보내는 거야. 분명 눈치채주겠지. 눈치채주려나? 허둥지둥…….

나는 손에 비닐봉지를 들고서 기둥에 등을 기댄 채 가만히 멈춰 섰다.

만약 미아가 된 게 마이랑 아지사이 양이었다면 100킬로미터

바깥에서 보더라도 그 눈부신 광채로 금방 찾아낼 수 있었겠지만, 하지만 나는······!

아아, 괜찮으려나, 마이랑 아지사이 양. 이상한 녀석들이 추근거리지는 않으려나······. 아니 하지만 그 두 사람이 함께 있는데 대체 누가 섣불리 말을 걸 수 있지?

같은 여자애인데도 엄청 커플처럼 보이지. 두 사람이 마주 미소를 짓고 있으면 이미 단둘만의 마이아지 월드! 라는 분위기인걸.

그렇구나, 그래서 나는 여기에 혼자서······.

쓸쓸하네······. 메시지도 봐주질 않고······.

아니, 내가 쓸쓸하다는 건 두 사람도 마찬가지로 쓸쓸해 하고 있을 터! 여름 축제의 즐거움을 가르쳐주겠다고 말했어! 약속은 제대로 지켜야지!

나는 결심하고서 타코야키가 식기 전에 인파를 향해 돌격했다.

* * * * * *

아마오리 레나코가 약속장소를 몰라 허둥대고 있을 무렵.

──조금 늦어졌을까, 하면서 사과 사탕을 사 온 아지사이가 돌아왔다.

그러자 슈퍼볼 건지기 노점 앞, 인파에서 조금 떨어진 장소에 솜사탕을 든 마이가 멈춰서 있었다.

어슴푸레한 불빛에 비춰지는 눈을 내리깐 모습에 아지사이는 두근거리고 말았다. 자기도 모르게 시선을 빼앗길 정도로 절색의 미모다.

"어라, 어서 와, 아지사이."

거기에 더해 마이가 미소를 짓자마자 넘쳐 흘러나오는 애교는 마치 마법처럼 느껴진다.

"어, 저기…… 레나 짱은 아직이려나."

"그런 모양이네. 노점에 사람들이 많은 걸지도 모르지. 밤은 길어. 느긋하게 기다려보자."

"그, 그러네."

사과 사탕을 들고서 아지사이는 마이 옆에 나란히 섰다.

힐끔 시선을 던져서 마이의 기색을 살폈다.

"무슨 일이라도?"

"앗, 아니, 왠지 말이지, 지금 마이 짱이 엄청 아름다워 보여서……. 아니, 나도 참 무슨 소리를 하는 걸까. 마이 짱은 언제나 아름다운데."

"유카타 차림 때문일까. 그렇게 말하는 아지사이도 훌륭하게 잘 어울려. 예뻐."

"고, 고마워……."

마이 앞에서 긴장하는 일은 적어졌기 때문에 이런 기분은 오랜만이다. 고등학교에 갓 입학했을 때는 나름대로 마이의 안색을 살피기도 했다.

지금 와선 마이의 상냥한 인품을 아주 잘 알게 됐기 때문에 다가가기 힘들다고 느끼지는 않는다. 다만 문득문득 마이의 매력에 접하면 말문이 막힌다.

"마이 짱은 여름방학엔 항상 바쁘지."

"응, 그렇지. 지금은 마마도 일본에 있으니까 특히 더 일거리가 많이 들어오고 있어. 방학이 끝나고 학교가 시작되기만을 바라고 있다니, 학생으로서는 있어서는 안 될 마음가짐이야."

"응…… 그런데도 우리를 위해 시간을 써줘서 정말 고마워."

"천만의 말씀. 오늘은 아지사이의 귀여운 모습도 잔뜩 볼 수 있었으니까."

"마, 마이 짱도 참."

이런 말을 스스럼없이 하니까 아시가야의 슈퍼달링이라는 별명으로 불리면서 많은 사람들을 착각하게 만든다. 죄 많은 소녀.

"다 함께 축제에 오니까 즐거워."

"그러네."

"내년 여름엔 사츠키 짱이랑 카호 짱도 함께 오고 싶어."

"그건 아주 좋은 아이디어야."

아지사이는 얼굴도 보이지 않는 사람들이 오가는 길을 멍하니 바라보았다.

마치 끝나지 않는 해 질 녘의 한때처럼 신비한 기분 속에 있을 때, 마이가 질문을 던졌다.

"가출 여행이었던가. 이제는 괜찮아졌어?"

"아, 응. 여러 일들이 있었지만 괜찮아. 레나 짱이 함께 있어 줬으니까."

"그런가."

마이가 상냥한 표정으로 미소를 지었다.

"레나코는 정말 신기한 여성이지. 괴로울 때는 떨어지지 않고 곁에 있어 줘. 나도 지금까지 몇 번이고 그녀에게 마음을 구원받았어."

"……응. 레나 쨩은 정말로 어째서 나를 위해서 이렇게까지 해 주는 걸까, 싶어져."

그래서 자기도 모르게 들떠서, 착각해버리게 되는 것이다.

마이는 조용히 웃었다.

"그건 물론 레나코가 너를 정말로 좋아하니까, 그런 거겠지."

"앗, 아니, 그런."

마치 레나코처럼 당황하면서 아지사이는 유카타 칼라를 손가락으로 집었다.

"여, 역시 그런 걸까. 그렇게, 보이지. 어쩐지 부끄러운걸……."

서로가 서로를 필요로 한다. 마치 마법 소녀의 파트너 같은 특별한 관계처럼.

아니, 그런 거라면 부끄러워할 필요는 없다. 당당히 가슴을 펴고서 사이좋다고 말할 수 있겠지.

그래서 이 마음은 분명, 아지사이가 지금까지 단순히 사이좋은 친구에게 향하던 종류의 감정이 아닌 것이다.

지금까지 누구와도 다른, 레나코와 아지사이만의 관계성.

그건 마치──.

"저기, 아지사이."

그때였다.

솜사탕으로 입가를 숨기면서 마이가 또렷한 목소리로 말했다.

"나는 레나코를 좋아해."

그 순간만큼은 사람들로 넘쳐나는 길목의 소란스러움도, 그 무엇도 아지사이에게 닿지 않았다.

"어?"

눈을 크게 뜬 아지사이의 시야 한가운데서 마이는 웃고 있었다.

"저기, 그 말은."

되묻는 행동 자체가 저속해서, 마치 마이의 아름다움을 더럽히는 기분이 들어 아지사이는 아주 약간이지만 후회했다.

그럼에도 확인하고 싶었다.

마이는 투명한 웃음을 지었다.

"연애감정으로서. 나는 레나코를 사랑하고 있어."

그 말의 울림은 마이의 미모를 더욱 꾸며주는 것처럼 반짝이고 있었다.

아지사이는 언제나처럼 그저 무던한 웃음을 만들었다.

"그, 그렇구나. 갑작스러운 말이라 깜짝 놀랐어."

동요를 가라앉히려는 듯이 가슴에 손을 댔다.

마이가 갑작스럽다는 건 새삼스러운 일도 아니다. 마이는 언제가 됐든 선명하면서 강렬했다.

어딘지 현실감이 느껴지지 않는 대화. 평정을 가장하면서 물었다.

"그게…… 두 사람은 사귀고 있어?"

"그거 말인데, 고백은 했지만 아직 제대로 된 대답을 받지 못하고 있거든. 유감이지만."

깜짝 놀랐다. 마이가 먼저 레나코를 좋아하게 되어서 자기가 고백했다는 사실에. 그 고백을 레나코가 보류하고 있다는 사실에도.

"그렇구나……. 레나 쨩, 어째서 망설이는……."

"자기는 아직 연인을 만들 생각이 없다는 모양이야. 그것도 결국 시간문제라고 생각하긴 하지만."

마이는 마치 승부의 행방을 즐기는 도박사처럼 희색을 띠었다.

충격의 여파가 조금씩 가시기 시작해서 아지사이는 레나코의 마음을 조금이나마 이해할 수 있을 것 같은 느낌이 들었다.

다른 사람도 아니고 마이한테 고백을 받았다면 보통 일이 아니다. 자기가 마이한테 어울리는 존재일까 하고 고민하게 될 테고, 그리고 나서도 노력하는 마이에게 뒤처지지 않도록 평생 노력을 이어가야만 한다.

특히 레나코는 서로가 대등한 관계를 이루는 거에 강한 집착을 품고 있는 모양이니까. 덮어놓고 기뻐하기는 힘들겠지.

다만 혹시 레나코라면 언젠가…… 하고 생각하게 만드는 무언가가 레나코에게 존재했다. 카호나, 어쩌면 사츠키보다도.

탁구 승부 때 필사적으로 돈을 내려고 했던 레나코를 떠올리자, 아지사이는 절로 미소가 나오면서도 가슴을 쿡 찌르는 통증을 느꼈다.

"그렇구나……. 레나 쨩한테 마이 쨩이……."

전혀, 아무것도 눈치채지 못했다. 어째선지 옷이 검은 물을 빨아들이기라도 한 것처럼 무거워져서 머리가 잘 안 돌아간다. 자신이 지금 무슨 생각을 해야 하는 건지도 애매해진다.

"저기…… 하지만 어째서 나한테만 그걸 말해준 거야? 다른 애들은 아직 모르지? 친구로서 신뢰하고 있기 때문…… 이라거나?"

마이는 후우, 하고 마치 긴장하고 있었던 것처럼 한숨을 내쉬었다.

"레나코는 매력적이지."

"응."

가끔씩 이상해질 때도 있지만 그런 점까지 포함해서 레나코의 매력이라고 생각한다.

"그래서 말이지, 혹시나 하고 생각한 거야."

"……뭐가?"

마이는 조금도 얼버무리지 않고서 속에 있는 말을 그대로 드러냈다.

"너도 **나와 같은 마음일지도 모른다고 말이지.**"

그 말은 강하게 파고들어 와서 아지사이의 마음을 때렸다.

"나, 도……."

뭐—? 그렇게 보이는 걸까—? 하고 얼버무리듯 웃으면서 시간을 벌려고 했지만, 하지만 아지사이는 제대로 웃을 수 없었다.

"나는."

스스로가 레나코를 어떻게 생각하고 있는가.

정말로 알 수 없었기 때문이다.

예전에 레나코한테 고백과도 같은 말을 들었을 때 느꼈던 불꽃이 튀는 듯한 충격은 지금도 계속 아지사이의 가슴을 태우고 있었다.

지금도 레나코의 웃음을 보면 갑자기 가슴이 괴로워질 때가 있다.

하지만 그렇다고 해도.

"마이 쨩, 나는."

스스로의 마음을 되돌아보기도 전에 아지사이는 한 가지 생각에 이르고 말았다.

단 한 가지 확실한 사실이 있었다.

자신이 레나코를 사랑한다고 말한다면 마이는 자신의 연적이 된다.

단 한 자리뿐인 레나코의 연인 자리를 걸고서 싸우게 된다.

자신과 마이가 맞서게 될 때, 레나코를 포함해서 우리 셋의 관계가 어떻게 될까. 아지사이는 별로 생각하고 싶지 않았다.

이기적인 마음으로 한 사람을 두고 다툰다니, 가장 거북한 일이다.

그때 자신은 누구에게도 상처를 주지 않기 위한 방법을 고르게 되겠지.

왜냐하면.

이런 확실하지 않은 마음보다도 훨씬 소중한 게 존재하니까.

"나는…… 모두와의 관계를 무너뜨리고 싶지 않은걸."

친구로서 곁에 있을 수 있다면, 누구도 슬퍼하지 않고서 끝난다면, 그게 모두의 행복이라면── 아지사이는 그걸 선택해야 한다고 생각했다.

만약 여름방학이 끝난 다음 레나코의 옆에 서 있는 사람이 마이가 된다고 해도, 마이와 레나코가 행복하다면 그 곁에 서 있을 수 있는 자신도 분명 행복할 테니까.

지금까지 **그런 식으로 살아왔으니까.**

이제 와서 변한다는 건 불가능하다.

마이는 가만히 아지사이를 응시했다.

"그런가."

마지막 결단을 확인하는 것처럼 마이는 고개를 끄덕였다.

"알겠어."

"……읏."

아지사이는 자기도 모르게 꽉 주먹을 쥐었다.

초조함이 몸 안을 태운다.

하지만 분명 이 마음은 일시적이고, 이번 가출처럼 엉뚱한 짓. 그러니까 괜찮아.

"……응."

마이와 레나코가 서로 같은 마음이 되어 사귀게 된다면 그건 정말로 근사한 일이다.

자신은 두 사람의 행복을 축복하자.

가슴 속의 아픔 또한 금방 아무것도 느끼지 않게 될 거야.

아지사이는 지금 당장이라도 짜증을 터트리면서 떼를 쓰게 될 것만 같은 자신의 마음을 부드럽게 달랬다. 시치고산 시절의 어리광쟁이였던 작은 소녀는 액자 속에 갇힌 채 이제는 존재하지 않는다.

여기에 서 있는 사람은 주변 사람의 행복을 우선해서 생각할 줄 아는 고등학교 1학년인 훌륭한 소녀.

어른스러운 언니를 목표로 하는, 밝고, 긍정적인.

사람들에게서 『천사』라는 말을 듣는—— 착한 아이니까.

응.

방긋 웃으면서 아지사이는 입을 열었다.

——두 사람을 응원할게.

그렇게 말하려고 했던, 바로 그 순간이었다.

파앗 주변이 빛난다.

밤하늘에 꽃을 피우는 커다란 불꽃이다.

"아."

찌릿찌릿한 소리가 피부를 찔렀다.

마이는 웃고 있었다.

"예쁘네."

"……응."

불꽃은 치열하게 반짝이고서, 그 뒤에는 아무것도 남기지 않는다.

그저 사람의 마음에 흔적을 남길 뿐인 불꽃.

마치 사랑처럼.

(사랑…….)

가슴의 통증이 더욱 강해진다.

(어째서…… 다를 텐데도.)

아지사이는 저도 모르게 밤하늘을 향해 손을 뻗었다.

손가락 틈 사이로 흘러들어오는 것처럼 불꽃은 하늘을 수놓았다.
목소리가 들렸다.

"아─, 찾았다─!"

모든 사람들이 불꽃놀이를 올려다보고 있을 때.
그곳에는 만면에 미소를 짓고 있는 한 소녀의 모습이 있었다.
이쪽을 향해 커다랗게 손을 흔든다.
"앗."
불꽃이 번쩍일 때마다 소녀의 모습이 환하게 드러난다. 그건
마치 한순간 한순간을 찍어낸 여름의 카메라처럼 망막에 새겨져
서 지워지질 않았다.
유카타를 입고서 한 손을 번쩍 든 여자아이.
그 모습에 눈을 빼앗겨서── 아지사이는 입가를 억눌렀다.
마이한테 지적을 받고서도 여전히, 계속 외면하고 있었다.
깨닫지 못한 척하고 있었다.
"레나 짱──."
몰랐다.
자기가 이미 이렇게나.
레나코를 좋아하고 있었다니.

그 눈동자의 파인더에 소녀를 비추는 아지사이를 마이는 눈부

신 무언가를 바라보듯이 눈을 가늘게 뜨고서 바라보고 있었다.

불꽃이 꽃을 피우고, 다시 스러져가는 여름밤이었다.

* * * * * *

우리 셋은 불꽃놀이를 보고 나서 여관으로 돌아왔다.

도중에 일행을 놓쳤던 불의의 트러블이 있긴 했지만……

"아아─, 재미있었어─!"

나는 양손을 활짝 피고서 만세를 불렀다.

유카타에서 해방된 몸이 마치 내 몸이 아닌 것처럼 가벼워……! 만화에서 나오는 수련용 깁스 같아. 이거 어쩌면 일 년 내내 유카타를 입고서 생활하면 엄청나게 강해질 수 있지 않을까?

"나는 이렇게나 가까이서 불꽃놀이를 보는 건 처음이야!"

"막과자가게, 유카타, 불꽃놀이…… 후후, 첫 경험으로 가득한 밤이었지, 레나코."

"으, 응. 그건 맞는 말인데 뭔가 어감이 좀 이상하지 않았어……?"

"즉, 레나코의 처음을 한가득 빼앗고 말았다는 거군."

"그런 식으로 고치지 마! 황홀한 듯이 뺨에 손 올리지 마!"

정말이지……. 마이, 정말로 아지사이 양한테 우리 관계를 숨길 생각 있는 거야……? 가만히 노려봐도 마이는 태연한 표정이다.

"그나저나 아무도 없는 온천은 기분 좋구나."

그러면서 마이는 아무렇지도 않게 옷을 벗었다.

그렇다, 오늘 우리는 대욕탕에 왔다. 우리 말곤 다른 손님은 없는 모양인지 여기도 사실상 전세 온천이다. 이 여관은 괜찮은 건가?

같이 목욕탕에 들어간다니 부끄러워서 견딜 수 없어…… 라면서 겁을 먹고 덜덜 떠는 아마오리 레나코는 더는 없다.

일 대 일이라면 부끄럽겠지만 셋이 함께라면 그냥 평범한 대중 목욕탕! 아무렇지도 않아!

스스로 생각해도 대체 무슨 정서인지 잘 모르겠지만 어쨌든 괜찮게 느껴지니까 별수 없다…….

"어라, 아지사이 양, 아직 다 안 벗었어?"

"어? 으, 응, 지금 벗을, 벗을…… 게?"

아뇨 그렇게 뺨을 빨갛게 물들이고서 이쪽을 바라보시면 저도 부끄러운데요…….

"그, 그러시죠."

아지사이 양의 상태가 이상하다. 어제는 그렇게나 적극적으로 밀어붙이더니 지금은 몹시 부끄러운 건지 좀처럼 옷을 벗으려고 하지 않는다.

하지만 어쩔 수 없지. 같은 여자로서 그 마음 잘 알아. 아니지, 아지사이 양 보고 같은 여자라는 소리 하지 마. 아지사이 양은 천사라고. 죄송합니다.

수수께끼의 자기 자신에게 화를 내면서도 나는 혼자 응응 고개를 끄덕였다. 역시 마이가 같이 있으니까 그런 거겠지. 이 여자 앞에서 알몸이 되는 데는 저항감이 엄청나.

그냥 같은 인류라고 생각하니까 긴장하게 되는 거야. 마이는 모델별에서 온 우주인이라고 생각하면 된다고. 인간이 고릴라의 악력을 보고 『우와, 졌다……』라며 좌절하진 않잖아? 똑같은 거지.

"그러면 먼저 들어가 있을게—."

"네, 네에."

너무 재촉하는 것도 미안하니까 나랑 마이는 먼저 대욕탕에 들어갔다. 따뜻한 온기에 몸이 감싸이는 걸 느끼면서 먼저 몸부터 씻으러.

"오늘은 상당히 기분이 좋아 보이네, 레나코."

"뭐어—? 그렇게 보여?"

"보여보여. 평소에 너는 당장이라도 바싹 메마를 것 같은 표정을 짓고 있으니까."

"아니 말이 너무 심하잖아?! 그게 사실이라고 해도!"

나는 온수를 틀고 몸을 씻었다.

"줄곧 동경해왔거든. 친구랑 이런 식으로 시간을 보내는 거. 또 하나 꿈을 이뤘어……."

"그거 다행이야."

"정말 마이랑 알게 된 뒤로 요 3달이 정말 눈 깜짝할 사이에 지나가 버렸어. 마이랑 함께 있으면 여러 가지 꿈이 이루어지네."

"그렇구나. 사실 나는 레나코의 꿈을 이루어주기 위해서 찾아왔어."

"뭐어—?"

그런 어처구니없는 소리를 들어도 어쩌면 진짜로 그럴지도, 싶은 생각이 들 정도로 오늘 나는 마음이 잔뜩 들떠있었다.

"그래서 말인데 네가 줄곧 동경해왔던 장래의 꿈인『귀여운 신부』도 내가 이루어주게 해주지 않겠어?"

"그런 소리 한 적 없어!"

얼버무리려는 듯이 샴푸를 짜서 머리를 감았다.

뒤늦게 들어온 아지사이 양은 조금 떨어져 있는 세면장에 앉아 꼼꼼하게 몸을 씻고 있었다. 마이도 아지사이 양도 머리가 기니까 시간이 많이 걸리겠지.

"먼저 욕조에 들어가 있을게—."

한발 먼저 샤워를 마친 나는 커다란 욕조에 몸을 담갔다.

아아…… 목소리가 절로 나와.

오늘도 언덕길을 오르락내리락했더니 온천물이 몸에 스며드네…….

타올이 젖지 않도록 접어서 머리 위에 올렸더니 마이가 웃었다. 윽……. 대욕탕은 이렇게 하는 게 매너라고요—.

아지사이 양도 샤워를 마치고 와서 우리는 넓은 욕조에 모여 앉았다. 하아— 하고 누가 흘렸는지도 모를 한숨이 뜨거운 온기 속에 섞여들었다.

마음이 점점 편안해진다.

옆에 다른 사람이 있는데도.

나는 조용히 입을 열었다.

"고마워, 두 사람 모두."

"어?"

"뭐가 말이지?"

"아니, 저기."

친구로서 당연하게 함께 해주고 있는 두 사람에게 굳이 새삼 감사 인사를 하는 건 좀 이상할지도 모르지만…… 하지만 나는 말하고 싶어졌다.

"뭔가 오늘 하루 종일, 계속 즐거웠으니까. 그래서……."

입가까지 뜨거운 물에 담그고서 꿈과 같은 말을 거품과 함께 토해냈다.

"……나, **앞으로도 언제나 셋이서 함께 놀고 싶어.**"

나는 그렇게 말하고 나서.

두 사람의 얼굴을 똑바로 바라볼 수 없었다.

크윽…… 차, 창피함이 밀려온다……. 하지만 한 번 입 밖에 낸 말이니 다시 주워 담을 수는 없다…….

먼저 대답한 건 마이였다.

"아아, 물론이야. 평생 함께하다가 죽고 나서도 같은 무덤에 들어가자."

"아니, 무섭잖아!"

지금 한 말 가지고 죽을 때까지의 인생 설계를 상상하지 말아 줬으면 한다. 설마 평소부터 상상하고 있는 건가? 만약 그렇다면 그건 또 그거대로 무섭다고!

하지만 그러는 한편 아지사이 양은.

"저기 미안해. 나는 조금 현기증이 난 모양이야. 먼저 일어날게."

"아, 응."

그러면서 첨벙 소리와 함께 욕탕을 나가고 말았다.

어, 이건…… 제 발언이 어지간히도 창피했다는 뜻인가요……? 뭔가 레나 짱 혼자 신이 났네, 하면서 질려버렸다는 뜻?

내 생각이 맞냐는 듯이 마이의 얼굴을 바라봤더니 마이는 어깨를 으쓱했다.

"아지사이한테도 여러 가지로 고민할 시간이 필요한 모양이네."

"어, 뭔데? 두 사람 사이에 무슨 일 있었어?"

"응, 엄청 있었지."

"뭐가?!"

"그건 비밀이야."

입가에 손가락을 대고서 웃는 마이. 끄으으으.

신경은 쓰이지만 다른 한쪽이 아지사이 양이라서 억지로 캐묻진 못하겠어……!

투덜거리고 있을 때 마이가 내 손을 쥐었다.

마이는 지금 머리카락을 타올로 묶고 있었다. 그러니까 아마 친구일 터.

"뭐, 뭔데?"

"아무것도 아니야."

"하지만 손……."

"응."

아니 이유를 묻고 있는 건데요…….

"나는 레나코를 사랑해."

"헤얏?! 가, 갑자기 뭔가요?!"

기습적으로 그런 소리를 하지 말아줬으면 좋겠다. 안 그래도 욕조 안에 들어와 있어서 맥박이 빨리 뛰고 있는 중인데…….

"아, 알고 있는데요……."

"그래도 마음은 몇 번이라도 입으로 말하지 않으면 전해지지 않는 법이니까. 특히 상대가 너라면."

"그건 무슨 의미……?"

"『나 같은 게 남들한테 호의를 받을 리 없어』라고 은연중에 생각하고 있겠지."

"뭐, 뭐어 그야…….."

사실일 뿐인데……?

"이런이런."

앗, 한숨 쉬었어! 상처받는 종류의 한숨이다!

"거, 거꾸로 마이가 너무 공격적인 거라니깐……. 언제나 언제나 내 품에 파고들고서 정신을 차려보면 밀어 넘어뜨리고 있으니까…….."

컹컹거리는 대형견한테 몸통 박치기를 당하는 느낌이다.

"나는 달리 원하는 게 없으니까."

그 한마디는 한순간, 누가 말한 건지 알기 힘들 정도로 공허했다.

"뭐?"

되물었다. 옆에 있는 마이는 아무 일도 없었다는 것처럼 웃고 있다.

"이렇게 보여도 이 사람 저 사람 가리지 않고 욕망을 불태우고 있는 건 아니야. 나는 정말로 좋아하는 사람에게만 한결같아."

"으, 응⋯⋯."

분명 내 뺨은 쑥스러움에 빨개져 있겠지만 목욕탕 안이니까 잘 숨길 수 있었을 거다.

마이의 하얀 피부에도 붉은 기가 드러나서 평소보다도 어쩐지 야했다. 목덜미를 따라 물방울이 흘러내려서 봐선 안 되는 광경을 보고 있는 듯한 느낌이 들어 황급히 눈을 돌렸다.

"⋯⋯고마워."

"좋아, 결혼하자, 레나코. 아무래도 저번에 연인 모집 파티를 열었던 걸 마마한테 들킨 모양이라서 여러 압력을 받고 있어. 새로운 약혼자를 데려온다면 마마도 분명 안심하실 테니까."

"안 할 건데요?! 게다가 그거 하나부터 열까지 전부 마이의 자업자득이지?!"

"이야, 가차 없구나. 부디 다음은 네가 내 꿈을 이루어주길 바라는데."

"아, 아, 아직 그런 먼 미래의 일은 생각하고 있지 않아서요! 무리!"

나는 비명을 지르면서도 마이가 너무 평소 그대로의 마이라서 무심코 웃고 말았다.

어쩌면 사실은 아무런 대답도 내놓지 않고서 그저 즐겁기만 한, 애매하고 둥실둥실한 관계인 채로 해파리처럼 둥둥 떠다니고 싶은 걸지도 모른다⋯⋯ 라니, 아무리 그래도 그건 너무 내 입맛에만 맞는 이야기겠지.

하지만 조금만, 아주 조금만 더.

마이랑 친구도 아닌, 연인도 아닌, 레마 프렌드로서 함께 지내고 싶다고 생각했다.

나랑 아지사이 양은 같은 방. 그리고 마이는 옆방에서 하나토리 씨와 같이 묵는 모양이다.

"잘 자, 레나 쨩."

"아, 네, 안녕히 주무세요."

목욕을 마친 뒤. 이날 아지사이 양은 어제처럼 수다를 떨거나 하지 않고 바로 잠자리에 누웠다. 어지간히 피곤했던 거겠지.

나도 눈을 감자 바로 수마가 달려와 줬다.

하아, 좋은 기분…… 몸이 이불이랑 하나가 되는 것 같아…….

여행은 오늘로 끝. 내일은 돌아가는 날. 처음에는 대체 어떻게 되려나 싶었던 아지사이 양의 쁘띠 가출 여행이었는데…… 응, 정말로 즐거웠어.

아빠, 엄마. 나는 여름방학에 정말로 좋은 추억을 만들었어요.

* * *

다음 날 아침, 아직 해도 떠오르지 않은 새벽녘.

내가 화장실에 가려고 일어났더니 옆방 문이 열리는 소리가 났다. 눈을 비비면서 잠옷 차림인 채 아지사이 양을 깨우지 않도록 조심스럽게 문을 열었다.

그랬더니 마이랑 눈이 마주쳤다.

"어라, 레나코. 좋은 아침, 새 나라의 어린이구나."

긴 머리카락을 풀어 내린 마이는 완전히 채비를 갖추고서 작은 캐리어를 쥐고 있다. 지금 당장이라도 어디론가 떠날 수 있는 차림이었다.

"좋은 아침…… . 뭐야? 어디 가?"

"조금 일찍 도쿄로 돌아가야겠다 싶어서."

"일 때문에?"

"뭐, 그렇지. 신경 쓰지 말고 너희들은 체크아웃 시간까지 느긋하게 있어도 괜찮아."

그렇구나. 큰일이겠네. 정말로 하루밖에 쉬는 날이 없구나.

잠이 덜 깨서 아직 정신이 없는 상태지만 나는 꾸벅 고개를 숙였다.

"열심히 해, 마이."

"다녀올게."

"응."

마이가 내 머리를 톡톡 쓰다듬는다. 간지러워서 눈살을 찌푸렸다.

"이거 왠지 우리가 결혼한 것 같지 않아? 배웅해줘서 고마워, 달링."

"무슨 소릴."

마이의 얼굴이 조용히 다가왔다.

산들바람처럼 거리낌 없이 입술과 입술이 맞닿았다.

"자, 잠깐."

나도 모르게 몸을 뒤로 뺐다. 오랜만이라서 방심하고 있었다.

"잘 다녀오라는 키스 고마워. 기운이 났어."

"정말이지 너는 참."

팔뚝을 찰싹 때렸더니 마이의 어깨너머에 하나토리 씨가 보였다. 하나토리 씨는 불편한 표정을 짓고 계셨다.

"삐엑!"

봐, 봐버렸어! 목격당했는데요!

"너도 키스를 해준다면 2배로 기운이 날 텐데."

"너, 너무 까불지 말아 주세요."

양어깨를 꾹꾹 밀었다.

마이는 그런 행동조차도 즐거워하면서 손을 흔들며 떠났다.

하아, 하아……. 정말이지 방심할 틈도 없어…….

으으, 누군가랑 키스하는 모습을 훤히 보여주다니, 몸속에서 수치심이라는 이름의 마그마가 분화할 것 같아……! 끄으으으.

그게 아니에요, 저는 키스 같은 거 하지 않았어요, 라고 변명하게 해줬으면 좋겠다……. 아니 하긴 했지만…… 정확히는 당했지만…….

그보다 나는 이미 마이한테 키스를 당해도 『귀에 후― 하고 바람을 불었다』 아니면 『옆구리를 찔렸다』 정도 되는 행동에 당한 것처럼 이 자식, 하는 생각밖에 안 드네…….

중지로 입술을 더듬었다.

하지만 뭐, 오랜만의 키스였네……. 달콤했던 것 같기도, 부드러웠던 것 같기도, 좋은 향기가 났던 것 같기도…….

아아 정말이지, 방에 돌아가서 잠이나 더 자자! 잠이나!

아지사이 양이 이부자리에서 몸을 일으켜 앉아 있었다.

"헉?!"

두근두근두근……. 서, 설마 싶기는 하지만 보지는 못했겠지……?

아지사이 양은 인형처럼 멍한 표정으로 고개를 갸웃거렸다.

"레나 짱? 누구랑 얘기 나눴어?"

세이프!

"앗, 아니, 저기…… 마이가, 마이가 말이지. 한발 빨리 도쿄로 돌아간다고 그랬어. 아침부터 일이 있다는 모양이라 큰일이라나."

"그렇구나."

"으, 응. 우리들은 조금만 더 눈 좀 붙이자."

"응──."

아지사이 양은 다시 자리에 누웠다. 휴…….

아무래도 아지사이 양은 아침에 약한 모양이다. 메모해 두자. 아니 뭔 소리야.

단숨에 어깨에서 힘이 빠져나가서 하품을 삼켰다. 나도 다시 이불 속으로 들어갔다.

나 참, 아지사이 양이 옆에서 무방비한 모습으로 자고 있는데 말이야. 2박 3일 동안 같이 지내면 나라도 적응하는 법이네…….

아지사이 양이 옆에서 무방비한 모습으로 자고 있잖아?! 긴장되기 시작했어!

다시 한잠 더 자고 난 뒤, 우리는 짐을 챙겨서 여관을 나왔다.

(물론 숙박비는 더치페이로 지불했다! 고마워, 아지사이 양!)

여관 할머니는 마지막까지 친절하게 대해주셨고, 다음에 내키면 또 놀러 오라면서 아쉬운 기색을 보이셨다.

이야, 여행에서 만나는 인연이라는 게 실제로도 있는 거구나.

이런 것들도 전부 아지사이 양이 함께해준 덕분이다.

"그렇구나."

"응——?"

역 벤치에 나란히 앉아서 전철을 기다리는 동안.

나는 문득 깨달았다.

이번 2박 3일이 즐겁지 않은 순간이 없었던 건 아지사이 양이 함께 있었기 때문이었다. 아니 그건 당연한 소리긴 한데…… 그런 게 아니라 말이지.

아지사이 양과 같은 눈높이에서 아지사이 양이라는 필터를 통해 바라보는 세상은 정말로 상냥했기 때문에……. 분명 그래서겠지.

이런 세상이라면 긍정적인 마음으로 열심히 살아갈 수 있을 거라는 기분이 들었다.

나는 얼빠진 표정으로 웃었다.

"아니, 아지사이 양과 함께여서 정말 좋았구나 싶어서."

"그래? 그렇다면 다행이다. 나도 레나 짱과 함께여서 즐거웠어. 물론 마이 짱도."

이걸로 무사히 미션 종료인 걸까.

여름방학이 끝나도 아지사이 양은 학교에 와서 나와 얘기를 나눠줄 테고, 금발 태닝 갸루가 되어서 자퇴할 일도 없어졌다. 헤헤헤, 나도 제법이잖아.

푸른 하늘에 커다란 구름이 흘러간다.

아, 그러고 보니 사츠키 양한테 받은 화젯거리 메모가 아직 한 개 남아있었어.

어제는 마이가 와준 덕분에 열어볼 필요도 없었지. 좋아 아직 여행은 끝나지 않았으니 여기서 남은 하나를 소화해 볼까.

어떻게든 얘깃거리를 찾아야만 한다고 애를 태우던 나 자신이 먼 과거처럼 느껴진다. 후훗, 나는 엄청나게 성장했구나…….

뭐, 세 번째 파일이 그 모양이었으니 마지막도 별로 기대는 하지 말자…….

어디 보자.

『세나 아지사이에게 평소의 감사를.』

그렇구나……. 나는 내심 조용히 고개를 끄덕였다.

사츠키 양은 심술궂고, 허세도 부리지만, 마지막에 이런 짓을 해주는 여자다…….

대화 주제라기보단 상당히 명령조에 가까운 내용이었지만 오히려 그래서 나는 아지사이 양에게 솔직한 마음을 전할 수 있었다.

"있잖아, 아지사이 양."

"응?"

"저기…… 언제나 학교에서 나랑 얘기를 나눠줘서 고마워."

"갑자기 무슨 말이야."

아지사이 양이 웃었다.

"아니, 그게 나는 꽤 낯가림이 심하니까 아지사이 양이 사이좋게 지내준 덕에 살았어. 덕분에 우리 그룹 안에서도 혼자 붕 뜨지 않았고."

"레나 짱, 처음에는 마이 짱한테 먼저 말을 걸지 않았던가?"

"그건 뭐…… 엄청 분발했을 뿐이지……."

눈 딱 감고 무서운 놀이기구에 올라타는 거나 마찬가지였던 거라서…….

순풍에 돛 단 듯한 학교생활을 보내기 위해서는 아지사이 양의 조력이 필수불가결이다. 아지사이 양은 농담이라고 여기고 있을지도 모르지만 나는 진지하니까.

이건 인생의 요점이나 마찬가지니까 앞으로도 몇 번이나 말할 거지만 타인의 권유를 거절하질 못하는 트라우마도 아지사이 양 덕택에 극복할 수 있었다.

"그래서 지금의 내가 있는 것도 전부 아지사이 양의 힘 덕분이야……."

"후훗, 과장이 심해."

"적어도 감사 인사를 하게 해주세요. 정말로 고마웠습니다."

고개를 숙였다.

아지사이 양은 작은 목소리로 "천만에요" 하고 인사를 받아줬다.

내 제멋대로인 감사조차 받아준다. 역시 아지사이 양은 상냥해.

급행열차가 역을 지나간다는 안내 방송이 흘렀다.

다음 열차는 아직도 오지 않는다.

"나도 있지, 그게."

"응?"

"레나 짱한테 말할까 하고 망설이는 게 있는데."

잠시 아지사이 양은 아무 말도 하지 않았다.

"있잖아."

"……응."

"나는 레나 짱을."

급행열차가 눈앞을 통과했다.

"_____."

휘날리는 머리카락을 누르면서 열차가 지나가길 기다렸다.

아지사이 양에게 되물었다.

"지금 무슨 말 했어?"

아지사이 양은 나에게서 고개를 돌린 채, 아니야, 라면서 고개를 저었다.

"아무것도 아니야."

"그, 그래? 어, 뭐야? 중요한 얘기 아니고?"

"응,"

내 쪽을 보며 아지사이 양이 얼굴을 붉혔다.

"시시한 이야기."

더 이상 아지사이 양이 이 화제에 대해 말을 꺼내는 일은 없었다.

우리는 전철을 타고서 도쿄로 향했다.

이렇게 아지사이 양의 2박 3일 가출 여행은 끝을 맞이한 것이다.

가출하겠다고 집을 뛰쳐나와 커다란 배낭을 등에 멘 아지사이
는 역으로 향하는 길을 걷고 있었다.

　언제나 달라지고 싶다고 생각했다.

　아빠도 엄마도, 언제나 아지사이한테 미안해하곤 했다. 우리
일이 바쁜 탓에 동생들을 보살피게 해서 미안하구나, 하고.

　아지사이에게 부담을 지우는 게 면목 없다는 듯이 사과하는 부모
님에게『괜찮아. 내가 하고 싶어서 하는 일인걸』이라고 대답했다.

　이렇다 할 반항기도 없이 말 잘 듣는 아지사이를 부모님은 언
제나『착한 아이』라고 칭찬해 주셨다.

　실제로도 동생들을 보살피는 게 싫지는 않았다.

　물론 사람이니까 반쯤 의무로 하는 거라고 느껴질 때가 있다
면, 동생들이 귀여워서 어쩔 줄 모르는 때도 있었다. 뭐 하나 잘
풀리지 않을 때는 계속해서 사람을 고생시키는 동생들한테 무작
정 야단을 친 다음 혼자 풀이 죽어서 밤에 반성하는 날도 있다.

　그래서 새삼스러운 일이다. 동생들과 다투는 것도.

　나는 착한 아이니까 금방 사과하고서 다시 원상복구.

　그게 세나 집안의 마땅한 모습이고, 세나 집안은 그런 식으로
원만하게 돌아간다. 누군가한테 떠밀린 게 아니라 아지사이는 스
스로 자진해서 착한 아이가 되기를 선택했고, **스스로를 위해서**

그 역할을 맡았을 뿐이다.

동생들이 웃으면 자기도 기쁘다. 바쁜 부모님이 잠깐의 여유시간을 보낼 수 있다면 그걸로 충분히 보답을 받았다는 느낌이다. 그거야말로 자신의 행복이라고 믿을 수 있었다.

줄곧 그렇게 생각했다.

단지 그것만으로도 만족했었는데, 대체 언제부터 한 발 더 내디뎌 보고 싶다고 생각하게 된 걸까.

여름방학 전부터 가슴에 품었던 마음은 강렬한 충동이 되어 아지사이의 등을 떠밀었다.

동생과 싸운 일은 계기에 불과하다.

뚜렷한 방향성도 없이 막연하게 『달라지고 싶어』라니, 자신의 계획성 없음에 절로 웃음이 흘렀다.

다들 잠들어 있을 이른 아침.

아지사이는 미리 준비해 뒀던 커다란 배낭을 메고서 몰래 집을 나왔다.

역으로 향하는 발걸음은 무거웠고, 매미 소리 대신 스스로를 책망하는 목소리가 속을 울렸다.

지금 바보 같은 짓을 하고 있다는 사실쯤이야 잘 알고 있다.

이게 옳은 행동이 아니라는 것도.

그러니까 지금이라도 발걸음을 돌려서 책상 위에 올려둔 편지를 처분하기만 하면 모든 게 원래대로 돌아온다. 미수로 끝나게 된 가출도 내일이 되면 속으로 『이걸로 잘 된 거야』라며 납득할 수 있을 게 분명하다.

역에 도착하면 다시 돌아가자.

어디까지나 『착한 애』일 뿐인 자신에겐 열차에 올라탈 결단 같은 건 없을 테니까.

그랬기 때문에.

고개를 들고서 **여기에 있을 리가 없는 사람**을 발견한 순간, 진심으로 깜짝 놀랐다.

역에서 기다리고 있던 건 친구였다.

어제 막 잔뜩 폐를 끼친 참인데도, 아무 일도 없었다는 표정으로 손을 흔든다.

함께 따라가겠다고 얘기해줬다.

(그런 건 거짓말이야.)

그게 얼마나 기뻤는지, 마음 든든했는지, 아마 그녀는 모르겠지.

(그렇지만 나는 지금 『착한 애』가 아닌데, 그런데도———.)

레나코는 웃으면서 "같이 가자"고 말해줬다.

거절해야 했다. 이런 일에 말려들게 해선 안 된다고.

그런데도 너무나도 기뻐서.

레나코와 함께라면 어디든 갈 수 있을 것 같았다.

마치 등에 날개를 얻은 기분이었다.

레나코의 미소는——— **자신을 이끌어주는 천사처럼 보였다.**

감동에 복받쳐 끌어안은 레나코의 몸은 뜨겁고, 어떤 것보다도 사랑스러워서.

"고마워, 레나 짱."

"네, 네에……."

눈물이 흐를 것 같은 눈을 꽉 눌러 참으며 아지사이는.

자기도, 레나코도, 같은 여자아이인데, 그러니까 사실은 이상한 걸지도 모르지만.

(아아, 나는 레나 짱을——.)

이 가슴의 고동이 사랑이라는 걸, 사실은 처음부터 깨닫고 있었던 것이다.

"어쩌지어쩌지어쩌지어쩌지……."

아지사이 양이 새파래진 얼굴로 가슴을 누르면서 가쁜 호흡을 내쉬었다.

"긴장되기 시작했어……."

큰일이야……!

나는 내심으론 철장 속에서 잔뜩 시달린 햄스터처럼 졸아들었지만 적어도 겉으로나마 최대한 침착한 척을 하면서 아지사이 양을 격려했다.

"괜찮아! 무조건 괜찮아! 그야 아지사이 양이잖아?! 당연히 용서해주실 거야! 아지사이 양은 무슨 짓을 저질러도 징역 6만년 이내는 전부 무죄니까!"

무엇보다 가족들한테 못 할 짓을 저지른 걸로 따지면 내 쪽이 아득히 선배니까. 중학교 때 방에만 틀어박혀서 가족들을 엄청 고생시켰다고. ……뭐 이런 소릴 했다간 진심으로 걱정해줄 것 같으니까 말하진 않을 거지만!

우리들은 전철 안에서 나란히 어깨를 맞대고 앉아 있었다.

이제 조금 있으면 아지사이 양네 집 근처 역에 도착한다.

미리 연락해뒀기 때문에 어머님과 함께 동생들도 마중 나온다는 모양이다.

그래서 지금 아지사이 양은 코앞으로 다가온 가족들과의 재회를 겁내는 중이다.

"그렇지만 이틀 넘게 할 일들을 내팽개쳤고, 가족들한테 폐를 끼쳤으니……. 애들이 불량해지기라도 했으면 어쩌지! 머리를 금발로 물들이고 피어싱을 하고서 몸에는 문신을 새겼다면……."

"겨우 사흘 만에?!"

나는 아지사이 양의 손을 꼭 붙잡았다. 손이 차가워졌어!

"괘, 괜찮다니깐……. 다들 아지사이 양 없어도 유유자적 잘살고 있어…… 앗, 아니 그런 의미가 아니라 아지사이 양은 물론 집안의 큰 기둥이지만! 그래서 아지사이 양이 돌아오기만을 학수고대하며 기다리면서…… 아니, 그러니까, 그게!"

안 돼, 누군가를 위로하기엔 내 능력이 너무 절망적이야!

어떻게 발버둥 친들 나로선 아지사이 양의 마음을 구할 수 없어…….

"걱정된다면 최소한 나도 옆에 같이 따라갈 테니까……. 응? 응?"

"으으, 레나 짱."

마음이 약해진 아지사이 양이 울먹이는 얼굴로 내 손을 마주 쥐었다.

우, 우와…… 귀여워……. 아지사이 양이 항상 이렇게 불안에 떨었으면 좋겠다. 그리고 영원히 나만을 의지하고 의존해줬으면 좋겠어…… 내가 지켜줄 테니까, 아지사이 짱…….

지금 무슨 소릴 하는 거야! 아지사이 양은 언제나 싱글벙글 명랑하고 씩씩하며 귀여운 게 좋다고!

손을 휙휙 내저어서 망상을 쫓아냈다. 내가 자기 자신의 간악한 마음과 성전을 펼치고 있었더니 전철이 역에 도착했다.

마음의 준비는 아직 하나도 안 됐지만! 우리는 홈에 발을 디뎠다.

아아, 도쿄다.

그저 며칠 떠나 있었을 뿐인데도 감개에 젖었다. 바람에 바닷내음이 섞여 있지도 않고 울퉁불퉁한 언덕길도 없는 우리 동네다. 아니 근데 무지 덥네!

"어어, 괘, 괜찮아? 아지사이 양, 걸을 수 있겠어?"

"응, 응…… 힘낼게……."

아지사이 양이 힘을 내고 있어…… 힘내서 걷고 있어…… 두 다리로 걸을 수 있다니 귀여워…….

우리는 배낭을 메고서 계단을 올라 개찰구로 향했다.

과연 아지사이 양네 가족은 가출을 저지른 아지사이 양한테 무슨 말을 건넬까.

무사히 화해할 수 있다면 그게 최고다.

만약 여기서 아지사이 양을 마구 혼내기라도 한다면 그때는…… 나, 나는 또다시 아지사이 양을 데려가는 것도 망설이지 않을 거라고!

여행할 돈은 떨어졌으니 이번엔 우리 집이야!

엇, 우리 집에 아지사이 양을 데려간다고……? 마치 감금하는 것처럼 내 방에 아지사이 양을 가두고서……?

집에 가면 아지사이 양이 내 방에서 가만히 기다려주고 있는 거야? 나랑 게임도 해주고, 굿모닝부터 굿나잇까지 함께야?

『레, 레나 짱. 오늘은 뭐 하고 놀까. 에헤헤, 나는 뭐든 괜찮아. 나에겐 오직 레나 짱뿐이니까……』라고 해주는 거야? 공의존 관계야?

그건 너무 야해……. 아니, 나는 아지사이 양을 그런 눈으로 보지 않습니다만…….

기다려, 나는 아지사이 양이 가족들과 화해하지 않기를 바라는 거야?! 그만둬! 내 사리사욕을 위해서 아지사이 양의 불행을 바라지 마! 지옥에 떨어질 거라고!

늦은 오후의 텅 빈 역. 속으로 갈등하면서도 걸음을 늦추지 않았더니 보이기 시작했다.

개찰구 너머, 어린 남자애 두 명과 날씬하고 아름다운 여성분이 서 있었다. 아지사이 양네 어머님이다. 젊어…… 상냥해 보여, 미인 어머니……!

그때, 옆에서 걷고 있던 아지사이 양의 걸음이 빨라졌다. 아앗.

아지사이 양은 빠른 걸음으로 개찰구를 지나 그대로 가족들을 향해 달려가더니.

양팔을 벌려 동생들을 안았다.

여기서는 무슨 얘기를 나누는지 알 수 없지만……. 나는 개찰구 안쪽에서 그 광경을 눈으로 배웅했다.

동생들도 분명 외로웠겠지. 오랜만에 만나는 누나를 힘주어서 꼬옥 안고 있다.

어쩐지 내가 저기에 껴들어선 안 되겠다는 생각이 들어서 제자리에 멈췄다.

그래도, 응.

저 모습을 보니 내가 걱정할 필요는 전혀 없었구나, 싶었다.

그야 당연한 일이지. 아지사이 양의 가족이잖아. 분명 좋은 사람들이겠지.

나는 긴장으로 배낭끈을 꽉 움켜쥐고 있던 손에 힘을 풀면서, 이제야 겨우 안도의 한숨을 내쉴 수 있었다.

2박 3일의 가출 여행은 이제 진짜로 마무리가 된 거네.

자…… 그럼 나도 돌아갈까.

발걸음을 돌린 순간.

"레나 짱—!"

개찰구 너머에서 울려 퍼진 커다란 목소리.

뒤를 돌아보는 나를 향해 아지사이 양이 커다랗게 손을 흔들었다.

보호 욕구를 자극하는 불안해하는 모습도 좋긴 했지만 역시 아지사이 양은 웃는 얼굴이 최고다.

"정말로 고마워—!"

가슴속에 뜨거운 무언가가 치밀어 오른다.

아지사이 양의 도움이 될 수 있었어.

나도 웃음을 지으며 브이자를 그려 화답했다.

"응."

이번에야말로 나와 아지사이 양의 여행은 진짜 엔딩을 맞이한 것이다.

해피엔딩! 끝!

　　　　　　　　* * *

　그리고——.

　나는 집으로 돌아오자마자 거실 소파 위에 길게 뻗었다.

　"흐에——……."

　역시 우리 집이 최고…….

　그야 여행도 최고긴 했지. 그것도 다 아지사이 양이 함께 있었던 덕분에 극복할 수 있었던 거지만. 나는 그 대가로 고래 세 마리쯤 되는 양의 멘탈 포인트를 소비해버렸어…….

　이건 1, 2주 가지고는 회복 못 할지도 몰라…….

　"우와 언니. 왠지 밖에 외출하고 돌아올 때마다 시체가 되는 거 같은데?"

　부활동을 마치고 왔는지 여동생은 교복 차림으로 거실에 들어왔다.

　어라? 벌써 저녁? 여기서 몇 시간 동안이나 드러누워 있었어?

　뭐 그럴 수도 있지……. 혼자 납득하고서 다시 멍하니 정신을 놓으려고 했을 때 갑자기 눈앞에 불쑥 손이 튀어나왔다. 응?

　"뭐야?"

　"선물은——?"

　"아니, 없는데. 돈도 없었고."

　"으와——."

　뭐야 그 탄식은……. 왜 그런 경멸스러운 눈빛으로 쳐다보는 거야…….

역시 이 녀석은 나와 피가 이어진 가짜 여동생인가······?

하지만 나와 피가 이어지지 않은 진짜 여동생은 분명 지금쯤 오랜만에 가족들과 단란한 시간을 보내고 있을 테니까 그냥 가짜인 채로 두자······.

여동생은 소파에 길게 드러누운 내 다리를 바닥으로 끌어 내리고서 거기에 앉았다. 뭐하는 거야.

"그래서, 재밌었어?"

"뭐, 아지사이 양이랑 계속 함께 있었으니 당연하지. 나중엔 마이도 왔고."

"······흐응―."

쌀쌀맞은 대답에 뭔가 의미가 담겨 있는 것 같아서 그냥 넘기기엔 마음에 걸렸다.

앗.

설마 아지사이 양네 동생들처럼 이 녀석도 쓸쓸했던 걸까?

언니가 없어서 집에서도 외톨이. 적적한 외로움에 시달리고 있었구나. 어쩔 수 없지. 원래 인싸들은 고독을 못 견디는 법이니까. (편견)

평소에 무시하던 언니의 소중함을 절실히 느꼈냐? 응, 응?

"훗후후후."

몸을 일으키고서 여동생을 향해 양팔을 활짝 벌렸다. 자, 언니가 안아줄게.

"안심하도록 해. 이제부터는 언니가 계속 집에 있어 줄 테니까. 응? 같이 게임이라도 하겠니? 많이 외로웠지? 응응?"

"징그러워."

…………

아싸한테는 절대로 해서는 안 될 소리를 어째서 그렇게 아무렇지도 않게 내뱉는 거야? 사람의 기분을 헤아리는 기능을 엄마 배 속에 떨어트리고 나왔어?

『인덕』 그 자체인 아지사이 양과 같이 지내다 보니, 이게 바로 사회의 냉혹함이구나 싶어서 언니는 깜짝 놀랐다고. 사회 무서워.

여동생은 아아—, 하고 한숨을 쉬면서 예의 없게도 긴 다리를 쭉 뻗어서 테이블 위에 올렸다. 등도 소파에 푹 기댄 자세다. 야, 팬티 다 보인다.

"친구랑 여행이라니, 고등학생은 좋겠네—."

"뭐? 아아, 응. 뭐야 그런 거였나……."

외로웠던 게 아니라 그냥 부러웠을 뿐이구나. 아니, 여동생의 부러움을 사는 건 기분 좋은 일이니까 이건 또 이거대로 나쁘지 않지만.

"고등학생도 금방이야, 금방. 뭐, 그 전에 수험이라는 난관이 있겠지만."

"알고 있는데요. 뭘 인생의 선배라도 된 듯한 표정이야?"

"인생의 선배가 맞으니까!"

이 녀석은 진짜 나를 호구로 본다. 언젠가 반드시 내 실력만으로 톡톡히 깨우쳐 주고 싶어. 조만간 두고 봐…….

"그리고 언니."

"뭔데 또—."

"언니가 갑자기 여행 간다고 나가는 바람에 엄마가 상당히 화를 내셨으니까 사과하는 편이 좋을 거라고 생각해."

"나 혼자선 무서우니까 부디 도와줬으면 좋겠는데, 하루나 짱!"

애교가 가득 담긴 목소리를 내면서 여동생에게 매달렸다.

"적어도 나를 위해 선물 하나라도 사 왔다면야 흔쾌히 협력해 줬을 텐데……. 언니는 정말로 처세술이 형편없구나."

"부탁이야!"

우리 자매의 관계가 역전될 날은 조만간 오지 않을 것 같다…….

그 뒤, 나는 갑작스러운 행동으로 걱정을 끼친 것에 대해 엄마한테 사과했고, 엄마도 용서해주셨다.

수명이 단축됐어……. 엄마는 내가 방에만 틀어박혀서 하루 종일 게임만 하더라도 어지간해선 화를 내지 않지만 누군가한테 폐를 끼치거나 위험한 짓을 할 땐 크게 화를 내시니까……. 화내는 엄마는 무서우니까…….

이번에는 그런 게 아니라요, 하고 사정을 설명할 기회를 주셔서 감사합니다……. 여동생도 옆에서 도와줘서 고마워…….

그리고 또 한 가지.

아지사이 양한테서 메시지가 왔다.

다시금 감사를 전하고 싶으니까 이번에 댁에 찾아뵙겠습니다, 라고.

나는 그렇게 대단한 일을 한 적은 없지만 그래도 아지사이 양이 감사를 전하고 싶을 만큼은 도움이 됐다는 사실에 순수한 기쁨을 느꼈다.

아지사이 양이랑 만나고 싶기도 했으니 물론 오케이. 대신 내 MP가 회복될 때까지 조금 기다려줬으면 싶지만!

가출 여행의 뒤처리 같은 날들도 지나가고 나는 이제 다시 일상으로 완전히 복귀했다.

시원한 에어컨을 쐬면서 아침부터 밤까지 게임에 푹 빠져 지내는 나날들. 딱 맞는 옷을 입은 듯한 느낌. 가끔씩은 제대로 숙제도 하고.

나 역시 게임 군, 너를 좋아해…… 헤어질 수 없어…….

하아ー. 요즘 FPS 게임은 엔딩이 없다 보니 타이틀만 사면 지속적인 업데이트도 있어서 계속 즐길 수 있으니까. 역시 저축은 필요 없었구나!

우리 집 최고야ー!

——뭐, 식상한 말이긴 한데.

나는 이런 나날들이 계속 이어질 거라고 생각했다.

중요 이벤트 『고등학교 데뷔』도 무사히 성공해서 내 인생은 탄탄대로에 올랐다. 그래, 다시 말해 성공의 레일을 달리는 전차에 탄 승객이 된 것이다.

마치 이세계에 전생한 주인공이 순풍에 돛 단 듯 치트 생활을 보내는 거나 마찬가지로, 나는 이제 아무런 근심 걱정도 없어졌다.

　여름방학이 끝나고 새 학기가 시작되더라도, 나는 마이 그룹 안에서 여전히 눈치는 살피겠지만 친구들과 계속 즐거운 시간을 보낼 수 있을 거라고 생각했다.

　나는 가끔 시무룩해지거나 실패하기도 하겠지만 나름 어른으로 성장해서 2학년이 될 때쯤이면 반 안에서도 돋보이는 존재가 될 거야.

　그렇게.

　나는 마음속으로 그런 낙관적인 생각을 품고 있었다.

　하지만 그게 아니었다.

　인싸가 된다는 건——그날 꿈꿨던 이상적인 자기 자신이 된다는 건——그저 반 안에서 자신의 지위를 손에 넣는다는 걸 의미하는 게 아니라 주변 사람들과 앞으로도 성심성의껏, 적극적으로 관계를 맺게 된다는 의미였다.

　앞으로도 몇 번이고, 몇 번이고, 몇 번이고, 스스로의 무력함을 직시하게 되고.

　그때마다 죽을 만큼 고민하고, 초조해하고, 발버둥 치면서.

　눈물을 흘리면서도 앞으로 나아가지 않으면 안 된다는 사실을.

　나는 전혀 이해하지 못하고 있었다.

　한번 움직이기 시작한 시곗바늘은, 더 이상 여름방학 이전으론 돌아갈 수 없는 것이었다.

여행이 끝나고 일주일이 지났다.

띵—동, 초인종 소리가 울린다.

왔다!

나는 방에서 뛰쳐나와서 현관으로 향했다.

오늘은 무려, 아지사이 양이 우리 집에 놀러 오는 해피 데이다.

현관 앞에 서서 호흡을 골랐다. 헥헥 소리를 내면서 아지사이 양을 맞이하는 건 너무 기분 나쁜 사람 같으니까.

뭐, 아지사이 양이 온다고 어제부터 방 청소도 하고, 머리카락 한 올도 놓치지 않겠다고 돌돌이도 돌리고, 오전부터 안절부절못하면서 화장을 했다가 지웠다가 다시 하는 등 부산을 떨었던 나에게 기분 나쁜 사람이 아니라고 할 수 있냐고 묻는다면 그건 좀 생각해 봐야 할 문제겠지만.

좋아. 문을 열었다.

왠지 모르게 손을 흔들며 『안녕』하고 인사하는 마이의 반짝이는 미소가 환각으로 보이긴 했지만.

현관 앞에 서 있는 사람은 두말할 것 없이 곱게 미소 짓는 아지사이 양이었다.

"안녕."

과자 상자를 손에 든 오랜만에 보는 아지사이 양.

"아, 안녕!"

응, 귀여워! 오늘도 백 점 만점에 오억 점!

가족 아니면 서양 게임 특유의 선 굵은 캐릭터들만 줄창 보다 보니 아지사이 양이 더욱 눈부셔 보였다. 이런 캐릭터가 DLC로 추가된다면 게임기 본체보다 비싼 가격으로 출시돼도 사버릴 게 분명해.

"그나저나 말해줬으면 역까지 데리러 갔을 텐데."

"음— 그래도 길은 대충 기억하고 있었으니까 괜찮아. 더운 날에 밖을 걷게 만드는 것도 좀 그렇잖아."

상냥해…… 정말 좋아…….

내 눈이 하트 모양으로 변해 있었더니 오늘 마침 쉬는 날이었던 엄마가 거실에서 나왔다. 엑.

"어머…… 레나코 친구니?"

"네, 저번에는 실례 많았습니다."

아지사이 양은 꾸벅, 이라는 효과음이 절로 들려올 것처럼 정중하게 허리를 숙였다.

"제 여행에 레나코 양을 말려들게 해버려서."

"그렇구나 네가…… 어어……?"

엄마는 아지사이 양을 위아래로 훑어보고서는 어리둥절한 표정을 지었다.

참고로 가출 여행이었다고 말하면 또 귀찮아질 게 분명했기 때문에 나는 엄마한테 그냥 여행이었다고만 설명했다. 아지사이 양도 내 의도를 알아준 모양이다.

하지만 이건 큰일이야.

내가 혼나는 건 차라리 낫지(물론 싫지만!), 아지사이 양이 혼나는 모습은 보고 싶지 않아……. 갑자기 여행을 다녀오다니! 하고 꾸짖는 엄마의 모습을 또다시 보게 될 것 같아서 겁을 먹고 있었을 때.

"으응ㅡ, 그래……. 너한테도 여러 가지 사정이 있었을 거라고 생각하지만…… 다음엔 적어도 한마디 말은 해주렴. 걱정하니까."

"네, 폐를 끼쳤습니다. 이건 변변치 않은 거지만 저희 집 근처에서 파는 과일 타르트예요. 괜찮다면 드셔주세요."

"어머나, 선물까지 준비해주고 고마워. 앞으로도 레나코를 잘 부탁할게."

"네, 물론이에요."

평화로운 대화로 끝났다!

어, 어라……? 엄마 나한테 보여주는 신뢰도랑 지금이랑 차이가 너무 크지 않아? 그야 아지사이 양은 등 뒤에『우등생!』이라고 현수막을 달고서 걷는 듯한 미소녀지만…….

엄마는 온화한 표정으로 "여자애들끼리만 여행하면 무슨 일이라도 생겼을 때 위험하니까. 꼭 가고 싶다면 가족 여행 때 같이 가도 괜찮아" 같은 소리까지 하시는 중이다.

으, 응……. 그건 좀 쑥스러워서 싫지만 어쨌든 아지사이 양이 혼나지 않아서 다행이다. 역시 훌륭한 친구는 갖고 볼 일이다…….

옆에 엄마가 같이 있는 게 거북해서 일단 아지사이 양한테 들어오도록 권했다.

"그, 그러면 서서 얘기하는 것도 뭣하니까…… 내 방으로 갈까?"

"괜찮아."

그러자 아지사이 양은 미소 지은 얼굴로 고개를 흔들었다.

"오늘은 잠깐 지나가다 들렸을 뿐이니까 이만 가볼게."

"아…… 그래?"

"응, 다음에 학교에서 보자. 레나 짱, 바이바이."

다시 한번 꾸벅 고개를 숙이고서 아지사이 양이 발걸음을 돌렸다.

엇…… 이렇게나 빨리?

아지사이 양의 향기가 점차 멀어진다.

나는 황급히 샌들을 신고서 아지사이 양의 뒤를 쫓았다.

"기, 기다려 아지사이 양! 적어도 역까지 바래다줄게!"

"후후, 괜찮은데."

"아니…… 그래도 모처럼 와준 거니까…… 그게, 잠깐 얘기도 나누고 싶었고…….."

나는 부끄러운 소리를 부끄러워하며 말했다. 으으, 이래서야 아지사이 양한테 어리광부리는 것 같잖아…….

하지만 여행 도중에 농후한 아지사이 양 성분을 듬뿍 섭취해버렸더니 겨우 이정도 접촉으론 한참 모자랐다. 아지사이 양 의존증에 걸린 걸지도 몰라. 손이, 손이 떨리고 있어……!

"후후후, 좋아, 레나 짱. 역까지 무슨 얘기를 해볼까."

상냥하게 웃는 아지사이 양 앞에서 그게, 저기, 하고 열심히 머리를 굴렸다.

"아, 그렇지. 동생들이랑은 잘 화해했어?"

"응, 이제 아무렇지도 않아. 그보다 벌써 혼났던 일은 까맣게 잊고서 평소 같은 태도인걸. 정말 질리지도 않는다니깐."

"아하하……."

그리고서 나는 여름방학 숙제나 요즘 즐기는 게임에 관한 걸 이야기했다.

아지사이 양은 내 말에 웃으면서 맞장구를 쳐주기도 하고, 계속 화제를 이어가줘서, 평소라면 또다시 이거 나 혼자만 즐기고 있는 거 아닐까?! 하는 의심암귀에 빠졌겠지만.

하지만 함께 했던 여행을 통해 아지사이 양도 나와 함께 있는 시간을 즐기고 있다는 사실을 깨달았기 때문에 예전처럼 여유 없이 필사적으로 행동하지 않아도 괜찮았다.

그러나 즐거운 시간은 순식간에 지나갔다.

역까지 가는 길은 체감상으론 겨우 5초 정도. 매일 아침 학교 갈 때도 이러면 좋을 텐데!

"아, 벌써 역이야……."

"응, 바래다줘서 고마워, 레나 짱."

"네, 저기."

나는 아지사이 양을 살짝 올려다보았다.

"학교에서도…… 그게, 다시 잘 부탁해."

"응."

아지사이 양은 내 말에 미소를 지어줬다.

모든 걸 다 받아주는 것처럼 상냥하게.

그래서 나도 무심코 그 미소에 기대서, 한층 더 부끄러운 대사를 말해버렸다.

"이, 있잖아. 아지사이 양이 전에 말했지. 집에 있을 때도 가끔씩 나에 대해 생각해주고 있다고."

"어?"

대낮의 역 앞에서 나는 고개를 수그린 채 말했다.

"나도 있지, 가끔 아지사이 양에 대해서 생각해. 지금은 뭘 하고 있을까, 이 문제는 아지사이 양도 시간이 많이 걸렸을까, 아니면 또 동생들과 싸우고 있지는 않을까, 같은 생각."

이거 전화로 말하면 모를까 서로 얼굴 보고 말하니까 생각보다 훨씬 부끄럽네!

여기까지 말해놓고 역시 지금 말은 없었던 걸로 해달라며 물러선다면 수상하기 그지없으니까 용기를 바닥까지 긁어모을 수밖에 없어……. 나는 노력해서 마지막까지 말을 이었다.

"그래서 그게…… 만약 또 무슨 일이 있으면 뭐든지 말해줘. 아지사이 양은 자신의 괴로워하는 모습을 보여주고 싶지 않을지도 모르지만……. 나는 괜찮으니까. 말해주는 편이 오히려 더 기쁘다고 해야 하나."

일부러 사과의 뜻으로 과자까지 사 들고 온 아지사이 양의 죄책감을 조금이나마 덜어주고 싶어서 말을 꺼냈다.

앗, 괘, 괜찮은 걸까, 이거. 『벌써 괴로운 일을 당하게 만드네』 같은 소리를 듣게 되는 거 아닐까. 내 말이 부족하진 않았을까.

쉽게 말해서 아지사이 양을 소중한 친구라고 생각한다는 뜻이었는데…….

내가 하고 싶은 말이 전해졌을까……? 하고 아지사이 양의 기색을 살폈다.

아지사이 양은 살짝 눈을 내리깔고서는, 그리고서.

"응, 고마워, 레나 쨩."

그렇게, 평소처럼 미소를 짓자.

또르륵, **눈동자에서 눈물이 흘러나왔다.**

"아, 아지사이 양?!"

"어? 어, 어라?"

아지사이 양은 놀란 표정으로 흘러내리는 눈물을 손바닥으로 받아냈다.

"어째서일까? 어라, 이상하네."

우는 아지사이 양을 보자 내 머릿속이 새하얘졌다.

어, 어째서……?

어떻게 된 거야? 엇, 뭐, 뭐야? 아지사이 양이 울고 있어……!

나는 그저 허둥지둥거리기만 하다가 헉, 하고 정신을 차리고선 황급히 주머니에서 티슈를 꺼내 아지사이 양에게 내밀었다.

"미, 미안해, 레나 쨩."

아지사이 양은 티슈를 눈가에 댔지만, 그리고서도 잠시 동안 눈물이 멈추지 않는 모양이었다.

어째서…… 어째서……?

가슴이 아프다.

나는 아지사이 양에게 남들의 시선이 모이지 않도록 가녀린 어깨에 손을 올려 길가로 데려갔다. ……하지만 내가 할 수 있는 일이라곤 고작 그 정도였다.

내가 어지간히도 한심한 표정을 짓고 있었던 거겠지. 아지사이 양은 손으로 얼굴을 누르면서 절레절레 고개를 흔들었다.

"그게 아니야. 미안, 미안해, 레나 쨩."

무슨 일 있었어? 아지사이 양…….

왜 울고 있어……?

아지사이 양의 울음은 계속 이어졌다.

"미안해."

나는 아무 말도 못 한 채 그런 아지사이 양을 바라볼 뿐이었다.

따뜻한 둘만의 세계가 마치 얼음 위에 세워졌던 것처럼, 즐겁기만 했던 시간이 어느 날 갑자기 차가운 물속에 첨벙 가라앉고만 기분이었다.

그리고서 울음을 멈춘 아지사이 양은 계속해서 "미안해"라는 말만 되풀이하면서 전철을 타고 돌아갔다.

무슨 일이냐고 물어봐도 아지사이 양은 대답해주지 않았다. 당연하지만 억지로 캐물을 수 있을 리도 없었다.

나는 결국 하나도 신경 안 써, 라면서 실실 웃었을 뿐, 아지사이 양이 뭐에 대해서 사과하는지조차 알지 못했다.

그저 안타까운 마음만을 품은 채 건널목에 서서 아지사이 양이 탄 전철을 배웅했다.

무슨 일이 있었던 걸까, 아지사이 양…….

아무 일도 없는데 그런 식으로 울지는 않을 테니까…….

아니 멘탈 불안정의 화신인 나라면 가능할지도 모르지만……
하지만 어떤 순간이라도 스스로 자신의 마음을 다잡을 법한 아지
사이 양이다. 어지간히 큰일이 있었던 게 틀림없다.

신경 쓰여……. 하지만 쓸데없는 참견 아닐까……. 괜히 파고
들지 않는 편이 좋지 않을까.

나는 바로 집에 돌아가는 것도 내키지 않아서 근처에 있는 공
원에서 그저 멍하니 스마트폰만 응시했다.

으음─, 으으음─……. 역시 신경 쓰여.

아지사이 양을 깊이 파고드는 짓을 하고 싶지는 않지만 그래도
마이라면 어떨까.

여행 도중에 욕탕에서 마이는 뭔가 의미심장한 말을 던졌으니
까. 어쩌면 뭔가 아는 게 있을지도 몰라.

좋아. 일단 물어보기라도 해보자.

물어봤는데 아무것도 모른다고 한다면 넌지시 아지사이 양한
테 메시지를 보내기로 하자. 넌지시? 넌지시라는 게 뭐지……?
그거 어떻게 하는 건데……?

나는 마이에게 그토록 꺼리던 전화를 걸었다. 전화가 아니라
메시지로 할 걸 그랬어! 하고 3초 만에 후회했다.

하지만 걸자마자 끊으면 안 좋은 인상을 줄 테니까! 나는 이미
떠나버린 배로 후회의 바다 위를 나아가면서 그럼 하다못해 마이
가 전화를 받지 않기를 빌었다.

그러나 받았다.

『여보세요, 레나코인가?』

"앗, 네."

『네가 먼저 전화를 걸다니, 드문 일인걸.』

받아버렸나…….

긴장하긴 했지만 이미 받은 이상 제대로 얘기할 수밖에 없다…….

나는 공원 그네에 앉아서 입을 열었다.

"저기, 사실은."

『흠, 그렇구나. 외로워서 내 목소리를 듣고 싶어졌다고.』

"아니야!"

『그럼 외로워서 너의 목소리를 듣고 싶었던 나를 위해서 전화를 걸어줬다고? 기쁜걸.』

"그것도 아니야!"

헉. 마이의 비위를 맞춰주기 위해서라면 여기선 그냥 긍정하는 게 좋지 않았을까? 무심코 태클부터 걸어버렸다.

으그극. 아지사이 양에게라면 얼마든지 솔직해질 수 있는데도…… 어째서 마이한테는 겨우 이 정도도 얘기할 수 없는 걸까.

하지만 이 모든 게 천사 아지사이 양을 위해서다. 어쩔 수 없지.

근성을 쥐어 짜냈다.

"사, 사실은 그 말이 맞습니다………… 마이의 목소리를 듣고 싶어서…………!"

『그렇구나. 그래서 본론은?』

"내가 부끄러움을 무릅쓰고서 장단에 맞춰줬는데 네가 먼저 말 돌리지 말라고─!"

전화 너머로 마이가 웃는다. 그야 나 같은 애쯤이야 하나부터 열까지 내다보고 있으시겠죠?! 이 자식—!

"사실은! 아지사이 양에 대한 일인데! 방금 잠깐 얼굴을 봤더니 역시 아직 조금 기운이 없어 보여서!"

『흠.』

한숨을 쉬었다.

"그래서…… 마이라면 뭔가 알고 있지 않을까— 싶어서 전화했습니다…….""

『과연 그렇군. 뭐, 그런 일일 거라고 생각했어.』

"다 짐작하고 있었으면서 일부러 나를 놀리고 시작하는 점이 정말로 마이답군요…….""

『미안해, 내 나쁜 버릇이지……. 레나코가 무방비하게 귀여움을 마구 흩뿌리고 다니는 건 항상 있는 일이지만 너무 빈틈투성이이다 보니…….』

"지금 또 반성하는 척하면서 나를 자극하는 거겠지?! 엉—?!"

마이는 즐겁게 웃고 나서 다시 본론으로 돌아갔다.

『아지사이에 대해서라면 짚이는 부분이 있어.』

"역시 마이! 마이는 뭐든 아는구나! 아카식 레코드에 접촉 가능한 여자야!"

『다만 그걸 너에게 알려줄 생각은 없지만.』

"어째서?! 심술궂어!"

나는 맹렬하게 반발했다.

『아니 심술을 부릴 생각은 아니긴 한데…….』

진심으로 곤혹스러워하는 분위기가 전해져 와서 나는 기세등등해졌다.

"그럼 어떻게 하면 가르쳐 줄 건데?!"

『어떻게 하면? 너는 나한테 뭘 해줄 생각이지?』

"어…… 엇?"

큰일이다. 너무 깊숙이 들어와 버렸다. 이건 카운터다.

마이의 여유로운 분위기를 느끼자 나는 말을 머뭇거렸다. 으으으.

하지만 아지사이 양을 위해서라면…….

마이한테 돈은 통하지 않는다. 숙제를 대신 해주거나 게임 레벨을 올려주겠다고 말해도 흥미를 느끼지 않겠지.

그렇다면 내가 제시할 수 있는 것들 중에서 마이에게 가장 큰 가치를 지니는 건…….

이젠 그것밖에 없어…….

꿀꺽. 마른침을 삼키면서 나는 내 몸을 팔았다.

"빠, 뺨에 쪽— 이러거나……!"

나의 크나큰 결심을 들은 마이의 반응은.

『…………아아, 응. 그렇구나.』

"기다려! 무슨 초등학생인가? 라고 생각했잖아! 그게 아니야, 지금 제안은 어디까지나 체험판 얼리 억세스니까! 제품판은 더 굉장하니까!"

『구체적으론 어떻게 굉장하지?』

몹시 재미있어하는 기색인 마이에게 나는 공원에서 모기가 우는 듯한 목소리로 말했다.

"키, 키스…… 해줄게……."

도저히 견딜 수 없는 창피함을 견뎌내며 말했는데도 마이는 여전히 태연했다.

『항상 하고 있다만.』

"으으으으으."

너무 창피해서 피눈물이 나오는 줄 알았다.

이제 이건 내가 아지사이 양을 위해서 어디까지 영혼을 내놓을 수 있는가의 이야기가 되어버렸어…….

"그, 그러면 알겠어……. 진짜 특별히……!"

『결혼해주는 건가?』

"대가로 바치는 게 내 인생이라니 어떻게 된 건데?!"

『아니, 그런 분위기가 느껴져서 무심코.』

마이의 헛소리에 현혹되지 않고서 나는 숨겨둔 비장의 패를 꺼냈다.

"저, 전에 서로의 이런저런 욕망들을 노트에 적었잖아……."

『물론 기억하고 있어. 언젠가는 둘이서 전부 이뤄보자고 약속했었지.』

하나도 제대로 기억 못 하잖아─! 라고 소리치고 싶은 목소리를 억눌렀다. 마이의 페이스에 끌려들어 가지 말자, 끌려들어 가지 말자.

나는 점점 뺨이 뜨거워지는 걸 느끼면서 시침 뚝 뗀 목소리로 말했다.

"노, 노트에 적은 내용…… 뭐든 한 가지, 해도 되니까…… 말이지."

전화 너머. 마이가 숨을 삼키는 기척이 났다.

여름 바람이 매미가 우는 공원을 강하게 때렸다.

『……뭐든 한 가지.』

"……네."

엄숙하게 고개를 끄덕였다.

마이가 뭐라고 적었는지는 최대한 적극적으로 잊어버리려고 노력했기 때문에 잘 기억은 안 나지만 뭔가 터무니없는 내용도 포함되어 있었던 것 같은 느낌이 든다…….

내 막무가내인 제안에 욕망의 응집체인 마이는 어떠냐고 하면.

『그렇군…… 그건 내 이성을 붕괴시키기에 충분한 제안이야.』

"그럼, 그……."

내가 비어 있는 예정을 물어보려고 했더니 마이가 딱 잘라 말했다.

『하지만 안 돼.』

"어째서어어어?!"

그래봤자 나한테서 더 좋은 조건은 이제 안 나오는데?! 교섭이라는 건 상대가 용납 가능한 아슬아슬한 선을 간파해야 하는 거라고!

『정확히는 그게, 미안해. 너의 잘못이 아니라…… 나는 처음부터 누구한테도 이 얘기를 할 생각이 없었어.』

"뭐, 라고……."

결국 안 가르쳐 주는 거잖아!

"으으, 너무해……. 마이가 내 순정을 가지고 놀았어……. 훌쩍 훌쩍훌쩍……."

『미, 미안.』

이대로 한 시간 정도 마이의 양심을 쿡쿡 찔러볼까 싶기도 했지만 적당한 타이밍에 끊었다.

아무리 마이가 내 눈물과 미인계에 약하다고는 해도 너무 남용하면 내가 점점 마이의 취향에 맞는 여자로 변질되어버릴 게 분명하니까…….

나에 대한 건 아무래도 좋아! 지금은 아지사이 양이 우선이야!

마음을 다잡고서 마이가 입을 열었다.

『아지사이가 품고 있는 문제는 아지사이 스스로가 해결해야만 해. 너는 물론이고, 나조차도 도울 수 있는 건 아무것도 없어.』

"그, 그런 거야?"

『그래, 가슴 아픈 일이지만.』

마이는 정말로 모든 사실을 다 알고 있는 모양이다.

아지사이 양의 눈물이 머릿속에 떠올라서 나는 한층 낮아진 톤으로 말했다.

"하, 하지만…… 정말로 아무것도 못 하는 거야?"

『맞아. 특히 너는 더더욱.』

"……."

순순히 『아, 그러십니까』라고 말하긴 힘들었다.

하지만 민감한 사항을 흥미본위로 건드렸다가 아지사이 양한테 상처를 주게 될지도 모른다. 그건 싫다.

방에만 틀어박혔던 시기의 나는 부모님한테 어떤 상냥한 말을 들더라도 한 마디도 받아들이지 못하고서 그저 자신만의 세계에 틀어박혀 있었다.

외톨이었던 내가 방 안에서 나올 수 있었던 건 나 스스로가 문을 열었기 때문이다.

바깥세상에서 많은 사람들이 손을 빌려줬고, 도와줬고, 있을 곳을 마련해 주었다. 덕분에 나는 진정으로 구원받았다.

하지만 가장 첫걸음은 역시, 무엇보다도 스스로가 문을 열고나올 수 있는가 없는가에 달려 있다.

그래서 마이는 지금은 그저 기다릴 수밖에 없다고 말하고 싶은 거라고 생각한다.

"……그렇구나."

난폭하게 문을 두드려서 아지사이 양에게 겁을 줄 수는 없다. 그게 제일 역효과라는 건 다른 누구보다도 내가 가장 잘 알고 있는 거니까.

그렇지만.

나는 꺼져 들어가는 목소리를 냈다.

"그러면 그건, 나랑 관련 있는 일이야……?"

마이의 대답은 망설이듯이 조금 늦게 나왔다.

『……맞아. 하지만 네 탓은 아니야.』

"그래도……."

마이는 확실하게 단언했다.

『누구의 탓도 아니야. 이 점에 관해선 정말로 어쩔 수 없는 일이야. ……비유하자면 어느 날 갑자기 하늘에서 여자애가 떨어져 내린 것처럼, 누구에게나 일어날 수 있는 뜻밖의 사건이야.』

만약 저 말을 한 게 마이가 아니었더라면 나는 아지사이 양한테 무슨 짓을 저지른 거라고 생각해서 계속 자신을 책망했을지도 모른다.

"……알겠어."

작게 고개를 끄덕였다.

한숨을 내쉬며 없는 기운이나마 쥐어 짜냈다.

"내가 끙끙대고 있으면 아지사이 양이 괜히 신경을 쓰게 될 거라는 거지. 응, 알겠어. 너무 깊이 생각하지 않기로 할게."

사실은 전혀 납득하지 못했고, 당장이라도 아지사이 양네 집 문을 두드리고 싶은 기분이었지만 나는 억지로라도 잘 알아들었다는 시늉을 했다.

아지사이 양이 내 탓에 울음을 터트렸다니, 그걸 있는 그대로 받아들였다간 내 마음이란 마음이 전부 산산이 무너져 내릴만한 소리였고, 게다가…….

나한테 이런 사실을 알려준 마이를 난처하게 만들 수는 없으니까.

마이가 다행이라는 듯 한숨을 쉬었다.

『다행이야. 나를 위해서 그렇게 말해줘서 고마워.』

아니 기껏 노력해서 하려던 말을 삼켰는데 왜 그런 식으로 내 말에 숨겨진 속내까지 전부 읽어내는 걸까……. 이 녀석…….

너는 자꾸 그런 식이니까 인기 만발인 거라고.

"······딱 하나만 물어봐도 될까?"

『뭘까.』

나는 공원 앞을 걸어가는 사람들을 바라보면서 별 기대 없이 물었다.

"아지사이 양은 괜찮을까."

『글쎄, 어떠려나.』

마이도 스스로에게 들려주려는 것처럼 말했다.

『하지만 새로운 무언가를 손에 넣고 싶다고 한 번이라도 바라게됐다면 그건 이미 저주나 마찬가지야. 그걸 어떻게든 하기 위해서는 스스로 한 걸음을 내디딜 수밖에 없어. 너라면 잘 알겠지?』

······그런 얘기였어?

그렇다면 그건.

이해할 수 있어.

머나먼 빛을 동경해서 손을 뻗었으니까.

"······응."

조용하게 고개를 끄덕였다.

만약 뭔가 고민거리가 있어서 용기가 나지 않는 거라면 아지사이 양을 응원해주고 싶다.

그래서 만약 잘못해서 실패하더라도 괜찮다고.

이런 나로서는 믿음직스럽지 못할지도 모르지만.

내가 혼자가 아니었듯이 아지사이 양한테도 내가 옆에 있다고.

왜냐하면 아지사이 양은 내 소중한, 무엇보다도 소중한──.

친구인걸.

고등학교 1학년의 여름이 지나간다.

예전에 비해서 나아진 거 없는 일상 속에서 남는 건 시간뿐이었다.

세나 아지사이는 일찌감치 여름방학 숙제를 마치기도 하고, 평소에는 귀찮아서 좀처럼 손대지 않는 복잡한 요리의 레퍼토리를 늘리기도 하고, 방치해뒀던 어려운 액션 게임을 혼자 힘으로 클리어하는 등.

착실하게 시간을 새기고 있었다.

저번 일 이후로 레나코와 연락한 적 없었다.

갑자기 울음을 터트렸던 게 너무나도 부끄러워서 지금도 다시 떠올리면 몸이 떨려온다.

과연 학기가 시작되면 냉정하게 얼굴을 마주할 수 있을지…….

그래도 그때는 또 그때다. 겨우 이런 걸로 등교거부를 할 수도 없고, 어차피 인생은 될 대로 되는 법이라고 반쯤 포기하기도 했다.

자신의 마음은 잘 정리됐다고…… 생각한다. 아마도.

역시 시간은 모든 걸 해결해주는 만병통치약이다.

각오를 다졌기 때문일까. 신기할 정도로 하루하루가 평화롭게 지나간다.

마치 커튼콜과도 같은 상냥한 나날이었다.

여름방학도 끝나가는 어느 날.

여자아이의 목소리가 멍하니 창문 밖을 바라보고 있던 아지사이를 현실로 돌려놓았다.

"회장, 회장~."

"어?"

장소는 패밀리 레스토랑이었고, 테이블에는 자신을 포함해 총 네 명의 여고생들이 앉아 있었다.

다른 고등학교로 진학한 중학교 시절 친구들이다. 동생들을 돌봐야 한다는 이유로 놀자는 권유를 연이어 거절하고 말았는데도, 결코 짜증 내지 않고 계속해서 먼저 말을 꺼내줬다. 참을성 강한 고마운 친구들이다.

"회장은 어때? 고등학교 생활은 느낌이 좋아?"

옆에 앉은 애가 당연하다는 듯이 고개를 끄덕인다.

"그야 회장이 외톨이가 된다는 건 상상조차 하기 힘들지."

아지사이는 난처한 얼굴로 웃었다.

"이제 중학교는 졸업했으니까 회장이 아니야―."

친구들은 얼굴을 마주 보면서.

"그렇게 말해도 회장은 회장이니까."

"그러면 뭐라고 해야 하지. 아지사이…… 짱?"

"위화감―!"

한 명이 손뼉을 치며 웃는다.

"뭐어―? 그렇게까지―?"

아지사이는 중학교 2학년 때 학생회장에 임명됐고, 그때부터 모두에게 『회장』이라고 불렸다. 지금도 같은 중학교 출신인 친구들은 남녀를 불문하고 아지사이를 회장이라고 부른다.

가만히 생각에 빠져 있었더니 추억담으로 얘기꽃을 피웠다.

"회장은 인기가 장난 아니었으니까 말이지."

"우리 때의 아이돌…… 아니 전설적 인물?"

"졸업 이후로도 일화가 전해져 내려오고 있다는 모양이니까. 세나 회장의 무용담!"

"아하하……."

메마른 웃음을 짓고서 아지사이는 아이스티에 꽂힌 빨대를 입에 물었다.

세 사람이 이야기하는 『아지사이가 얼마나 대단한 인물이었는가!』의 평가엔 상당히 각색이 들어가 있어서 일일이 걸고넘어졌다가는 끝이 없어 보였다.

"회장 때의 학생회는 정말로 굉장했지."

"모두가 의지했으니까. 곤란한 사람이 있으면 뭐든지 회장에게 물어보러 갔는걸."

"그리고 보면 체육관 사용 스케줄 때문에 옥신각신했을 때도——."

다른 사람이 귀찮다고 하기 싫어하는 일들도 아지사이에게 있어선 그다지 싫은 일도 아니었을 뿐이다. 대단할 건 전혀 없다.

그렇게 매일 같이 꾸준히 일했을 뿐인데 깨닫고 보니 여기저기서 중재역을 맡게 됐던 건 상당히 예상 밖의 일이었지만.

"저기저기, 회장은 고등학교에서도 학생회에 들어갔어?"

"음~."

아시가야 고등학교 학생회는 여름방학이 끝나고 학생회 선거를 열어서 학생회 멤버를 추가 모집하게 된다…… 라는 정보는 들었다.

어쩐선지 옆자리에 앉은 애가 웃으면서 대답한다.

"그야 당연히 들어갔지. 세나 회장이 학생회에 들어가지 않는다니 진짜 아까운 일이잖아. 이 세상에는 적재적소라는 말이 존재한다고."

"하지만 아직까지는 조금 고민하고 있어."

그렇게 말했더니 모두들 깜짝 놀랐다.

"그래?!"

"부활동이라도 시작했어?"

"가족들 때문에?"

"그런 거는 아닌데—."

그냥 왠지 모르게 학생회는 중학교 때 할 만큼 했으니 괜찮지 않을까 싶었을 뿐이다. 그때보다 훨씬 더 노력하려고 한다면 아마 여러 가지 부분들에서 지장이 생기게 될 테니까.

아지사이의 애매한 태도를 보고서 맞은편에 앉은 애가 갑자기 신을 냈다.

"앗, 알겠다! **남친이 생겼구나!**"

그녀의 말에 다른 두 사람이 입에서 불을 뿜었다.

"회장한테 남친?!"

"누구한테 고백을 받아도 결코 고개를 끄덕이지 않았던 회장한테 스캔들이?!"

"저기, 어떤 사람이야?!"

"엇, 엇."

아지사이의 얼굴이 점점 빨개졌다.

"아, 아니야. 남친이라니, 무슨."

손을 내저으며 부정하는 아지사이 양은 아랑곳없이 세 사람은 멋대로 달아오르기 시작했다.

"회장한테 남친이 생겼다면 중학교 연락망을 기동해야겠지……."

"여기저기서 실연 파티가 열릴 것 같아……."

"우리들도 그 파티에 함께하자……."

"그, 그런 게 아니고……."

친구들은 괜히 과장해서 말하는 거다. 중학교 때 고백받은 횟수라고 해봤자…… 아주 조금 남들보다 많지 않을까 싶은 정도다.

"하지만 신경 쓰이는 사람은 있는 거잖아?"

"그렇지만 봐봐, 얼굴 빨개졌어. 회장 귀여워~!"

"뭐어……?"

뺨에 손을 댔더니 친구들은 걸렸다는 듯이 웃었다.

"그, 그런 건 아닌데……. 글쎄 어떨까, 그래도 내 쪽에서 좋아한다고 고백하지는 않을지도."

"어? 어째서?!"

"괜찮아, 회장이 그 미모로 밀어붙이면 어떤 상대라도 순식간이야!"

아니, 그런 게 아니라…….

아지사이는 곤란한 표정으로 웃었다.

"그다지 옳은 행동이라고 보기 힘드니까."

세 사람은 뭔가 깨달은 표정이었다.

서로 얼굴을 마주 보더니 속삭였다.

"그 말은 혹시……."

"선생님이랑……."

"불륜……."

"엇, 엇?"

아지사이가 허둥거리고 있는 사이에 친구들이 일치단결했다.

"항상 회장을 응원하고 있긴 하지만…… 그런 건 안 된다고 생각해."

"맞아, 회장이 불행해질 뿐이야……."

"그런 무책임한 사람이랑 사귀는 건 그만두는 편이 좋아! 안 그래도 회장은 연상 남자와의 문란한 연애가 잘 어울릴 거 같으니까!"

"아, 아니라니깐!"

이것만큼은 단호하게 부정했지만 세 사람은 귓등으로도 듣지 않았다. 아지사이의 남친은 자기들이 사자 면담을 거쳐서 제대로 판단을 해줘야 한다면서 진지하게 대화를 나누고 있다.

아지사이는 후우 한숨을 내쉬고서 창문 밖으로 시선을 돌렸다.

그만두는 편이 좋다, 라.

갑작스레 핵심을 때린 듯한 느낌이 들어서, 아지사이는 한 소녀가 품은 마음을 다시 한번 상기했다.

괜찮아. 잘 알고 있어.

연애에 맞지 않는 성격이라는 건 처음부터 자각하고 있었다. 자기보다 그저 남들만 신경 쓰니까.

자기가 둘 사이에 끼어들지 않는다면 쓸데없는 분쟁도 일어나지 않는다.

지금까지처럼 모두와 함께 있을 수 있어.

(그래야만 한다고 마음을 먹었으니까.)

레나코와 가출 여행을 마치고 돌아온 그 날, 그 역에서, 확고하게.

이번에야말로 착한 아이가 되겠다고.

아지사이는 대화가 끊긴 틈 사이에 미소를 끼워 넣었다.

"괜찮아. 다들 걱정해 줘서 고마워."

아지사이가 그렇게 말하자 친구들은 그제야 겨우 납득하고서 다음 화제로 넘어갔다.

이윽고 헤어질 시간이 되어서 자리에서 일어났다.

옛날 친구들과 나누는 근황 보고회는 한결같이 즐겁고, 슬픈 마음도, 괴로운 생각도 없이 눈 깜짝할 사이에 지나갔다.

그러고서 돌아갈 때 일어난 일이다.

패밀리 레스토랑을 나오자 열기를 잔뜩 머금은 습한 공기가 몸을 휘감는다. 하지만 그래도 요즘은 불쾌지수가 견딜만한 수준까지 떨어졌다. 아직도 해가 높이 떠있는 하늘을 올려다보면서 올해는 가을이 빨리 오는 걸지도 모르겠다는 생각이 들었다.

한창 역으로 향하던 중에 친구가 무언가를 발견하고서 외쳤다.

"어라? 뭘까 저 인파는. 있지, 저거 촬영 같지 않아?"

한번 다가가 봤더니 아무래도 카메라 촬영을 하고 있는 모양이었다. 이 주변은 예전부터 길거리 촬영이 자주 있는 곳이라 때때로 이런 식으로 연예인들을 발견하기도 한다.

친구들이 꺅꺅거리며 환호했다.

"거짓말, 설마 저거."

"어어—?! 오우즈카 마이잖아?!"

아지사이의 눈이 동그래졌다.

수많은 스태프와 구경꾼들한테 에워싸인 친구의 모습이 보였다.

아니…… 지금 마이에게선 같은 반 친구로서의 모습은 찾아볼 수 없었다. 거기에 서 있는 건 혼자 힘으로 당당하게 서 있는 모델, 오우즈카 마이다. 쉬는 시간인 모양인지 주변 사람들에게 미소를 뿌리고 있었다.

뒤에서 친구들이 대화를 나눴다.

"우와…… 역시 실물은 더 대단하네."

"아우라가 다르다고 해야 하나, 한층 특별하네."

"나도 오우즈카 마이 같은 얼굴로 태어났다면—."

그러면서 마주 웃는다.

아아 정말로 예쁘구나, 하고 생각했다.

예전이었다면 분명 아무런 의문도 가지지 않고서 친구들의 대화에 끼어들었겠지.

하지만 이제 아지사이는 깨닫고 말았으니까.

자신은 그녀처럼은 될 수 없다고.

그저 마이와 레나코가 살아가는 세상을 축복해주는 천사로^{큐피트} 남을 수밖에.

어디선가 목소리가 들린다.

──정말로?

그 목소리는 내면에서 울리는 깊이 가둬뒀던 마음.

나는.

쿡쿡 아파오는 가슴에 손을 올렸던 순간.

마이와 눈이 마주쳤다.

"아."

그 푸른 눈동자에 직시 당하자 갑자기 숨을 쉴 수 없었다.

선명한 목소리가 단숨에 되살아났다.

『──레나코를 좋아해.』

그렇게 말했던 마이의 너무나도 아름다운 표정이 눈부셔 보여서──.

아지사이는 눈길을 빼앗겼다.

퍼엉─ 하고 마치 불꽃놀이가 밤하늘을 수놓듯이.

그날, 그 여름밤, 축제에 두고 왔던 마음이 움직이기 시작한다.

레나코를 좋아하는 거라고 일깨워줬던 마이에게, 사실은.

──사실은.

정신을 차려보니 아지사이는 원 한가운데에 발을 들이고 있었다.

이번에야말로 누구의 힘도 빌리지 않고, 혼자 힘으로.

"마이 짱."

구경꾼들이 술렁였다. 아지사이의 모습을 본 누군가가『저 애도 모델분인가?』하고 수군거린다.『귀여워~』하는 칭찬도 들린다. 친구들이『자, 잠깐, 회장?』이라고 외치며 말린다. 그 모든 말들이 아지사이의 귀에는 닿지 않았다.

반 친구의 모습을 본 마이의 미소가 한층 더 깊어졌다.

"안녕, 아지사이. 우연이네. 말을 걸어줘서 기뻐."

"마이 짱, 나는."

아지사이는 마치 꾸짖음을 당한 아이 같은 표정을 지었다.

그런 아지사이에게 마이는 살짝 고개를 갸웃거리면서 가벼운 미소를 짓는다.

"말해보렴, 아지사이."

많은 사람들이 지켜보고 있는 가운데서 두 사람은 두 사람만의 세상을 공유하고 있었다.

"나는."

그날의 대화를.

묵묵히 기다리고 있는 마이에게.

아지사이는 절실한 마음으로 선언했다.

"나도…… 레나 짱이 좋아."

쥐어 짜낸 말에, 아지사이의 몸에서 힘이 쭉 빠져나간다.

잠깐 동안 마이는 아무 말도 하지 않고서 가만히 하늘을 올려다보았다.

거기에 이끌리듯, 아지사이도 옅게 물들어가기 시작한 넓고 푸른 하늘을 눈 안에 담았다.

마이가 질문을 던진다.

"아지사이, 조금 있다가 잠깐 시간 괜찮아?"

"……아, 응. 오늘은 괜찮은데."

"그렇구나."

미소 지은 마이가 아지사이에게 요염하게 권했다.

"그러면 잠깐 어울려줄 수 있을까?"

사람들의 주목이 모인 앞에서 대담한 행동을 저질렀다는 사실에 아지사이는 약간의 후회와 긴장을 느꼈다.

해가 진 뒤, 아지사이는 마이와 함께 전철을 타고서 도내에 있는 수족관에 왔다.

티켓을 손에 쥐고서 아지사이는 마이 뒤를 따라갔다. 터널처럼 어두운 통로를 걷는 자신의 발걸음은 마치 길 잃은 소녀 같았다.

친구들에게 『마이 짱이랑 갈 곳이 있어서』라고 솔직하게 말했을 때는 역시나 꺄아꺄아, 난리도 아니었다.

『회장이랑 오우즈카 마이는 아는 사이야?!』

『그러고 보니 같은 아시가야 고등학교야!』

『저기, 우리들도 같이 가도 될까요?!』

그런 친구들의 말을 마이는 미소 하나로 가볍게 받았다.

『미안해. 둘이서만 나눌 중요한 이야기가 있어서. 아지사이는 내 소중한 친구야. 앞으로도 아지사이를 잘 부탁할게.』

그런 부탁을 받고서도 계속 물고 늘어질 아이는 없었다.

모퉁이를 돌자 시야가 활짝 트였다.

한쪽 벽면 가득 바다가 펼쳐져 있었다.

조금 앞에서 먼저 걸어가던 마이가 수조 앞에 멈춰 섰다.

"수족관에는 말이지, 가끔씩 혼자 오고는 해."

"그렇구나."

"아아, 주변이 어두우니까. 누군가가 얼굴을 들여다보는 일도 없어. 어쩐지 진짜로 혼자가 될 수 있다는 느낌이 들어서 마음이 차분해져."

아지사이가 마이 옆에 나란히 섰다.

"······왠지 조금 알 것 같아."

마이가 미소를 던졌다.

"어때, 손이라도 잡아볼까?"

"데이트 같네."

"후훗, 연예인 오우즈카 마이의 비밀 데이트. 그 연인은 놀랍게도 같은 반 미소녀였다고 해야 할 참이려나."

말투가 웃겨서 긴장하고 있던 아지사이도 살짝 웃음이 나왔다.

마이가 손을 내밀었다. 아지사이의 작은 손을 포개듯이 잡는다. 따뜻하다.

손을 맞잡고 수족관 내를 구경하고 있으니 마이와의 마음의 거리가 좁혀졌다는 착각이 든다.

"나는 마이 짱에겐 어울리지 않아."

"그건 레나코한테도 자주 듣는 말인데."

"누구나 똑같이 그렇게 생각할지도."

아지사이는 웃었다. 어딘지 후련해진 웃음이었다.

"일하고 있을 때 마이 짱은 정말로 예뻐서, 이런 사람한테 좋아한다는 말을 듣는다면 누구나 마이 짱을 좋아하게 되겠어."

"그랬다면 참 좋았겠지만."

유달리 더욱 큰 수조 앞에서 멈춰 섰다.

아크릴 유리에 비친 두 소녀는 손을 마주 잡고 있어서 몹시 친근해 보였다.

"레나 짱은 좋은 애지."

"그렇지."

"마이 짱이 레나 짱을 행복하게 해줄 수 있으려나."

커다란 물고기가 유연한 몸놀림으로 눈앞을 스쳐 지나갔다.

마이는 아지사이의 말을 있는 그대로 받아들이지 않았다.

"물론 그렇게 해주고 싶은 마음이야 한가득이지만 레나코는 자기 자신의 힘으로 행복해지는 걸 더 좋아하는 모양이야."

"자신의 힘으로."

"그래. 이거 놀랍게도. 나는 내가 레나코를 행복하게 만들어주겠다고 주장하고 있지만 전황은 아직까지 반반이라고 해야 할까."

"굉장하네, 레나 짱. 강하구나."

오우즈카 마이와 대등하게 겨룰 수 있는 사람은 아시가야 밖에서 찾아도 그리 많지 않을 텐데.

"아지사이."

"응."

"나는 너를 좋아해."

이 말에는 역시나 깜짝 놀랐다.

"마이 쨩은, 어엇, 그런 의미로 말한 게 아니지……?"

"물론 친구로서야."

"그, 그렇지. 당황해버렸어……. 나랑 레나 쨩이 이번에는 마이 쨩을 두고서 경쟁하게 되는 걸까 하고 상상했어……."

마이는 쿡쿡 웃었다. 다 알면서 아지사이를 놀라게 했던 걸지도 모른다.

"그래서야. 너의 바람도 이루어주고 싶어. 나는 너를 좋아하니까."

"하지만, 그건."

아지사이의 눈이 흔들렸다.

"나도 마이 쨩을 좋아한다고."

"그렇구나, 같은 마음이었나."

"……후훗, 그렇다면 기쁜걸."

아지사이는 마이에게 감사하고 있었다.

이대로라면 그저 가둬둘 수밖에 없었던 마음을 마이가 있어 준 덕분에 꺼낼 수 있었다. 이걸로 계속 걸리적거리던 가슴의 통증도 이제는 많이 가라앉아서 아지사이의 괴로움은 누그러졌으니까. 이정도면 계속 참고 있을 수 있을 테니까.

전부 마이 덕분이다.

그래서 그저 고맙다는 감사를 마이에게 전하고 싶었다. 그저 그것뿐.

그것뿐이었는데.

마이가 미소를 짓는다.

"하지만 괜찮아, 아지사이."

바다보다도 깊은 눈동자가 아지사이를 바라본다.

"너는 상냥하니까 나를 위해서 포기하려 하는 거겠지. 하지만 그런 건 필요 없어. 그 마음은 전해야만 하는 거야."

"……하지만 그런 짓을 한다면."

"나는 곤란하지 않아."

마이는 단언했다.

"아지사이가 마음을 가슴 속에 묻고서 살아가느라 괴로워하는 모습을 보는 쪽이 훨씬 더 견딜 수 없어. 이건 분명 레나코도 같은 마음일 거야."

마주 잡은 손에 아주 살짝 힘이 담긴다.

"곤란하지 않다니, 어째서."

"왜냐하면."

마이가 웃는다.

"레나코는 분명, 마지막에는 나를 선택할 테니까."

아아, 아지사이는 마이를 올려다보았다.

지금까지 마이에 대해서 아무것도 몰랐던 걸지도 모른다는 생각마저 들었다.

마이 짱은 멋있구나.

사람의 마음은 쉽게 변한다. 좋아한다는 마음에 보증 같은 건 없다. 그래서 마이도 불안해하기도 하고, 레나코와 아지사이가 함께 여행을 떠났다는 걸 알게 되자 황급히 쫓아오기도 하고, 두 사람이 한방을 쓴다는 걸 듣자 그렇게나 당황하기도 했던 거다.

마이는 자신과 마찬가지로 그저 사랑에 빠진 여자애일 뿐이니까.

그런데도 마이는 지금 가슴을 펴고서.

오직 아지사이를 안심시키기 위해서 한 점의 주저도 없이 단언했다.

자신과 레나코의 미래는 변함없다고.

그러니까 너는 스스로가 하고 싶은 대로 해야 한다고.

조금 에두른 표현이긴 했지만 그래도 누구보다도 마이답게 아지사이 양의 등을 밀어주었다.

약한 마음도 망설임도 삼키고서. 다름 아닌, 고민하는 친구를 위해서.

그 고결한 모습이 아지사이에게는 굉장히 아름다워 보였다.

"나한테는 승산이 없는 걸까."

부드러운 표정으로 웃었다.

"레나코는 상냥하니까 다소는 고민할지도 모르지. 하지만 괜찮아. 아지사이한테 고백받고서 기뻐하지 않을 리가 없을 테니까. 오히려 내가 너에게 미안한 짓을 하고 말았어."

"어떻게 전력을 다하더라도 닿지 않을까?"

"유감이지만. 친구의 눈으로 보더라도 아지사이는 확실히 매력적이야. 다만 상대가 나빴다고밖에는 할 말이 없어."

마이와 말을 나눌수록 점점 마음이 가벼워졌다.

생각해 보면 마이는 그 여름 축제 때도 어쩌면 지금 같은 말을 하고 싶었던 걸지도 모른다. 자기는 레나코를 좋아한다. 그러니까 안심하고 마음을 고백하도록 해, 라고.

만약 그렇다면 어쩜, 이 얼마나 서투른 말이었을까.

뭐든지 능숙하게 해내는 마이답지 않아.

하지만 그거야말로 마이가 솔직한 말로 아지사이와 마주했다는 증거일지도 모르겠다.

그렇구나.

전해도 괜찮은 거구나. 이 마음을, 레나코에게.

감정에 우왕좌왕 휘둘리면서 나답지 않은 짓도 잔뜩 저질렀고, 그럼에도 어떻게든 진정시키려고 노력한 결과 겨우 포기할 수 있었다고 여겼던 이 주체 못 할 마음이.

몸속에 스윽 녹아들어서 하나가 되어가는 듯한 느낌이 들었다.

"있잖아……. 나는 무서웠어."

"그래."

"그래서 계속, 지금 이대로라도 괜찮다고 스스로를 타일렀어."

"이해해."

"이건 내가 바라는 일이니까, 나는 이렇게 해야만 하니까, 밖으로 비집고 나오지 않도록 했었어."

하지만 부풀어 오르는 덩어리를 가둬두는 건 무리였다.

언젠가는 마음의 수조를 깨트리고 나왔겠지.

맞잡고 있던 손을 놓고서 마이가 아지사이의 어깨를 끌어안았다.

"살아간다는 건 변한다는 뜻이야. 환경에 의해서, 그리고 만남을 통해서, 사람은 무한히 변해. 바다를 헤엄치는 물고기는 오랜 시간을 걸쳐 하늘을 나는 새조차도 될 수 있어. 변화를 포기해버린다면 사람은 더 이상 무엇도 될 수 없어."

"그래도 말이지."

아지사이는 괴로운 듯이 가슴을 눌렀다.

"나는 분명 언제까지고 레나 짱의 천사로서 있고 싶었어."

"무슨 소리를 하는 거야, 아지사이."

마이가 고개를 기울이면서 아지사이에게 기댔다.

마이의 체온을 느낀다.

"On n'aqu'une vie. 인생은 한 번뿐. 여자아이라면 사랑을 해야 하는 법이야."

마이가 속삭였다.

"그리고 너는 처음부터 그저 사랑스러운 여자아이였어."

아지사이의 시야가 눈물로 번졌다.

"어쩐지…… 내가 고백 받고 있는 것 같아……."

"……그렇지, 너보다도 한발 앞서 용기를 내고 만 모양이야."

마이가 그렇게 말하며 웃는다.

마이가 긴장하고 있었다는 사실에 아지사이는 묘한 유쾌함을 느꼈다.

"마이 짱, 정말로 고마워."

"괜찮아. 아지사이야말로…… 내 말을 들어줘서 고마워."

수조 앞에서 두 사람의 그림자는 하나가 되었다.

"괴로울 때, 쓸쓸할 때. 서로를 지탱해주는 게 연인이라면. 어떤 환경에 놓이더라도 다시 일어날 거라고 믿고서 함께 나아갈 수 있는 상대. 그게 내가 생각하는 친구니까."

마이는 조금 쑥스러워하는 것처럼 보였다.

"만에 하나라도 있을 수 없는 일이긴 하지만 설령 오늘 등을 밀어줬던 게 장래에 내 손해로 이어진다고 해도. 그런 타산으로 친구가 후회하게 만든다면 나는 더 이상 오우즈카 마이가 아니게 돼."

아지사이도 마이의 등에 손을 둘러 껴안았다.

이렇게까지 마이가 생각해주는 자기 자신이 자랑스럽게 느껴졌다.

"마이 짱은 참 근사하네."

"낯간지러운걸."

"정말로…… 고마워."

한 번만 더 마이의 몸을 꼭 안았다.

아지사이는 분명 괜찮을 거라는 생각이 들었다.

앞으로 무슨 일이 있더라도 마이와의 우정은 계속 이어지겠지. 서로가 어떻게 변하더라도 같은 소녀를 좋아하게 된 마음을 나눴던 이 순간은 영원하니까.

그러니까 이제는 괜찮아.

아지사이는 마이를 놓아주고서 검지로 눈물을 훔쳤다.

그리고는 미소 짓는다.

"마이 짱, 보고 있어 줘."

"그래, 네가 원한다면."

크게 심호흡을 하고서. 그리고서.

아지사이는 스마트폰을 꺼내서.

전화를 걸었다.

"아…… 저기, 레나 짱? 지금 괜찮을까. 저기…… 응, 있잖아……."

제멋대로 굴기로 했다.

"지금부터 만날 수 없을까. 응, 응…… 잠깐이면 되니까…… 응, 고마워."

레나코네 집 근처 공원에서 만나기로 하고서 전화를 끊었다.

비틀거리며 쓰러질 거 같은 아지사이의 가녀린 몸을 마이가 부축한다.

마이는 부드럽게 웃어주었다.

"잘 해냈어, 아지사이."

"응…… 긴장해버렸어."

마치 수조를 사이좋게 헤엄치는 물고기들처럼 두 사람은 마주 웃었다.

그리고서 온갖 족쇄를 떨쳐내듯이 아지사이는 걸음을 내디뎠다.

한껏 가벼워진 한 걸음을.

에필로그

만나기로 한 공원으로 향하자 그곳에는 아지사이 양만 있는 게 아니라 마이까지 함께 있었다.

대체 무슨 일일까.

주변은 이제 완전히 어두워져서 만약 상대가 아지사이 양이 아니었다면 못된 짓이라도 당할 분위기다.

설마 혼나는 건 아니겠지……? 겉옷을 걸치고서 공원에 나온 나는 신중하게 물었다.

"저기…… 이건 무슨 모임인가요?"

그렇게 물어도 두 사람은 얼굴만 마주 볼 뿐.

모르겠어. 무서워.

아지사이 양이 한 발 앞으로 나왔다.

여름날 밤. 밤공기가 살짝 쌀쌀하게 느껴지는 그런 계절에 일어난 일이었다.

"저기, 있지."

"응."

아지사이 양은 가슴에 손을 대고서 크게 숨을 들이쉬었다.

"나 말이지, 레나 짱."

"으, 응."

왠지 내 쪽이 긴장되기 시작했다.

"나는 옛날부터 다른 사람 걸 뺏는 게 굉장히 꺼려졌어."

"그, 그렇구나."

"응……. 다른 애가 쓰고 있는 그네라거나. 내 차례가 됐는데도 『바꿔줘』라고 말할 수 없었어. 지금 쓰고 있는 사람이 즐겁게 놀고 있으니 이걸로 됐다고 생각했어. 직접 즐기려고 나서질 못해서."

나는 슬쩍 마이를 봤다.

이건 어떤 이야기일까.

하지만 마이는 살짝 어깨를 으쓱할 뿐.

……됐으니까 일단 얘기를 들으라는 뜻일까.

아지사이 양은 조금씩 이야기를 털어놨다.

"동생들을 보살피게 됐을 때부터는 그런 마음이 한층 더 강해져서 말이지. 모두가 행복해하는 모습을 보는 게 나의 행복이라고 생각했어."

아지사이 양이 예전에 했던 말이다.

"반에서 누군가한테 권유를 받을 때도, 나한테 권유를 했다는 건 그 사람이 나랑 함께 있고 싶으니까 권유를 한 거잖아? 그렇다면 그 사람이 재밌게 즐겨줄 수 있다면 그걸로 충분하다고, 계속 그렇게 생각했어. 나는 주위 사람들을 배려하는 **좋은 사람**이라고."

아지사이 양이 후후, 웃었다.

"정말로 좋은 사람이라면 자기 자신을 좋은 사람이라고 생각하지 않을 텐데도. 나는 참 바보야. 원하는 걸 말하지 않으려고 계속 참아왔을 뿐이었어."

아지사이 양의 시선이 나에게 틀어박혔다.

"레나 짱이 나한테 가르쳐 준 거야."

나로선 그 말에 담긴 마음을 전부 이해할 수 없었다.

하지만 결코 가볍지 않은 감정이 담겨 있다는 사실만큼은 전해져온다.

"내, 내가?"

"응⋯⋯. 레나 짱은 항상 눈부셔서 내가 나아갈 길을 밝게 비춰줬어. 레나 짱은 있지, 앞으로 나아가는 강한 마음을 나한테 선사해준 거야."

스읍, 하고 아지사이 양이 커다랗게 숨을 들이켰다.

"그러니까."

그리고.

밤하늘 아래, 세상에서 가장 아름다운 말이 형태를 이뤘다.

"레나 짱, 정말 좋아합니다. 저랑 사귀어주세요."

잠시 동안, 나는 아무 말도 할 수 없었고.

그저 새빨개진 아지사이 양의 얼굴만을 응시하고 있었고.

심장 소리가 연이어 커다랗게 울리고.

나는.

더 이상 아무런 생각도 할 수 없어서.

"――네, 네에⋯⋯."

――라는 대답과 함께 고개를 끄덕였다.

"..............................응?"

마이의 되묻는 목소리가 한밤의 공원에 울려 퍼졌다.

아지사이는 현관에 앉아서 구두에 광을 내며 닦았다. 오랜만에 입는 교복이 자신을 조금씩 어른으로 이끌어주는 것처럼 느껴져서 기분이 좋다.

오늘부터 2학기가 시작된다.

아침 일찍 일어나기는 힘들지만 많은 친구들과 다시 만날 수 있다는 게 기쁘다. 인생에는 언제나 행복과 불행이 함께 찾아온다.

맛있는 음식은 언젠가는 바닥을 드러내고, 소중한 사람이 생기면 잃는 게 두려워진다. 하지만 그렇다고 해서 모든 걸 거부한 채로 살아갈 수는 없다. 문을 열고서 앞으로 나아가야만 하는 것이다.

이제 그만 출발하려고 했을 때 부르는 목소리가 있었다. 너 앞으로 온 거야, 라면서 엄마가 봉투를 건네줬다.

아지사이는 의아한 표정으로 뒷면을 확인했다. 발신인은 스즈키 사진관이었다.

"와."

설레는 가슴으로 봉투를 열었더니 봉투 안에는 마이와 나란히 찍은 사진이 들어있었다.

스타 모델의 곁에 자신이 찍혀 있다니, 마치 아이돌과 함께 찍은 셀카 같다.

"학교에 가져가서 마이 짱한테 사인해달라고 할까나."

활짝 핀 얼굴로 웃다가 깨달았다. 다른 사진도 함께 들어있다.

세 사람이 함께 찍혀 있는 사진이었다. 촬영장이 아니라 사진관 안을 둘러보고 있는 우리들을 아저씨가 마음 가는 대로 찍어주신 사진이다.

마이와 레나코와 아지사이가 나란히 서 있었고, 한가운데에 선 레나코가 카메라를 향해 소심하게 피스 사인을 그리고 있었다. 한층 더 웃음이 진해진다.

"……좋네, 이 사진."

다른 애들한테도 보여주자. 가방 속에 사진을 넣고서 집을 나왔다.

"다녀오겠습니다―."

하늘은 청명. 발걸음은 가볍게. 부드러운 바람이 가을의 향기를 실어 나르고 있었다.

역 플랫폼에서 전철을 기다리던 아지사이에게 말을 거는 목소리가 있었다.

"좋은 아침, 회장."

뒤를 돌아보았다. 저번에 여름방학 때 같이 놀았던 친구 중 한 명이 교복을 입고서 서 있었다.

"아, 유리 짱. 응, 좋은 아침."

"회장도 오늘부터 등교?"

"응. 오랜만에 일찍 일어났더니 졸려―."

"나도."

서로 마주 보며 후훗, 웃었다.

그런데 친구는 옆으로 다가오더니 눈을 내리깔았다.

"있잖아, 회장. 저번에는 미안했어. 회장을 너무 놀려서."

"어? 아니야, 하나도 신경 안 써."

"그래도 좋아하는 사람 이야기라거나 너무 깊숙이 캐묻기도 했으니까. 기분을 상하게 했을까 싶어서. 우리들 모두 살짝 반성했어."

"그렇구나. 신경 쓰게 만들어 버렸네."

"회장은 무슨 말을 해도 방긋방긋 웃어주다 보니 우리들도 무심코 너무 까불 때가 있으니까. 정말로 미안해. 그렇지, 내 점심 도시락 줄까?"

"두 개씩이나 다 못 먹어."

아지사이는 웃으면서 고개를 저었다.

곧 있으면 전철이 온다.

"있잖아, 유리 짱."

"왜 그래?"

마치 등굣길에 피어있는 꽃의 색깔을 알려주는 것처럼 아련한 기쁨이 묻어나오는 목소리로.

아지사이가 말했다.

"나 있지, 이번에 고백했어."

그 말에, 커다란 목소리가 역 플랫폼을 울렸다.

"뭐어— 회장이?! 어, 어떤 사람……?! 회장과 어울릴만한 사람이라니…… 설마 오우즈카 마이?!"

"후훗, 아니야."

미소를 지었다.

입술에 손가락을 대고서, 혓바닥 위에 사탕을 굴리는 것처럼 속삭였다.

"내 손을 잡아 이끌어주고, 지켜줬던, 정말로 귀여운 천사님이야."

당신의 행복이 나의 행복.

하지만── 나도 자신의 행복을 손에 쥐고 싶어.

말로 꺼내보니 그저 그뿐이었던 염원.

그런데도 깨닫지 못했다. 그걸 깨닫게 해준 사람은 레나코였다. 어느 순간이든 스스로의 행복을 추구하며 올곧게 달려나가는 레나코 덕분이다.

여름방학이 끝나고, 아지사이의 사랑은 이제부터 시작된다. 시곗바늘도 다시 계속해서 움직인다.

바라건대, 이 선로의 끝이 행복으로── 이어지기를.

후기

평안하세요, 미카미테렌입니다.

이번에『내가 연인이 될 수 있을 리 없잖아, 무리무리! (※무리가 아니었다?!)』3권을 손에 쥐어주셔서 감사드립니다.

6월에 한계를 맞이한 레나코의 인싸 생활도 여름방학을 맞이했습니다. 집에서 게임 삼매경에만 빠져 있던 레나코한테 또다시 닥쳐드는 소동이란 대체, 라는 이야기입니다.

그리고 많이 기다리셨습니다.

2권 후기에 적은 공약을 무사히 실현했습니다.

링피트는 지속하지 못했지만 뭐, 링피트를 꾸준히 하지만 3권이 나오지 않는 세계선보다는 좋은 결과 아닐까요! (정색)

이번 이야기의 주역은 아지사이 양입니다. 1권부터 줄곧 레나코한테 휘둘리기만 했던 아지사이가 보내는 한여름의 이야기입니다. 이렇게 적어보니 상당히 야하게 느껴지네요.

오랜 옛날부터 여자애와 여름, 여자애와 여행, 여자애와 불꽃놀이는 야함의 상징으로 취급되어 왔습니다.

그렇다는 건 여자애가 여자애에게 사랑을 하는 걸즈 러브코미디란 2배로 상성이 좋다는 것도 필연적.

그나저나 저는 3권 본문을 한창 쓰던 중에 몇 번이고『밀짚모자에 새하얀 원피스를 입은 아지사이 양』의 환각을 봤습니다만,

다 쓰고 나서 확인해보니 그런 묘사는 한 줄도 없었습니다. 무서운 이야기인가?

여름은 호러의 계절이기도 하니까요…….

앞서 있었던 와타나레와는 조금 분위기가 다른 3권을 재미있게 즐겨주셨다면 다행입니다.

아지사이 양이 새로운 한 걸음을 내디디고, 무대는 4권으로 이어집니다.

독자 여러분들이 『와타나레라는 재미있는 걸즈코메가 있어!』라고 여기저기에 얘기해주신 덕분에 아무래도 4권도 나올 것 같은 기색을 느낍니다. 너무 기뻐…….

4권은 드디어 수수께끼로 가득한 미소녀, 코야나기 카호의 메인 에피소드입니다.

저도 지금까지 축적해뒀던 카호 짱 파워를 대폭발시킬 생각입니다. 4권을 읽으면 다섯 명 중 한 명은 『카호 짱이 제일 좋아졌어!』라고 생각해주실 수 있도록 노력하겠습니다.

그리고 레나코의 고뇌와 결단도 있습니다. 힘내, 힘내라 레나코…….

그러면 감사 인사입니다.

일러스트를 맡아주신 타케시마 에쿠 씨, 이번 권도 감사드립니다. 타케시마 씨 덕분에 『그룹 멤버들을 좀 더, 좀 더 매력적으로 쓰고 싶어!』라는 파워를 얻을 수 있었습니다.

그리고 담당의 K하라 씨, 그리고 이 책을 만들기 위해 함께해 주셨던 많은 분들, 진심으로 감사드립니다. 레이와의 걸즈코메도 드디어 3권이에요! 앞으로도 여자아이와 여자아이의 이야기를 계속 만들어 갈게요.

그리고 무엇보다도 이 책을 손에 쥐어주신 분들과 이 책을 팔기 위해서 노력해 주신 서점 직원 여러분들에게 커다란 감사를.

2권 후기에 적었던 공약을 실현할 수 있었던 건, 물론 지금 이 책을 펼치고 계신 여러분 덕분입니다.

와타나레에서 쓰고 싶은 이야기는 아직도 많이 있습니다. 꽃의 이름을 가진 소녀처럼 살짝만 솔직하게 원하는 걸 말해보자면 4권뿐만 아니라 그 뒤로도 계속 될 수 있기를. 부디 앞으로도 힘을 보태주세요.

노도와도 같은 2줄 선전 타임! 뭇슈 선생님이 작화를 담당하고 계시는 『와타나레 코미컬라이즈 2권』도 4월 19일 발매입니다! 그리고 『백일함락』쪽도 잘 부탁해요!

그러면 또다시 어디선가 만날 수 있기를! 미카미테렌이었습니다!

내가 연인이 될 수 있을 리 없잖아, 무리무리! (※무리가 아니었다?!) 3

2023년 8월 15일 1판 3쇄 발행

저 자	미카미테렌
일 러 스 트	타케시마 에쿠
옮 긴 이	정백송
발 행 인	유재옥
본 부 장	조병권
담당편집	정영길
편 집 1 팀	김준균, 김혜연
편 집 2 팀	정영길, 조찬희, 박치우, 정지원
편 집 3 팀	오준영, 이해빈, 이소의
미 술	김보라, 박민솔
라이츠담당	김정미, 맹미영, 이윤서
디 지 털	박상섭, 김지연, 윤희진
발 행 처	㈜소미미디어
인쇄제작처	코리아피앤피
등 록	제2015-000008호
주 소	서울 마포구 토정로 222, 403호(신수동, 한국출판콘텐츠센터)
판 매	㈜소미미디어
마 케 팅	한민지, 최정연, 박종욱, 최원석, 박수진
물 류	허석용
전 화	편집부 (070)4164-3962, 3963 기획실 (02)567-3388
	판매 및 마케팅 (070)4165-6888, Fax (02)322-7665

ISBN 979-11-384-0308-5 (04830)
ISBN 979-11-6611-240-9 (세트)